མི་རིགས་ཡི་གེ་དཔེ་སྐྲུན་གྱི་རོགས་དངུལ་ལས་གཞི།

ཀྲུང་གོའི་དམངས་ཁྲོད་རིག་གནས་ཤུལ་བཞག་སྲུང་སྐྱོབ་རྣམ་གྲངས།
གཙོ་གཉེར་ལས་ཁུངས། སི་ཁྲོན་ཞིང་ཆེན་དམངས་ཁྲོད་རིག་རྩལ་པའི་མཐུན་ཚོགས།

ལྷོ་ཡུལ་གྱི་རིག་གནས་དཔེ་ཚོགས།

# [illegible]

ཅེའི་ལྷུང་གྲིང་གིས་རྩོམ་སྒྲིག་བྱས།

UESTCP གློག་རྡུལ་ཚན་རྩལ་སློབ་ཆེན་དཔེ་སྐྲུན་ཁང་།

# ལྷོ་ཡུལ་རིག་གནས་དཔེ་ཚོགས་ཀྱི་རྩོམ་སྒྲིག་ཚོགས་པ།

རྩོམ་སྒྲིག་ཚོགས་པའི་ཀྲུའུ་རེན།

གོ་རྡོར་ཡན།

རྩོམ་སྒྲིག་ཚོགས་པའི་ཀྲུའུ་རེན་གཞོན་པ།

ཡང་ཡི་ཤའེ།

ཚོགས་མི།

བང་ཧྲོན། ཅམ་མེན། ལི་པའོ་ཞང་། ལི་ཁྲོན་ཅེན། ཁྲིན་ལང་། ཀྲང་ཆེན།

ལའོ་དན། ཡའོ་ཧྲེ། གའོ་ཞའོ་ཧྟོན། ཞའོ་པའོ། ཏོང་ལི་ལིན། ལའེ་ཞའོ་ལི།

རྩོམ་སྒྲིག་བྱེད་མཁན།

ལྷོ་ཡུལ་རིག་གནས་དཔེ་ཚོགས་ཀྱི་ལས་གཞི་ཚན་ཆུང་།

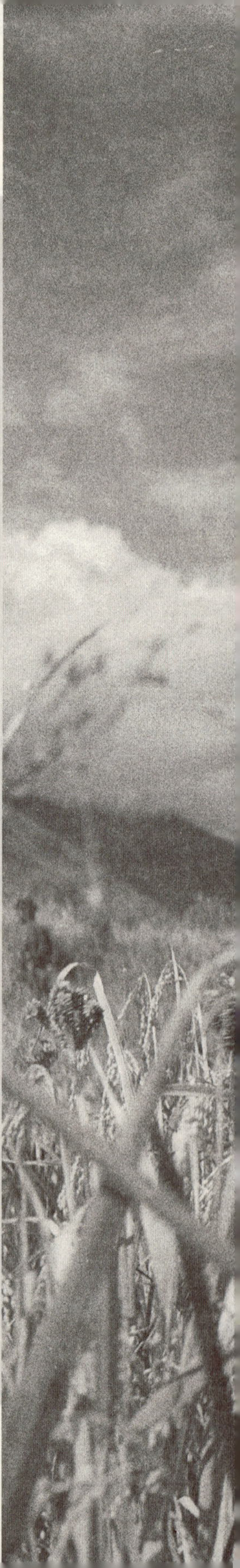

# 序言

北宋著名理学家、教育家程颐说："凡事思所以然，天下第一学问。"

这不禁引起我深刻回想：在世界上有史以来的几千年里，中国都属经济、政治、军事、文化的强国，而在100多年前，中国突然被西方一些国家打得头破血流、割地赔款不说，还让他们在中国享有治外法权。中国人被称为"东亚病夫"，在公共地段甚至出现了"华人与狗不得入内"的侮辱性标志！但是，自中华人民共和国成立以来，仅半个多世纪，当今世界第一的美国，其不少政治家、军事家、智库强人都称中国是其"竞争对手"，另外还有人强调"与13亿人作对是愚蠢的"！为什么在短短的时间里发生了如此翻天覆地的变化？想通了，就是当今的"天下第一学问"！

要回答这一问题，是关心"天下大势"人的事，但不是本文主旨。

本文主旨要说的是，电子科技大学出版社根据党中央建设"文化强国"的指示，将"珞渝文化丛书"（藏文版）立项，申请了民族文字出版资金资助并得到批准后，将中国56个民族中的珞巴族、门巴族的尚无文字记载的原生态口头文化以书籍形式出版发行，使其成为让更多人了解、研究这一原始神秘处女地文化的基础资料，也使之担负起将此文化传承下去的历史使命。

什么叫金瓯？原为盛酒的金属器具，后比喻疆土完固。《南史·朱异传》曰：“我国家犹若金瓯，无一伤缺。”毛泽东有诗句曰“收拾金瓯一片”，即言将国家的一片疆土解放了。这里要着重阐明的是，冀文正同志十五六岁参加十八军，随着军号“向前向前向前，我们的队伍向太阳”，“脚踏着祖国的大地”，最后落脚于西藏长期不通公路的墨脱。“墨脱”即为“花朵”之意，在旧地图上曾标明为“白马岗”。“白马”不是白色的马匹，而是藏语“莲花”之意。“岗”是山，“白马岗”即是莲花山。传说藏传佛教的先驱、唐时印度高僧莲花生大士率先驻锡于此，因而得名。大家知道，佛陀、菩萨都坐于莲花宝座之上，取其“出淤泥而不染”的圣洁象征，要行善业于苦难的众生。而解放军战士冀文正有幸被分配到此莲花圣地戍边卫国，面对帝国主义强行划定的“麦克马洪线”，为完成神圣任务，坚决贯彻党的群众路线，以更好地为人民服务，在一不怕苦二不怕累精神的鼓舞下，他与珞巴、门巴、藏民族打成一片，学习他们的语言，了解他们的风俗习惯，百折不挠，坚持不懈。经过近60年的努力，他搜集、整理和翻译了500余万字的珞巴、门巴族的歌谣、谚语、习俗、故事，拍摄并保存了上千张照片，录制了168小时的民歌录音等第一手资料，填补了珞渝文化的空白，被新华社誉为“珞渝文化第一人”，《解放军报》称其是“创造西部神话的人”。而他所做的学问，当然也就成了“天下第一学问”，即珞渝文化的基础学问了。

为了加深理解，我还想进一步说明，所谓文化，按新版《辞海》解释：“广义指人类在社会实践过程中所获得的物质、精神的生产能力和创造的物质、精神财富的总和。狭义指精神生产能力和精神产品，包括一切社会意识形态。”这显然是由若干时代若干人物的逐步积累而丰富起来的共同成果，看似单纯却又极为复杂。不同地域、不同民族的文化又形成了文化的多样性。珞渝文化作为中华民族整体文化不可分割的一部分，发展到今天，才在有中国特色的社会主义道路上展现出底蕴，与54个兄弟民族之花共展芳华，其价值与意义是怎么估价也不会过高的，因为这是历史的结晶。

笔者曾应冀文正和出版社的一再要求，在两个多月中反复阅读、探究，在对“珞渝文化丛书”书稿进行逐字逐句地订正、修改、润色的过程中，我深深体会、认识到这两个民族先民历经艰难困苦而表现出的深情厚谊，以及特殊的智慧与能力，对此，我深表敬意。通过这些原始的歌谣、谚语、习俗、故事等，我们可以窥见世界上其他民族（部族）的古昔社会状态和民族之魂的精神素质，为继承、弘扬、繁荣民族文化的正能量提供原生态的驱动力。毋庸讳言，整个珞渝地区负有完成中国完整文化金瓯的艰巨任务，而同时，其所辖部分是国家最贫困地区之一，要使之富裕起来任重道远。最近，党中央要求各省区市“立军令状”，在“十三五”期间，限期解决贫困问题，而最终解决之道，有待于当地文化水平的不断提高和科学事业的迅猛普及、深化，以及整个中华民族在伟大复兴过程中的大力扶持，携手并进，以共达小康。

中国之所以不愧为历史悠久、文化丰厚的世界文明国度，就是因为有许多先圣、先贤、先哲，如老子、孔子、庄子、列子、孙子、吕不韦、淮南子等诸子百家怀抱梦想、深入民间、扎根实际，获取了极为丰富的知识，去粗取精，逐渐升华为修身、齐家、治国、平天下的政治理念和管理才能，方能使国家长期屹立于世界东方，如朝阳之辉煌灿烂，让群星景仰。这当然不是说冀文正提供了珞渝文化部分资料，让世人研究，就可与圣贤媲美了，不是的，但作为具有爱国主义精神的人民解放军的普通一兵，有此鸿篇巨制，可谓以武襄文、以文彰武了，是功不可没且令人敬佩的。

在此，还要深情感谢电子科技大学出版社将500余万字的资料进行了整体系统的梳理精编，集结成“珞渝文化丛书”（藏文版）出版发行。我认为，补全中国各民族的文化金瓯是当代文化的一件大事，是文化强国的基础之一，有助于伟大中国梦的加速实现。

笔者也曾是十八军战士，1956年参与中国科学院、中央民委和中央民族学院共同组织的西藏社会语言调查实习团，到中印缅边境的察隅额外调查了珞巴族语言，用国际音标记录了语音。时过60年，面对“珞渝文化丛书”（藏文版）的出版，别有一番滋味在心头，故乐为之序。

祝开卷有益。

萧蒂岩

2015年年底于成都市武侯区老干部局

时年84岁

（萧蒂岩，男，汉族，国家一级作家，著名诗人，著有散文集《人·野人·宇宙人》，诗歌集《珠穆朗玛交响诗》《雪域曦霞》《神女惊梦》，译著藏族古典文学作品《勋努达美》等。）

# དཀར་ཆག

# [illegible]

དྲག་ཆར་ཉིན་གསུམ་བཏང་སོང་། །
ལོ་གསུམ་སྡུག་ལ་སྒྱུར་སོང་། །
ཉིན་གསུམ་བྲམས་པར་སྒྱུར་བས། །
ལོ་གསུམ་གདམ་ངན་ཁྱབ་སོང་། །

ཐོར་མར་དགའ་པོ་བྱེད་དུས། །
སེམས་པ་དར་ལས་དཀར་བ། །
ད་ལྷ་ཉ་ལུས་འཁོར་དུས། །
སེམས་ངན་བདག་ལ་བཙངས་བྱུང་། །

ཞོགས་པ་མ་ལངས་རང་ལངས། །
ནང་ལས་ལུས་ལ་དགྲིས་སོང་། །
དགོང་མོར་མ་ཉལ་རང་ཉལ། །
ཁྲོ་བོ་བསམ་རྒྱུ་དགོས་སོང་། །

དངུལ་གྱིས་བཟློས་པའི་གཙུ། །

བྱམས་པའི་ནོར་བུ་བླུགས་ཡོད། །

ནོར་བུ་མ་ཉོས་གོང་ལ། །

བྱམས་པའི་སེམས་པ་ལོག་སོང་། །

ཁྱོད་སེམས་སྨིན་ལྷར་གཡོ་བ། །

བུ་མོ་བྱེད་བྱེད་མང་པོ། །

རྫོན་པའི་བུ་ལ་མི་དགའ། །

སེམས་པ་རྒྱུ་ལ་ཧམ་སོང་། །

མཐུད་གསུམ་ཅན་གྱི་ལག་བརྟེན། །

སློ་རྩེ་གསུམ་གྱི་ཚུང་གྲོགས། །

དེ་རིང་འདི་འདྲར་འགྱུར་ན། །

སང་ཉིན་གང་འདྲ་བྱས་འོང་། །

*　　*　　*　　*

ཞིམ་དང་རྒྱུན་འབྲུམ་ཞིམ་པ། །

ཚུང་འདྲིས་བྱ་རྒྱུ་མང་བ། །

མདང་ནུབ་ང་ལ་དགའ་ཟེར། །

དེ་རིང་གྲོང་སྡོད་འགྲིམས་བཞག །

ཕ་རིའི་རི་ཡི་ཕུགས་ལ། །
དྲིན་ལན་ལོག་འཇལ་ཞི་བཞག །
དུར་སྣས་བྱེད་མཁན་མེད་པས། །
ཁྱི་ཆུན་ཕོ་རེའི་གྲོགས་རེད། །

རྟ་ཕོའི་ཚོང་སྒྲ་གོ་བཞིན། །
ཐག་རིང་ལ་མོ་རྒྱབ་སོང་། །
རྟ་རྟེའུ་མ་བུ་གཉིས་པོ། །
ཡིད་སྐྱོའི་ངང་ནས་ལད་སོང་། །

དང་པོའི་དངུལ་དཀར་མེ་ལོང་། །
གཟུགས་གྲིབ་ག་ལ་བྲལ་ཐོད། །
ད་ལྟ་ལུས་སེམས་འགྱུར་ནས། །
སྡུག་བསྔལ་ང་ལ་བཞག་སོང་། །

ཕོ་བོས་དཔོན་པོ་མཇལ་དུས། །
རྐེད་པ་གཞུ་ལས་གུག་པ། །
དམན་ཆུང་ང་དང་འཕྲད་དུས། །

མཛིང་པ་གཡག་ལས་སྦོམ་པ། །

ཐོག་མར་ང་དང་འགྲོགས་དུས། །
བློ་སེམས་དར་ལས་དཀར་བ། །
ཉི་མ་གཅིག་སོང་གཉིས་སོང་། །
ཁོ་སེམས་སྤྲིན་ལྟར་ཡལ་སོང་། །

མཚར་པོ་མར་གྱིས་བཟོས་པའི་ཁང་ཁྱིམ། །
ཉི་འོད་ཀྱིས་འཁྱོངས་ཚོད་བཟུང་མི་ནུས། །
མཚར་སྡུག་གཞན་ལས་ལྷག་པ་ཡོད་དེ། །
དམན་བུ་མོའི་མདུན་ལ་ཞབས་འདྲེན་ཡིན། །

གཡང་གཟར་སྟེང་གི་རྒྱུག་ཆུ། །
སྐོམ་ནས་ཁ་གང་བཏུངས་ཡོད། །
དུག་ཆུ་ཡིན་པར་ཤེས་ནས། །
ཚང་མར་མ་མཚོད་ཞུས་ཡོད། །

གངས་རིའི་འདབས་ཀྱི་རྩྭ་བཟང་། །
ལྟོགས་ནས་ཁམ་གང་ཟས་ཡོད། །

དུག་རྩ་ཡིན་པར་ཤེས་ནས།།
བསྐུར་དུ་མ་མཆོད་ཞུས་ཡོད།།

གཙང་ཆུའི་འགྲམ་དུ་ཕྱིན་ནས།།
ཐུགས་ཀྱིས་རྟུབ་གང་བཏུང་ཡོད།།
ཉ་ཆུང་ཁ་ལ་འཛུལ་དུས།།
ཁྱོད་སེམས་སྐྱོ་ཡང་སྐྱོ་བྱུང་།།

*　　*　　*　　*

ཁྱོད་ཀྱི་མདའ་རྩལ་མཁས་པས།།
ན་ཞིང་དགོ་ཞིག་བསད་སོང་།།
འདི་ལོར་གར་བརྒྱབ་མེད་པས།།
གང་ཡིན་ཁྱོད་ཀྱིས་ཤེས་པ།།

ཁྱོད་ཀྱི་ན་བཟའ་ཡག་པས།།
ན་ཞིང་ཆར་གྱིས་མ་ཆོས།།
འདི་ལོ་ཆར་གྱིས་ཆོས་སོང་།།
གང་ཡིན་ཁྱོད་ཀྱིས་ཤེས་པ།།

མཐོང་མཐོང་གངས་རིའི་རྩེ་ལ།།

སྐྱིད་པའི་ཚང་ཞིག་བརྒྱབ་ཡོད། །
ཁྱོད་རང་བློ་ལ་བབས་ན། །
ང་ལ་ཐེ་ཚུས་མི་འདུག །

སོ་དཀར་ཙམ་ཞིག་མ་གཏོགས། །
སེམས་དཀར་ང་ལ་མ་སྦྱིན། །
མ་ཡིན་ཡིན་མདོག་ཙམ་ལས། །
བརྩེ་དུང་ང་ལ་མ་སྦྱིན། །

དམན་ཆུང་མཛེས་པའི་དུས་ལ། །
ང་སེམས་ཁོ་སེམས་ཤོར་སོང་། །
བུ་མོ་ཉ་ལུས་འཁོར་དུས། །
ང་ཡིན་ཟེར་མཁན་མི་འདུག །

གསུང་གསུང་རྟ་ཕོས་གསུང་བྱུང་། །
ལམ་ཆས་བཅོས་ལ་འགྲོ་ཟེར། །
གསུང་ཚད་རྫུན་གཏམ་རེ་འདུག །
ཁོ་རང་ཚང་མར་ཕྱིན་བཞག །

ཁྲིམས་པ་རང་ལག་ཡོད་དུས། །
བློ་སེམས་གཞན་ལ་བཙོལ་སོང་། །
བློ་སེམས་ཉར་མཁན་མེད་དུས། །
བློ་འགྱོད་ཁྲུས་ཀྱང་གང་ཡོད། །

ཅང་ཤེས་རྒྱབ་ལ་བསྐྱུར་ནས། །
བོང་བུའི་འགྲོས་མདངས་ཤིག་ཤིག །
ཅང་ཤེས་གཞན་ལ་ཤོར་དུས། །
ཁྲོད་སེམས་སྐྱོ་བས་གང་ཡོད། །

མདའ་རིང་བསྐྱུར་ནས་མདའ་ཕྱུང་བཅལ། །
མདའ་ཕྱུང་གར་རྒྱབ་ལྷུང་བུས་འཁྱེར། །
མདའ་རིང་རྒྱང་སར་འགྲོ་དུས་སུ། །
སྙིང་ལྷུང་ཡངས་དང་མ་ཡངས་མེད། །

*  *  *  *

དམའ་ས་གཞིའི་མེ་ཏོག་བཀྲག་མདངས་ཆེ། །
དགུན་སྟོན་པོའི་སྐར་མ་ཁྲ་ཆེམ་ཆེམ། །
དོན་འདི་འདྲ་བྱུང་ན་ཡིད་དགའ་རེད། །
དོན་དེ་འདྲ་མ་བྱུང་ཅི་མི་ཕན། །

གསེར་གྱི་རི་བོའི་ཕྱོགས་ན། །

ཆུང་གྲོགས་གསེར་བཟང་སྐུ་བརྟན། །

ལ་མོ་རྒྱུག་འདོད་མེད་དེ། །

སྐུ་བརྟན་བསམ་ནས་ཡོང་ཡོད། །

དངུལ་གྱི་རི་བོའི་ཕྱོགས་ན། །

ཆུང་འདྲིས་དངུལ་གྱི་སྐུ་བརྟན། །

ལ་མོ་རྒྱུག་འདོད་མེད་དེ། །

སྐུ་བརྟན་བསམ་ནས་ཡོང་ཡོད། །

དུང་གི་རི་བོའི་ཕྱོགས་ན། །

བྱམས་པ་དུང་གི་སྐུ་བརྟན། །

ལ་མོ་རྒྱུག་འདོད་མེད་དེ། །

སྐུ་བརྟན་བསམ་ནས་ཡོང་ཡོད། །

བྱམས་པའི་མནའ་ཚིག་བཞག་ནས། །

ཁྱོད་ལ་བློ་སེམས་བཅོལ་ཟེར། །

མནའ་ཚིག་བཞག་པ་མ་གཏོགས། །

ཕོ་སེམས་ཀུན་ལ་བརྩོལ་གྱིས། །

དེ་སྔོན་སྤང་རིའི་སྟེང་ལ། །
ཤྭ་ཕོས་རྩེད་དགའ་བྱེད་པ། །
ད་ལྟ་སྤང་རིའི་སྟེང་ལ། །
ཤྭ་ཕོའི་གྲིབ་གཟུགས་མི་འདུག །
ཤྭ་ཕོ་དེ་འདྲ་མ་གནང་། །
ཁྱེད་ལ་སྐྱུ་གྲོང་ཐོག་ཡོང་། །

སྔོན་མའི་གྲོང་ཚོ་འདི་རུ། །
ང་དང་ཆུང་འདྲིས་འཛོམས་ས། །
ད་ལྟ་གྲོང་ཚོ་འདི་ལ། །
དགྲ་སེམས་ང་ལ་གཏད་བྱུང་། །
སེམས་ནག་དེ་འདྲ་མ་གནང་། །
ཁྱོད་ལ་སྐྱུ་གྲོང་ཐོག་ཡོང་། །

* * * *

ང་དང་བྱམས་པ་འགྲིག་དུས། །
ཞག་གཅིག་ནགས་ལ་སྐྱིད་ཡོད། །
སྐད་ཆ་ཕྱེད་ཀ་བཤད་མཚམས། །

ཕྱེད་ཀ་བྱ་ཡི་དགྱོགས་སོང་།།

ཁྱེད་ཀྱི་སྤྱན་མིག་དེ་གཉིས།།
ཁྲ་ཆེན་སྐར་མ་འདྲ་བ།།
བརྗེ་དུང་ཟབ་མོ་བཅངས་ནས།།
འོད་ཟེར་ང་ལ་འཕྲོས་དང་།།

རྗོ་སྙིང་ཤིང་འབྲས་བཏབ་པས།།
རྩ་བ་ལོ་མ་སྐམ་སོང་།།
ས་རྒྱུ་ལེགས་སར་བཏབ་པས།།
ཞིམ་མངར་འབྲས་བུ་སྨིན་སོང་།།

ང་གཉིས་དགའ་པོ་བྱེད་དུས།།
ཉ་གང་ཟླ་བ་འདྲ་ལ།།
ཕར་ཚུར་འཐམ་འཁྱུད་བྱེད་དུས།།
མེ་ཏོག་ཐགས་འཁྱུད་འདྲ་ལ།།

ང་གཉིས་སྨོན་པའི་འོག་ལ།།
སྤུག་དགོད་ནགས་ལ་སླེབས་འདྲ།།

སྐག་དགོད་རྩེད་འཛོ་རོལ་ཞིང་། །
ང་གཉིས་ཕན་ཚུན་འཁྱུད་བཞིན། །

ཤ་སྦྲུལ་རྩྭ་གསེབ་ཉལ་བར། །
སྤོ་རྩྭས་ཡུག་ཡུག་བྱེད་ཀྱིས། །
ཁྱོད་རང་ཐུགས་ཁྲལ་མི་དགོས། །
ལྷུང་བུས་ཉམས་ཚོད་སློང་རེད། །

*　　*　　*　　*

ཤིང་རྩྭའི་ལྗོན་པའི་འོག་ལ། །
རྨ་བྱའི་སྒྲོ་མདངས་སྐྱོན་གྱིས། །
མཛེས་པོའི་སྒྲོ་གུར་འོག་ན། །
ང་གཉིས་མཆུ་ཏོ་སྦྱོར་གྱིས། །

ང་དང་བུ་མོའི་བརྩེ་དུང་། །
དཀར་པོ་རྒྱ་ཤོག་འདྲ་བ། །
རྒྱ་ཤོག་ནག་འགྲོ་ཟེར་གྱིས། །
རྒྱ་ཤོག་གངས་དཀར་བརྒྱུད་རེད། །

ང་དང་ཆུང་འདྲིས་བར་ལ། །

ཁ་བཏགས་ཡ་ཤིས་མདུད་ཡོད།།

ཡ་ཤིས་ཚད་ཡོང་ཟེར་བྱུང་།།

ཡ་ཤིས་དངུལ་ཐག་བརྒྱུད་རེད།།

ལྷུང་མ་སྐྱེས་ཙམ་གནང་དང་།།

རི་བོ་སྦྲུར་ཙམ་གནང་དང་།།

ཉི་འོད་ཕོག་ས་དེ་རུ།།

སྙིང་སྡུག་མཛེས་མ་བཞུགས་ཡོད།།

ཉི་མཚན་མཉམ་པ་དགའ་སོང་།།

མཚན་ཐུང་སྙིང་གཏམ་རིང་སོང་།།

རིང་ཐུང་གང་འདོད་ཡིན་ན།།

ལབ་གླེང་ཉིན་ཟླ་སྐྱེལ་ཆོག།

གྲོང་སྡེ་འགྲིམས་པའི་རྒྱུག་རྒྱུ།།

གཏིང་ཐུང་གང་ཡིན་མི་ཤེས།།

བུ་མོ་བློ་འདོད་བྱུང་ན།།

ལན་ལ་ལ་གཞས་གཏོང་ཤོག།

སྤྱུར་པ་རྐང་གཅིག་སྐྱེས་ན། །
རླུང་བུས་སློག་ཉེན་ཡོང་རེད། །
མི་ཧྲེང་མི་ཚེ་སྐྱེལ་བ། །
གཉེན་མེད་སེམས་སྡུག་རྒྱུ་རེད། །

དངུལ་མདངས་ཅན་གྱི་གངས་རི། །
གལ་ཏེ་གངས་འཁྱགས་ཞུར་ན། །
བརྗིད་དུ་ཆགས་པའི་རི་བོ། །
ཕལ་བའི་ནང་གི་ཕལ་བ། །

གསེར་སྣ་གཡོགས་པའི་ཧྲ་ཕོ། །
གལ་ཏེ་གསེར་སྣ་དཀྲོལ་ན། །
འགྲོ་ཆེ་རྐྱང་པོ་ཁྱོད་ཡང་། །
ཕལ་བའི་ནང་གི་ཕལ་བ། །

མུ་ཏིག་རྣ་རྒྱན་བརྒྱབ་པའི། །
དམན་ཆུང་ཕྲ་ཕྲ་སི་སི། །
རྣ་རྒྱན་དཀྲོལ་ནས་བཞག་ན། །
ཕལ་བའི་ནང་གི་ཕལ་བ། །

གལ་ཏེ་ཆར་ཆུ་མེད་ན། །
སྤྲིན་ནག་འཁྱུག་ཡང་གང་ཕན། །
བློ་སེམས་དཀར་པོ་མེད་ན། །
སྙིང་གཏམ་མཚར་ཡང་གང་ཕན། །

དམན་ཆུང་ཟླ་དབྱངས་ལྷ་མོ། །
བཞུགས་ས་གངས་དཀར་འགྲམ་དུ། །
སླུ་ཆུང་སྙན་པོ་གཏོང་དུས། །
ཞལ་རས་དམར་མདངས་རྒྱས་སོང་། །

ནམ་མཁར་འཇའ་ཚོན་ཆ་ཡོད། །
ལྷ་ཕྲུག་རྩེ་དགའ་བྱ་བ། །
ཆུ་ནང་གྲིབ་གཟུགས་ཆ་དེ། །
ང་དང་ཆུང་འདྲིས་བྱམས་པ། །

ངང་པ་མཚོ་ལས་བྲལ་སོང་། །
རྟོག་ཆུ་བཟོ་བསམ་མ་ཡིན། །
སྐྱོ་སྣང་སྐྱེས་པའི་རྐྱེན་རེད། །

BAIMA QINGGE

བུ་མོ་ཕ་ཡུལ་བྲལ་བ། །
ཕ་མ་མེད་པས་མ་ཡིན། །
སྐྱོ་རོགས་མེད་པའི་རྐྱེན་རེད། །

*　*　*　*

ལྷགས་གཟེར་ཤིང་ལ་རྒྱག་དུས། །
ཤིང་ཆག་གཟེར་བཟང་མ་སྨྲས། །
མཉམ་དུ་ཆུ་ཞིག་བཏུང་བས། །
ཆུ་ཟམ་བརྩེ་དུང་མདུད་སོང་། །

ཆུ་འགྲམ་མེ་ཏོག་དེ་ནས། །
འཕྱུས་ནས་ཡ་ཙོར་ཕྱུལ་བསམ། །
ལག་པ་རྐྱང་ཙམ་བྱས་ཀྱང་། །
སློ་ཚོད་མ་ཐེག་བཞག་ཡོད། །

ཞིམ་མངར་ལོ་གསུམ་ཁམ་བུ། །
གང་འདྲས་འཕྲུ་དགོས་ཡོད་དམ། །
ང་དང་ལས་འགྲོ་ཡོད་ན། །
ཁམ་བུ་སྤང་དུ་ལྷུང་ཤོག །

གཡག་ལ་རྟ་སྨ་བརྒྱབ་ནས། །
མེ་ཏོག་གཟིགས་སྐོར་ཕྱིན་ཡོད། །
མེ་ཏོག་བཀྲག་མདངས་ཆེ་ཡང་། །
ངའི་སེམས་སོང་བ་མི་འདུག །

ཚུ་ནང་གཡུག་པའི་རྗེ་ཚུང་། །
བཙལ་ཀྱང་རྙེད་པར་དཀའ་མོད། །
བུ་མོ་དྲིན་ལན་ལོག་འཇལ། །
ང་དང་ཡོང་ཐབས་མི་འདུག །

སེམས་པ་སྐྱོ་བའི་གླུ་ཚུང་། །
གྲོགས་པོར་མ་གཏོགས་ཞུས་མེད། །
མ་གཞི་ང་གཉིས་འདྲ་བ། །

*    *    *    *

ང་ལ་བརྩེ་དུང་ཡོད་ན། །
སྨྱུན་གྱིས་གཟིགས་ཙམ་གནང་དང་། །
བདག་ལ་བརྩེ་དུང་མེད་ན། །
རང་རང་སོ་སོར་བྱོས་ཤིག །

རི་མདུན་རྒྱུག་རྒྱུ་སྔོན་མོ།།
རི་རྒྱབ་རྫ་རྒྱུ་སེར་པོ།།
རི་བོས་བཀགས་པས་རྒྱུ་གཉིས།།
རང་རང་སོ་སོར་རྒྱུགས་ཤིག །

ཤར་རི་སྤྲིན་བཟང་དཀར་པོ།།
ནུབ་རི་སྤྲིན་བཟང་དཀར་པོ།།
རླུང་བུས་སྐྱུལ་ཙམ་བྱུས་ན།།
མཚམས་སྤྲིན་བཀྲག་མདངས་སྟོན་ཚོག །

སྔོ་སྐྲ་ས་ཡི་རི་ལ།།
སྨུག་ལྗང་ཚང་ཚིང་ལང་ལོང་།།
ཨ་རྫོའི་གྲི་བོ་རྟེ་བས།།
གང་གཙོད་སོ་སོའི་བློ་འདོད།།

སྦུ་མཐའ་མེད་པའི་ནགས་གླུང་།།
སེར་པོ་འབྲས་ཐུན་ལྡན་པ།།
གར་ཁྲབ་སྒྲུ་ལེན་བྱེད་པར།།

ང་ཡི་མཛེས་མ་བཞུགས་ཡོད། །

གླུ་ལེན་འདོད་མེད་པ་མིན་ཏེ། །
གནམ་སྔོན་མོ་བྱིལ་ནས་ལེན་བསམ། །
གླུ་ལེན་འདོད་མེད་པ་མིན་དེ། །
གདོང་བྱམས་པར་གཏུགས་ནས་ལེན་བསམ། །

ཁྱོད་ནི་སྤྲིན་པ་འདྲ་བ། །
ཉི་འོད་མི་སྒྲིབ་གང་ཡིན། །
ཁྱོད་ནི་མེ་ཏོག་འདྲ་བར། །
དགོད་ཙམ་མི་བྱེད་གང་ཡིན། །

ཁྱོད་ནི་ལྷུང་གླིང་གྲུ་བཞི། །
རླུང་སྦྲ་རྣ་བར་ཐོས་བྱུང་། །
ལྷུང་ལོ་སྤྲུལ་སྤྲུལ་མ་གནང་། །
ང་ཙག་སྒྲིབ་པར་གནང་རོགས། །

གནམ་དགུང་སྐར་ཚོགས་སྟོང་ཕྲག །
འཕྲོས་བར་བྱུང་སྐར་སྨུན་བདུན། །

ས་སྡིང་བུ་མོ་སྡོང་ཕྲག །
སེམས་སོང་བུ་མོ་གཅིག་རང་། །

སྐར་ཚོགས་ལ་མོར་བརྒྱབ་སོང་། །
པ་སངས་གཅིག་པུ་ལུས་སོང་། །
པ་སངས་གྲོགས་མེད་ཁེར་རྐྱང་། །
སྙིང་རྗེ་སྐྱོ་པའི་རྒྱུ་རེད། །

ཞལ་སྐོར་དུས་ཆེན་ཉིན་ལ། །
ག་ལེར་ཁྱོད་རྩར་ཡོང་ནས། །
ཁྱོད་དང་ལབ་གླེང་བྱེད་བསམ། །
དགོད་ཤོར་སྨྲ་ཚིག་མི་འདོད། །

* * * *

བུ་མོ། རི་བོ་མཐོ་དམའ་སྣ་ཚོགས། །
ང་རང་གང་ལ་བརྟེན་དགོས། །

བུ། ང་ཡང་རི་བོའི་གྲལ་རེད། །
གཏམ་འདོད་མེད་ན་འདིར་ཤོག །

བུ་མོ། ཇོ་བ་དཀར་སྤྱོན་ཇོག་ཇོག་དེ།།

ཇོ་གང་ཞིག་ཐབ་ཀའི་ཐབ་ཇོར་ལེན།།

བུ། བུ་ང་ཡང་ཐབ་ཇོའི་གྲལ་ཞིག་རེད།།

འཛུགས་འདོད་ན་སློ་འགྱོད་གང་ཡང་མེད།།

བུ་མོ། ཆུ་ཆེ་ཆུང་སྟོང་ཕྲག་མང་པོ་རེད།།

ཆུ་གང་གི་སྐོམ་འདོད་གསོས་ལེ་རེད།།

བུ། ངའི་མཛའ་གཏམ་འདི་ནི་བདུད་རྩིའི་ཆུ།།

ཞལ་ཕྱིད་ཙམ་མཆོད་ན་སྐོམ་འདོད་སེལ།།

བུ། དམན་བུ་མོ་མི་རྟོག་སེར་ཆེན་འདྲ།།

དཀྱུང་ལྷ་མོ་ལས་ཀྱང་མཛེས་སྡུག་ལྡན།།

ས་གང་འགྲོར་གཡོག་རྩལ་འགྲན་པ་འདྲ།།

ལམ་འགྲོས་པར་ངང་པ་པད་མཚོར་འདྲ།།

མལ་གཉིད་པའི་ལམ་དུ་རྟག་ཏུ་མཛལ།།

དུས་ནམ་ཞིག་མཉམ་དུ་འཛོམས་ལེ་རེད།།

བུ་མོ། ཁྱོད་ཨ་ཛོ་གཡག་དགོད་འདྲ་ལེ་གདའ། །

གཞུང་དྲང་ཞིང་ལས་བརྩོན་སྤྱར་བས་ཆེ། །

འབྲུ་རྗོག་པོ་གཅིག་ལས་བྲལ་གང་བསྡུས། །

མདའ་གཅིག་གིས་གནའ་ཡག་རེ་རེ་གསོད། །

ངའི་སེམས་སུ་ཁྱོད་ཉིད་ཡོད་ལེ་ཡིན། །

ཆ་སྤྲ་ཙམ་སྤྲེབ་པའི་རེ་འདོད་ཡོད། །

* * * *

སྒོ་རྩར་ལམ་ཆུང་དེ་འདུག །

ཁྱོད་ཀྱིས་བལྟ་ཙམ་མི་བྱེད། །

མཛའ་གཞས་མང་པོ་བཏང་རུང་། །

ཁྱོད་ཀྱི་གཞས་ལན་མི་འདུག །

བུ་མོ་ཁྱོད་རང་ལུས་གཅིག །

ང་ཡང་ད་བར་ལུས་བྱུང་། །

ང་གཉིས་མཉམ་དུ་སྡེབ་ན། །

ནམ་འཕང་གཤོག་རྩལ་འགྲན་ཆོག །

ནང་གི་དཔའ་བོའི་རི་མདུན་ལ། །

ལྗོན་པར་ཞིམ་མངར་ཤིང་འབྲས་བཏགས། །

འདུག་སེ་བལྟས་ན་མི་མཐོང་བས། །
ཚང་མ་ལོ་མས་གཡོག་ནས་འདུག །

བྲག་རི་སྤང་རྩྭ་མེད་པས། །
གླ་བ་སེམས་པ་མ་ཆགས། །
རྩྭ་ཆུ་འཛོམས་སར་རྒྱུག་དང་། །

འགྲུལ་ཁང་གཞུང་བདག་མེད་པས། །
བུ་མོ་འཚོར་འཚོར་མ་གནང་། །
ན་གཞོན་འཛོམས་པར་ཐད་ཅིག །

ཆུ་ཡ་རིའི་རྒྱ་སེ་མེ་ཏོག །
དམར་མདངས་བཞད་ཁ་ཕྱེ་འདུག །
ཆུ་བོའི་ཐ་རླབས་དྲགས་ཀྱང་། །
བུང་བར་སྤྲུལ་ནས་འཁོར་ཆོག །

ལྷུང་མའི་སྙིང་གི་དམན་ཆུང་། །
མཚར་སྡུག་ཏ་ཅང་ལྡན་པ། །
འོན་ཀྱང་ཟླ་བ་ཡིན་ན། །

ལེན་ཐབས་ཀུན་དང་བྲལ་སོང་། །

མཚོ་གཉིང་ནོར་བུའི་བཀྲག་མདངས། །
མི་ཚོགས་མང་པོས་ལེན་བསམས། །
ལག་པ་གཏོང་པ་བྱས་ཏེ། །
སློ་ཚོད་མ་ཐེགས་ལེན་འདུག །

ཐག་རིང་ལོ་ཚུང་བྲིས་པ། །
རྒྱབ་ལ་མདའ་གཞུ་འཁྱེར་འདུག །
གྲོགས་འདོད་སེམས་སུ་ཡོད་དེ། །
ངོ་ཚའི་དབང་གིས་ལུས་སོང་། །

གྲོང་མདུན་ཁམ་བུ་སྡོང་པོ། །
འབྲས་བུས་ཡལ་ག་གནམ་གྱིས། །
སྤྲིན་ལྷར་ཡལ་ག་སྒུལ་བས། །
རྫོག་གཅིག་པང་དུ་ལྷུང་བྱུང་། །

ཁྱོད་ཀྱི་དུག་མདའི་ཤུབས་ནང་། །
སྨྱུར་མདའ་མང་པོ་བླུགས་འདུག །

ང་ཙམ་དཀྱིལ་དུ་བཞག་ནས།།
དམིགས་ཡུལ་ག་རེ་ཡིན་ནམ།།

སྤང་སྟེང་མེ་ཏོག་ཁྲི་སྟོང་།།
ཀུ་ཏོག་དྲི་ཞིམ་ལྡན་པ།།
གྲོང་ན་བུ་མོ་ཉི་ཤུ།།
ཡ་མའི་སེམས་པ་བཟང་བ།།

ཤྭ་བ་རྭ་ཙོ་རིང་ཡང་།།
གནམ་གྱི་ཀ་བ་མི་ཡོང་།།
རི་བོང་རྐང་ལག་ཐུང་ཐུང་།།
ལ་མོ་འདྲ་འདྲ་བརྒྱབ་ཡོང་།།

འབྲུ་མཛོད་ག་ཚོད་མཐོ་ཙམ་ཡོད་ན།།
ཙི་ཙི་ཡིན་ཀྱང་འཛེགས་དཀའ།།
ཆུང་ཆུང་རེ་འདུན་མ་བསམ།།
མིག་གི་འཁྲུལ་སྣང་ཡིན་འགྲོ།།

རྒྱ་གར་རྨ་བྱ་མཛེས་ཀྱང་།།

རང་ཟས་རང་གིས་མི་ཟད། །
ཀླུ་ཡུལ་སྲུང་བྱ་སྡུག་ཀྱང་། །
རང་མགོ་མཐོང་ཙམ་བསྟད་ཡོད། །

ཞིང་ནགས་དཀྱིལ་དུ་ཕྱིན་ནས། །
བྱ་རོག་ཕོ་དང་འགྲིག་ཅིག །
སྐྱག་མའི་མེ་ཏོག་དཀྱིལ་ནས། །
ང་དང་ཁྱུ་བྱུག་འགྲིག་ཡོང་། །

རྟ་ཕོར་གསེར་སྒ་བསྐྲོད་ཀྱང་། །
རྒྱུག་རྩལ་མེད་ན་གང་ཡོང་། །
མདའ་ཤུབས་མཛེས་རིས་བཀྲ་ཡང་། །
མདའ་མོ་མི་འཐད་གང་ཡོང་། །
བུ་མོ་རྣམ་པར་མཛེས་ཀྱང་། །
སེམས་བཟང་མིན་ན་གང་ཡོང་། །

ང་ལ་ཅང་ཤེས་མེད་དེ། །
འདོ་ཆུང་ཁལ་པ་ཞིག་ཡོད། །
གཞོག་རྩལ་ཁོ་ལ་མེད་དེ། །

རྒྱུག་ན་ཐང་དཀར་དགོད་འདྲ། །

ངར་དངུལ་ཚགས་བརྒྱབ་པའི་གཞུ་གཅིག་མེད། །
སྡུག་སྨུག་མའི་གཞུ་ནི་ང་ལ་ཡོད། །
འདུག་བལྟས་ན་ཞན་པ་ལོག་ཉེན་ལ། །
རྒྱབ་ཟེར་ན་དགུང་སྔོན་སྐར་ཚོགས་གཏོར། །

ངར་མཛེས་སྡུག་ལྡན་པའི་བྱམས་པ་མེད། །
ངར་བབ་ཆགས་ལྡན་པའི་དམན་ཞིག་ཡོད། །
འདུག་བལྟས་ན་ལྷ་མོ་མིན་ན་ཡང་། །
ངའི་སེམས་ལ་སྐྱིད་པའི་བདེ་སྐྱིད་ཐོབ། །

ངའི་སྐད་གཡོག་གསར་པ་བཟོས་ལེ་ཁར། །
ཁྱོད་ཟེར་ན་གྱོན་ཞག་ཟེར་ལེ་རེད། །
དུས་ད་ལོ་གྱོན་ནས་ཕྱི་རུ་ངོམས། །
ཁྱོད་ད་དུང་ལབ་རྒྱུ་གང་ཞིག་ཡོད། །

སྟག་མའི་མེ་ཏོག་བཀྲག་མདངས་ཅན། །
ཡལ་གས་མི་རྣམས་དུག་གིས་བཟི། །

དམན་ཆུང་བུ་མོ་མཛེས་སྡུག་ཅན། །
བློ་རྩེ་གཉིས་ཀྱིས་མི་རྣམས་གཡེང་། །

ཆུ་ཡིང་ཡིང་འདི་ཡི་ཆུ་མགོ་ན། །
སྙོག་ངན་བཙངས་པའི་སྐྱེ་ཞིག་འཛུགས། །
ཤྭ་བ་དགོ་བ་བཟུང་དགོས་བསམ། །
དུས་དེ་རིང་བྲུ་རོག་བཟུང་བར་བཟློས། །

སྦྲང་རྩི་ཁ་གང་ཟས་པས། །
ཉིན་གསུམ་ཁ་ལ་མངར་བྱུང་། །
གཅུང་མོར་མིག་གཅིག་བལྟས་པས། །
ལོ་གསུམ་སེམས་པ་འཚབ་བྱུང་། །

མདང་ནུབ་ཁྱོད་དང་འཕྲད་ནས། །
སྙིང་གཏམ་ཁ་ནས་དོན་ཙམ། །
ཨ་མས་ཤེས་འགྲོ་བསམ་སྟེ། །
བློ་ཆོད་མ་ཐིགས་བཞག་ཡོད། །

གྲོང་ཚོ་གཅིག་པའི་གཅུང་མོ། །

ལ་མོས་འགྱངས་པ་འདྲ་བྱུང་། །

བལྟ་རེས་མཐོང་རེས་འདུག་སྙེ། །

མཉམ་དུ་འཛོམ་པར་དགའ་བྱུང་། །

ཆུང་འདྲིས་ཕ་ཡུལ་བྲལ་བ། །

ང་ཡི་སེམས་པ་འཁྱེར་སོང་། །

གནས་ཕྱོགས་གང་དུ་ཕྱིན་ཀྱང་། །

འགྲོ་ན་མཉམ་དུ་འགྲོ་འོ། །

*　*　*　*

རྟ་ཕོ་སྤང་སྙེང་རྒྱུག་པར། །

ཤེད་ཤུགས་ཛོམ་པ་མ་ཡིན། །

སྤང་སྤྱིངས་བདེ་ཐང་སྐང་ལ། །

ངས་ཀྱང་ཐག་རིང་རྒྱུག་ཐུབ། །

ཆུ་འགྲམ་ཧ་ཆུ་བསྐོལ་བར། །

གཙང་པོ་སྐམ་པས་མ་ཡིན། །

དྭངས་གཙང་ཆུ་མོ་ཡིན་ན། །

བྱམས་པར་ཞལ་གང་འབུལ་ཆོག །

སྐྱག་མ་གང་སར་བཞད་འདུག །
བྱུང་བས་གཤོག་རྩལ་ངོམ་གྱིས། །
བྱུང་བའི་སེམས་པ་སྐྱོ་པ། །
བྱམས་པ་མགྲོགས་ཙམ་ཕེབས་དང་། །

གཙང་ལྡན་གངས་རིའི་མཆེའུ། །
རྒྱ་ཧར་བསྐྱེན་ན་ཞིམ་པ། །
ང་རང་ཧ་ལ་སྤྲུལ་ནས། །
གཅེན་པོར་མཛའ་གང་བཀུགས་ཚོག །

བྱ་བརྒྱར་ཁ་བརྒྱ་ཡོད་ཀྱང་། །
ཁུ་བྱུག་གསུང་སྐད་སྙན་པ། །
གསུང་སྐད་གཅིག་ཙམ་དོན་པས། །
དཔྱིད་ཀ་པང་དུ་བསུས་བྱུང་། །

བུ་མོ་མི་གཅིག་བརྒྱའི་ནང་། །
ཚུང་འདྲིས་མཚར་སྡུག་ལྡན་པ། །
ཁོ་མོས་དགོད་ཙམ་བྱས་ན། །
ཤར་ཕྱོགས་ཉི་མ་ཤར་འདྲ། །

ཟྡོར་བས་གཙོད་པར་མི་ཞེད། །

རྩྭ་བཟང་རྩྭ་ཁ་གཅིག་སྒྲིལ། །

ཕ་མས་རྡུང་བར་མི་ཞེད། །

ཆུང་འདྲིས་ང་དང་མཇལ་བྱུང་། །

*    *    *    *

བྱམས་པ་མཇལ་བར་སོང་བས། །

ལམ་ཁ་ཆུ་བོས་བཀག་འདུག །

རླབས་ཕྲེང་དཀར་པོའི་ཆུ་བོ། །

ང་གཉིས་སེམས་པ་མི་འགྱུར། །

དཀར་མོའི་སོན་འབྲུ་འདེབས་དུས། །

སེམས་ལ་བྱམས་པ་དྲན་བྱུང་། །

ཉི་མ་ལ་ཚོག་ཐད་དང་། །

ཟླ་བ་མཇལ་ཉན་འདོད་བྱུང་། །

གསོན་དང་ཁྱིམ་བྱ་དཀར་མོ། །

བྱ་སྐད་ཅི་ཙམ་སྐྱོ་རོགས། །

ང་དང་ཆུང་འདྲིས་སྒྲོལ་མ། །

སྙིང་གཏམ་བཤད་ཚར་མེད་དོ། །

ལྷང་བྲེའུ་རང་སྐད་རྒྱག་དུས། །
ལྷང་མའི་འོག་གི་ང་གཉིས། །
བྲེའུ་ཡིས་མཐོང་འགྲོ་མ་བསམ། །
གསང་བ་ཕྱི་རུ་མ་གྱུར། །

ཁྱེད་མེ་ཞིང་འགོག་པར་ཡིན་འདོད་བྱས། །
ངས་རྗོན་པ་རྒྱག་པ་ཡིན་འདོད་བྱས། །
འཛོམ་ས་ཤུག་པའི་འོག་ཏུ་བྱས། །
བྱ་ནེ་ཅོས་གསང་གཏམ་མ་གྱུར་རོགས། །
གཅིན་པོས་ནགས་གསེབ་ཁྲོད་ནས། །
ཤུགས་གླུས་སྐད་ཅིག་བཏང་བྱུང་། །

རྟ་དང་སྒ་གཉིས་བར་ལ། །
དམར་ཁྲས་དམར་ཤན་བརྒྱབ་ཡོད། །
ང་དང་རྐྱང་འདྲིས་བར་ལ། །
ཇོ་ཚའི་གཏམ་གྱིས་བཀག་ཡོད། །

ཟླ་བ་ས་ལ་ལྷུང་དུས།།
རི་ཁྲོད་སྨག་རུམ་འཁྲིབ་སོང་།།
སྒྲུག་ཀྱང་བྱམས་པ་མེད་པས།།
ཀང་མཐིལ་སྨྱུག་མ་ཟུག་བྱུང་།།

ཁྱོད་སྡོད་ས་རི་བོའི་ཕར་རྒྱབ་རེད།།
ཀླུང་མཐོ་པོས་བཀག་ནས་མཇལ་བ་དཀའ།།
ཁ་ཏྲོ་བའི་བྱ་དེ་མགྱོགས་པར་ཕེབས།།
ང་འཁྱེར་ནས་རི་བོར་འགྲོ་རོགས་གནང་།།

ཁྱོད་སྡོད་ས་ཆུ་མོའི་ཕ་རི་རེད།།
ཆུ་རྒྱུག་ཆུས་བཀག་ནས་མཇལ་བ་དཀའ།།
སྐོར་མཁན་གྲུ་པ་མགྱོགས་པར་ཕེབས།།
ང་བྱམས་པའི་ཁ་རྩར་བསྐྱེལ་རོགས་གནང་།།

ཕར་ཚུར་འཛལ་འདོད་འདུག་སྟེ།།
ཁྲིམ་སྲོལ་དམ་པས་བཀག་སོང་།།
ཡར་བལྟས་དཀར་ཆེན་ཟླ་བ།།
ལས་འགྲོའི་གསུང་གཅིག་བསྟམས་དང་།།

རི་བོ་མཐོ་བོའི་རྩེ་ནས། །

གླུ་སྒྲས་ང་རང་འབོད་ཀྱིས། །

སྙམ་བུ་འཐག་འཁྲོ་བཞག་ནས། །

རི་རྩེར་ཤིང་གཅོད་སོང་ཡིན། །

བཟའ་མ་ཟས་འཁྲོ་འཇོག་པ། །

སྐུ་མགྲོན་ཞིག་གི་སྒྲོལ་རེད། །

མཛའ་གཏམ་ཕྱེད་ཙམ་འཇོག་པ། །

བཟའ་མི་ཡིན་པའི་རྟགས་རེད། །

བཟའ་མ་ཟས་འཁྲོ་འཇོག་པ། །

ཁྲིམ་པར་བཀུར་བ་བྱས་རྟགས། །

སྙིང་གཏམ་མང་པོ་བཤད་པར། །

བྱམས་པར་བཀུར་བ་བྱས་རྟགས། །

སྙིང་གྲོགས་ཆུ་ཁར་སླེབས་དུས། །

ཟམ་པ་ཆུ་མོས་འཁྱེར་བཞག །

སྡུག་སེམས་ངན་པའི་ཆུ་མོ། །

བཀག་དོན་ག་རེ་ཡིན་ནམ། །

མཐོ་པོ་དཀྱུང་སྔོན་དབྱིངས་ན། །
སྨིན་དྲུག་གཅིག་སེམས་གཅིག་གཏད། །
རྒྱ་ཚེའི་རྩྭ་ཐང་སྟེང་ན། །
ཞྭ་བ་ཕོ་མོ་རྒྱན་བཞག །
ཞིང་ནགས་སྟུག་པོའི་ཕ་ཏུ། །
ང་དང་ཚུང་འདྲིས་འཛོམས་ས། །

བརྗོད་དུ་ཆགས་པའི་གངས་རི། །
གྲིབ་གཟིགས་མཚོ་ལ་རྐྱབ་དང་། །
སེམས་ལ་བསམ་པའི་མི་བོ། །
གྲིབ་གཟིགས་བདག་ལ་རྐྱབ་དང་། །

སྤང་རྒྱན་མེ་ཏོག་མཚར་བ། །
ཞྭ་བ་ག་ལ་མ་ཤེས། །
ང་སེམས་ཡ་ཙོར་ཤོར་བ། །
གང་འདྲ་བྱས་ཀྱང་མི་ཤེས། །

ང་གཉིས་ཁྲིམ་མཆོས་ཡིན་ཀྱང་། །
རི་ཆེན་ཞིག་གིས་བཀག་འདྲ། །
རི་བོ་ཕར་ཚུར་མཇལ་ཐུབ་ང་། །
ང་གཉིས་མཇལ་ལ་དཀའ་མོ། །

ལམ་ཐག་རྒྱ་མོས་བཅད་སོང་། །
ང་རང་མ་འཁྱོལ་ལུས་སོང་། །
སེམས་སུ་མཛའ་གཏམ་ཡོད་པས། །
འཕྲིན་ཟམ་སྐྱོན་པར་གནང་དང་། །

ཞལ་རས་ཐེངས་གཅིག་མཇལ་ལ། །
ཚང་མའི་གཉིད་ཐེབས་བཅག་སོང་། །
ཁྲིའུ་ཆུང་ཕོ་མོར་སྤྲུལ་ནས། །
དཀྱུང་སྔོན་དབྱིངས་སུ་འཕུར་འགྲོ། །

བཅོ་ལྔའི་ཟླ་བ་ཤར་ཐུབ་ང་། །
ང་གཉིས་འཛོམས་པའི་ལས་མེད། །
དམ་ཚིག་སེམས་ལ་ཉར་ཡོད། །
མགྱོགས་པོར་ང་རྩར་ཕེབས་དང་། །

བྱ་རྒྱལ་ཐག་རིང་འཕུར་སོང་།།

བྱ་མོའི་སེམས་པ་འཁྱེར་སོང་།།

བྱམས་པ་ཀོང་པོར་འགྲོ་དུས།།

སྙིང་གཏམ་ང་ལ་བཅོལ་སོང་།།

ཐག་རིང་བྱམས་པ་འགྲོ་བ།།

རྟ་འཁྲིད་གྲོང་ཚོ་ཐོན་སྐབས།།

ཕྱི་མིག་བལྟ་ཙམ་བྱས་པས།།

མིག་ལ་མཆི་མ་འཁོར་སོང་།།

ཉེ་ཟླ་རིང་ཡང་འཕྲད་ཀྱི།།

ང་གཉིས་གྲོང་གཅིག་འཕྲད་དཀའ།།

ཡིག་ཆུང་འབྲི་བར་མི་ཤེས།།

ལས་བསྐུར་ལབ་གླིང་ཡོང་དོགས།།

ན་ནིང་ཤིང་ཚལ་མེ་ཤོར།།

ད་ལོ་དྲི་ཞིམ་འཕྱུལ་བྱུང་།།

ན་ནིང་རྟག་ཏུ་མཛལ་བྱུང་།།

ད་ལོ་གར་ཡོད་མི་ཤེས། །

*　　*　　*　　*

སྤུ་ཕྲུག་བལ་གྱིས་འཐག་ཡོད། །
བཙོ་དང་བྲལ་ན་མི་དམར། །
ང་ཡི་འཚོ་གོས་སྐྱིད་པོ། །
ཕྲོད་དང་བྲལ་ན་མི་སྒྲོ། །

ཆུ་མོས་བཀག་པའི་རི་གཉིས། །
བལྟ་རེས་མཐོང་རེས་ཡོད་དམ། །
བར་ཐག་འགྱང་ནས་བསྡད་ཡོད། །

རི་བོས་བཀག་པའི་ཆུ་གཉིས། །
བལྟ་རེས་མཐོང་རེས་མེད་དམ། །
འཛོམས་ས་རྒྱ་མཚོའི་ནང་རེད། །

རི་གཤམ་རྒྱུག་ཆུ་འཁྱིམ་པོ། །
ང་སེམས་ཐ་གློང་འཁྲུག་སོང་། །
གཙང་འཁྲམ་དེ་ནས་བལྟས་པས། །
ཤིང་ཟམ་ཕོ་ཡང་ཆད་བཞག །

ལོ་གསུམ་རི་ལ་སྒོམ་པས།།
ལྷ་འདྲེའི་གཟུགས་བརྙན་མ་མཐོང་།།
ལྕམ་མོར་ལོ་གསུམ་སྒྲུག་པས།།
ལྕམ་མོ་ལོག་པ་མ་མཐོང་།།

ལོ་གསུམ་ཁམ་བུ་མངར་ཞིང་།།
བྱམས་པའི་སྐད་སྒྲ་དྲན་བྱུང་།།
སང་ཉིན་བྱམས་པ་འགྲོ་བས།།
དོ་དགོང་ཐུག་འཕྲད་མ་བྱུང་།།

འཛོལ་མོར་བདུད་རྩི་བྲལ་བས།།
བདུད་རྩིས་མཆི་མ་གཏོང་གི །
ཆུང་འདྲིས་ཕ་ཡུལ་བྲལ་བས།།
ང་རང་མིག་ཆུ་ཤོར་བྱུང་།།

ལྷ་ཀླུ་ལོ་མང་གསོས་ཀྱང་།།
ལུས་པོ་ནད་གཞིས་དཀྲིས་བྱུང་།།
བྱམས་པས་བལྟ་ཙམ་བྱས་ན།།

ནད་ཀྱང་མེད་པར་གྱུར་ངེས། །

ཆུ་མོ་དལ་དལ་བབས་ཀྱིས། །
མེ་ཏོག་དྲི་ཞིམ་འཐུལ་བྱུང་། །
ཀློག་ཏུ་དགའ་པོར་བྱས་ནས། །
གསང་གཏམ་ཟབ་ཏུ་སྦས་ཡོད། །

སེང་དཀར་གངས་རི་བྲལ་སོང་། །
གངས་རི་ཁེར་རྐྱང་ལུས་སོང་། །
ཤྭ་བ་ན་ཁ་བྲལ་སོང་། །
ན་ཁ་སེར་པོར་གྱུར་སོང་། །

*　　*　　*　　*

བྱ་ཕོ་མདའ་ཡིས་དགྲོངས་སོང་། །
བྱ་མོ་རང་ཤི་བརྒྱབ་སོང་། །
ཆུང་གྲོགས་དཔོན་གྱིས་འཁྲིད་ཀྱང་། །
ང་རང་མི་ཚེ་སྐྱིད་ཚོག །

ཁྱོད་ལ་སྐྱེལ་བའི་མནའ་ཚིག །
སྙིང་ལ་རི་མོ་བཀོད་འདྲ། །

སྙིང་ཆགས་རི་མོ་མི་ཟུབ། །

ཁྱོད་ལ་བཙངས་པའི་བརྩེ་སེམས། །
ཁ་བཏགས་དཀར་པོ་འཛིན་འདྲ། །
ཆད་ཀྱང་བརྩེ་དུང་མི་གྲོལ། །

ཅན་དན་སོལ་བར་གྱུར་ཀྱང་། །
མི་ཕྲད་བསྐྱུར་དུ་འབར་ཡོང་། །
ང་གཉིས་བརྩེ་དུང་ཆད་ཀྱང་། །
ནམ་ཞིག་འཁྲིག་པར་གྱུར་འགྲོ། །

དྲག་ཆར་ནང་དུ་ཁྱིམ་བཀབ། །
ཆུ་རྒྱུས་དུས་སུ་ཟམ་འཛུགས། །
དཀའ་སྡུག་གང་ཞིག་ཕྲད་ཀྱང་། །
ང་གཉིས་མི་ཚེ་སྐྱེལ་ཆོག །

སྟོང་ཚང་ རླུང་གིས་འཁྱེར་སོང་། །
ཚང་གསོས་སྤུར་ལས་སྐྱིད་པ། །
གཏམ་ཆལ་ག་ཚོད་མང་ཡང་། །

ང་གཉིས་བརྩེ་དུང་ཟབ་པ། །

ནམ་མཁའི་སྐར་ཚོགས་བགྲ་བ། །
ས་སྟེང་མེ་ཏོག་མཚར་བ། །
བྱུང་ན་ཚེ་བཟང་མཇལ་ཡོང་། །
མ་བྱུང་ནམ་ཡང་མི་མཇལ། །

སྤོ་སྨིས་བྱ་སྐྱག་ཕ་ཡུལ། །
བྱ་ལམ་བཅད་ནས་ཡོང་ཡོད། །
རི་བོ་ག་ཚོད་མཐོ་ཡང་། །
ང་གཉིས་བཀག་ཐབས་བྲལ་ཡོད། །

བྱ་སྟག་མའི་ཕ་ཡུལ་གོང་པོ་རེད། །
ཆུ་ཆེན་པོར་རྒྱབ་ནས་ཡོང་ལོ་རེད། །
ཆུ་ཆེན་པོ་ག་ཚོད་ཡོད་ན་ཡང་། །
ང་གཉིས་གར་སོང་མཉམ་དུ་ཡིན། །

ཆུང་བྱམས་པའི་ཕ་ཡུལ་ཀློ་ཡུལ་རེད། །
ཀང་སྨུག་མས་ཟུག་ཀྱང་ཡོང་ལོ་རེད། །

ས་གང་སར་སྐྱུག་རྩེ་ཡོད་ན་ཡང་། །
མཉམ་ཤི་མཉམ་གསོན་བློ་མི་འགྱུར། །

* * * *

མཐོ་རི་གངས་ཀྱིས་མནབས་འདུག །
ལུང་ཆུང་མཆོད་རྟེན་བཞེངས་འདྲ། །
སྨུན་པ་ག་ཚོད་ནག་ཀྱང་། །
ནག་པོ་ཆགས་པར་མི་ཞེད། །

མ་ཅེ་ཆུ་ཡིས་འཇིགས་ཀྱང་། །
དཔེ་ཆ་ཆུ་ཡིས་མི་ཐུབ། །
བྱམས་པར་ཤོག་པ་སློག་ཀྱང་། །
ང་གཉིས་ནམ་ཡང་མི་བྲལ། །

རྒྱ་ཤོག་སྙིང་གི་ཡིག་ཆུང་། །
རལ་ནས་མེད་པར་གྱུར་སོང་། །
སེམས་སུ་ངེས་པའི་སྙིང་གཏམ། །
ཀས་ཀྱང་བརྗེད་རྒྱུ་མི་འདུག །

བུ་མོས་གཡོག་པའི་ལག་གདུབ། །

ག་མར་ཡིན་ལ་མ་ཐུད། །
ཐུད་ན་སླག་ངན་ཡོང་རེད། །
ཧླག་ན་བཙེ་བས་མི་རྙེད། །

གཞོན་ནུས་བཅིངས་པའི་ལྷམ་སྒྲོག །
གང་ས་ཡིན་ལ་མ་དགྲི། །
དགྲི་ན་ཆད་པའི་ཉེན་ཡོད། །
ཆད་ནས་མཐུད་ན་མི་མཛེས། །

ཤིང་འབྲས་རྡོ་ལ་བརྡབ་ན། །
རྩ་བ་སྐམ་ནས་མི་སྐྱེས། །
ཤིང་འབྲས་བརྟན་ལ་བརྡབ་ན། །
ལོ་མ་འབྲས་བུ་མང་ངོ་། །

ལམ་ནི་མི་ཡིས་གཏོད་ཡོད། །
མཚོ་ནི་ཆུ་ཕྲན་འདུས་པ། །
ཁྱེད་ཉིད་རི་ལམ་གཏོད་ཡོད། །
མིག་ཆུ་མཚོ་མོར་གྱུར་ཡོད། །

ཉི་ཟླ་གངས་རིར་འཁྱུར་སོང་།།
སེང་གེའི་གཡུ་རལ་མི་ཉམས།།
ནམ་དུས་གྲང་དུ་སོང་བས།།
བྱམས་པའི་སེམས་པ་མི་འགྱུར།།

ཁམ་བུ་སྨིན་ན་སར་ལྷུང་།།
བུ་ལོ་ལོན་ནས་ཕྱིར་འགྲོ།།
ཨ་མ་ལགས་སུ་ཕུལ་རྒྱུ།།
ང་ནི་ཕོ་རང་རྐྱར་འགྲོ།།

*　　*　　*　　*

ང་གཉིས་སྐྱ་ཀ་ཁྲ་མོ།།
བཟའ་སྤྱོད་འགྲོ་གསུམ་ཚང་གཅིག།
འདི་ལོ་ཁྱོད་སེམས་འགྱུར་ནས།།
བྱ་རོག་མཉམ་དུ་འགྲོ་འདོད།།

ལོ་མ་རྗེ་བའི་ཤུག་པ།།
འཚང་ཞིག་རྒྱག་ཐབས་བྲལ་སོང་།།
བྱམས་པ་སྤྲུལ་དང་འདྲ་བས།།
མཉམ་དུ་སྐྱེལ་ཐབས་བྲལ་སོང་།།

མི་རྟོག་སད་ཀྱིས་འཁྱེར་བ། །
སྙིང་རྗེ་མེད་པའི་བ་མོ། །
ང་སེམས་སྐྱིད་པོ་མེད་པ། །
སེམས་ངན་པོ་ཡིས་བཟོས་སོང་། །

སྔོ་སྔོ་ཐང་ཞིང་སྔོན་པོ། །
རྐང་གྲངས་བརྒྱ་ཙམ་སྐྱེས་འདུག །
བུ་མོ་སེམས་བཟང་ཅན་གྱིས། །
ར་སྨྱུག་བརྒྱ་ཙམ་སྐྱེས་འདུག །

དཀའ་སྡུག་མང་བའི་འཇིག་རྟེན། །
དབུས་ནང་ང་རང་སྐྱོ་བ། །
བྱམས་པས་ང་རང་བསྐྱུར་ཀྱང་། །
སྡུག་པོ་ཆང་ལྷར་འཁྱུང་ཚོག །

ང་ནི་རྒྱ་ཞིང་དཀར་པོ། །
ཕྱི་ནང་མེད་པར་དྭངས་གཙང་། །
བྱམས་པས་ང་རང་སྡུག་ཟེར། །

གང་ཞིག་བྱམས་སེམས་ཡིན་འགྲོ། །

འཇོལ་མོ་བཟའ་ཇམ་བྱ་སྐེ་རླུང་ནང་འཛུལ། །
ཁ་ནས་ཙ་ཚོ་བསྒྲགས་ཤིང་མཚམས་མི་འཇོག །
མགོ་བོ་ཡར་བཀྱགས་སྤོ་ལྷོང་རི་བོ་མཐོང་། །
རི་སྟེང་ལོག་པར་དགའ་བའི་གྲོད་པ་སྐྱོ། །

* * * *

དར་ལྕོག་འཇའ་ཚོན་སྣ་ལྔ། །
ལྷ་ཀླུའི་ཕོ་བྲང་མཆོན་བྱེད། །
བྱམས་པ་དར་ལྕོག་འདྲ་བ། །
བསམ་བློ་གང་གཏོང་མི་ཤེས། །

སྤུ་མོ་རྩྭ་ཐང་འདིའི་སྟེང་དུ། །
རྟག་ཏུ་ཤྭ་ཕོ་ཡོང་གི། །
ད་ལྷ་ཤྭ་བ་ཕོ་ཆེན། །
རྩྭ་ཐང་འདི་དང་ཁ་བྲལ། །

གསོན་དང་ཤྭ་བ་ཕོ་ཆེན། །
ཁེངས་དྲེགས་འདི་ཙམ་མ་བྱེད། །

ཁྱེད་རང་མེད་པ་ཡིན་ཀྱང་། །
རྒྱ་ཐང་སྤྱར་ལས་བགྲ་བ། །

སྔོན་མ་གྲོང་ཚོ་འདི་རུ། །
ཕོ་མོས་དགའ་འཛོམས་བྱེད་ཟིན། །
ད་ལྟ་སྐྱག་ཤར་གཞོན་པས། །
དམན་ཆུང་བུ་མོ་བརྗེད་བཞག །
གསོན་དང་སྐྱག་ཤར་གཞོན་པ། །
གསར་དགའ་སྙིང་ཞེན་མ་ལོག །
གཞོན་པ་ཁྱོད་ཚོ་མེད་ཀྱང་། །
ང་ཚོ་མནའ་མ་བྱས་ཚོག །

ཐང་ཤིང་ལོ་མ་སྔོན་པོ། །
བྱིའུ་ཆུང་སེམས་ཆགས་མི་འདུག །
ཁྱེད་རང་ཕུར་ན་འཕུར་ཤོག །
ང་ནི་སྡར་བཞིན་སྡོ་བ། །

མཐུད་གསུམ་བརྒྱབ་པའི་ལག་བརྟེན། །
སྣོ་རྩེ་གསུམ་གྱི་བྱམས་པ། །

ཉིན་གཅིག་བཟང་པོའི་ཚིག་སྨྲ། །

ཉིན་གཅིག་དུག་སྦྲུལ་ལས་གཏུམ། །

ཐོག་མར་དགའ་པོ་བྱེད་དུས། །

ཁྱེད་སེམས་དར་ལས་དཀར་བ། །

ལོ་ཟླ་སོང་རིམ་བཞིན་གྱིས། །

ཁྱེད་སེམས་ཀུན་ལས་ངན་པ། །

གཡོ་སྒྲུའི་ཁ་མཆུ་རྫོ་བའི། །

དམན་ཆུང་བུ་མོའི་གྲ་གྲུ། །

མཆུ་བས་ང་ལ་གཙོགས་ནས། །

བསམ་ངན་ང་ལ་བཙངས་བྱུང་། །

ཆུང་འདྲིས་གཅིག་ཏུ་ཡོད་པས། །

མགོ་སྐོར་བཏང་ནས་ཤི་སོང་། །

མགོ་བོ་བྱ་ཡིས་ཟས་སོང་། །

ལུས་པོ་ཁྱི་ཡིས་ཟོས་སོང་། །

གདམ་སྐན་སྦྲང་རྩི་མངར་མོས། །

ང་ཡི་བརྩེ་སེམས་བསླུས་སོང་། །

སེམས་པ་གནག་པའི་བྱམས་པ། །

དམྱལ་བའི་གཏིང་རྗེར་ལྷུང་ཤིག །

*　　*　　*　　*

ཉི་མ་ལ་ལ་ཐད་སོང་། །

གྲིབ་ཆེན་ཐང་ལ་བཞག་སོང་། །

བྱམས་པས་ང་རང་གཡུགས་པས། །

སྙིང་རླུང་ལངས་ནས་བསྡད་ཡོད། །

རི་སྐྱེང་དར་ལྕོག་གཡོ་གི། །

ནམ་ཡང་དར་ཤིང་མི་བྲལ། །

ཆུ་མོ་ཕྱུར་དུ་བབས་ནས། །

སྐར་ཡང་ལོག་རྒྱུ་མི་འདུག །

བཅོ་ལྔའི་ཟླ་བའི་འོག་ལ། །

སེམ་སེམ་རྒྱུག་ཆུ་བབས་ཀྱིས། །

ང་གཉིས་རྒྱུག་ཆུའི་འགྲམ་ནས། །

གྲིབ་གཟུགས་ཆུ་ལ་འཕང་ཡོད། །

ཚེས་གསུམ་ཟླ་བའི་འོག་གི།
ཚུ་ཚུང་སྐད་སྒྲ་ངན་པོས། །
ཚིག་མེད་ཁེར་རྐྱང་ལུས་པས། །
ལྡོན་པར་སྐྱུར་ནས་བསྡད་ཡོད། །

དགོས་འདོད་སླང་ཆེན་མཆེ་བ། །
རྟག་ཏུ་གཞན་ལ་རག་སོང་། །
མི་དགོས་གཡག་གི་རྣ་ཅོ། །
རྟག་ཏུ་ངའི་རྩར་སླེབས་བྱུང་། །

ཆེབས་དཔོན་ག་ཚོད་ཞེད་ཀྱང་། །
སྲབ་མེད་རྟ་དགོད་མི་ཐུབ། །
ཕ་མ་ག་ཚོད་དམ་ཡང་། །
ལོ་ཆུང་བུ་མོ་མི་ཐུབ། །

མཛའ་མ་བྲལ་བའི་ངང་པ། །
སྐྱོ་སྣང་སྐད་གཅིག་རྒྱག་གི།
ཁང་གཉིས་འོ་ཞོ་བྱུས་ནས། །
ང་ཡིད་དམར་ཆུང་འཁྲོག་སོང་། །

ང་ནི་ཕ་མས་གསོས་པས། །
བསམ་ངན་བཅངས་དོན་གང་ཡིན། །
གཡག་ལ་སེམས་པ་ཤོར་ནས། །
མི་ཚེ་སྡུག་ལ་སྒྱུར་བྱུང་། །

ནེ་ཙོར་གཞོག་པ་ཡོད་ཀྱང་། །
འཕུར་བའི་དབང་ཆ་མི་འདུག །
རྐང་འདྲིས་བྱམས་པ་ཡོད་དེ། །
མཇལ་བའི་དབང་ཆ་མི་འདུག །

ང་གཉིས་མཛའ་སེམས་གཅིག་མཐུན། །
ཡ་བྲལ་གྱིས་ཧེ་ཕྱིན་སོང་། །
གྲོགས་མེད་ཁེར་རྐྱང་ལུས་པས། །
མིག་ཆུས་ངོ་གདོང་བཀྲུས་སོང་། །

བྱམས་པ་སྐུག་ཁར་ཁེལ་བ། །
སྙིང་རླུང་ལང་ནས་བསྡད་ཡོད། །
ཚེ་སྔོན་ལས་ངན་མི་ངན། །

འཇིག་རྟེན་མི་དྲང་ཡིན་འགྲོ།

སྐྱུ་ཀར་ཞལ་ཚང་ཡོད་ཀྱང་།།
བྱ་རོག་ངན་པས་བརྫུང་སོང་།།
ང་གཉིས་ལོ་མང་གཤིབ་ཀྱང་།།
ཕ་མ་བཙན་པས་བྲལ་སོང་།།

སྤྲིན་ནག་ལང་ཡོང་འཕྱུར་བ།
རླུང་དམར་འཚུབ་པའི་སྐྱོན་ཡིན།
མགོ་བས་ང་རང་རྫུང་པས།
བྱམས་པ་ཕེབས་ན་བསམ་གྱིས།

ལོ་མང་མཛའ་བའི་ཆུང་འདྲིས།
བགྲང་བྱ་བཅུ་ཙམ་མ་མཛལ།
ང་སེམས་དྲན་པའི་མཛའ་གཙུགས།
འཇིག་རྟེན་འདི་ནས་བརྗེད་དཀའ།

ཕ་ཡུལ་མེད་པ་མ་ཡིན།
ཡུལ་ལུང་སྐྱིད་པོའི་གློ་ཡུལ།

ཕ་ཡུལ་མ་དགའ་མ་ཡིན། །
ཚུང་འདྲིས་བྲལ་བའི་རྐྱེན་ཡིན། །

ཁྲལ་ འུལ་མདའ་ལས་མང་བ། །
བྲམས་པ་ཕྱི་ལ་བསྐྱོད་དགོས། །
མར་ཅམ་སྐྱེལ་བ་ཕྱིན་པས། །
རྒྱུག་ཚུས་མཆི་མ་གཏོང་གི།

ཚུང་འདྲིས་ལྷ་མོ་འདྲ་བ། །
གཞན་གྱི་མནའ་མར་སྨྲིན་སོང་། །
ལྷ་མོའི་གཟུགས་དབྱིབས་མཐོང་དུས། །
སེམས་ནང་སྨུན་ནག་འཁྲིག་སོང་། །

སྔོ་ཁྲིས་བདག་པོ་མཐོང་དུས། །
ཇ་མ་ཡུག་ཡུག་བྱེད་ཀྱིས། །
མི་ངན་བུ་མོར་མཐོང་དུས། །
ཁ་ཚུ་ནར་ནར་ལུད་ཀྱིས། །

ཅང་ཤེས་སྲབ་མདའ་གཡོག་པས། །

སྤོ་རྩ་ཁ་ལ་མི་རེག །
བུ་མོར་སྔོ་ལྷགས་རྒྱབ་ན། །
བལྟས་ཀྱང་མཐོང་བ་དཀའ་བྱུང་། །

བུ་ཆུང་ཆུང་མ་བྲལ་བས། །
མིག་ཆུས་དར་ལྡིང་བརྒྱབ་བྱུང་། །
དཔོན་པོས་བྱམས་པ་ཁྲིད་སོང་། །
མི་ཚེ་ཏ་ལོག་ཐེབས་བྱུང་། །

མཛའ་མོར་མི་ཡིས་བསླུས་པས། །
ལོག་ཏུ་ཁྲིད་པར་དཀའ་སོང་། །
སྔོན་མའི་དྲག་ཆར་འཕེལ་དུས། །
སེམས་ནང་ལྡིང་བསྐོར་རྒྱག་གི།

ཁྱེད་ནི་གསེར་ཟངས་སྐུ་རེད། །
ང་ནི་རྫབ་བཟོས་ལྷ་དབྱིབས། །
ལྷ་དབྱིབས་འདྲ་འདྲ་ཡིན་ནའང་། །
དགོན་པ་གཅིག་ཏུ་འཛོམས་དཀའ། །

ཁྱེད་ནི་དངུལ་གྱིས་བཟོས་པ། །
ང་ནི་རག་ལས་གྲུབ་པ། །
ནོར་བུ་གཅིག་པ་ཡིན་ནུང་། །
ཕུགས་མ་གཅིག་ཏུ་འཛོམས་དཀའ། །

ཉི་མ་ལ་ལ་ཐད་སོང་། །
ཆུང་འདྲིས་གྲོང་སྟེར་འགྲིམ་སོང་། །
ཉི་མ་སང་ཞོགས་མཇལ་ཀྱང་། །
བྱམས་པ་ག་དུས་མཇལ་ལམ། །

ཉིན་རི་འོད་ཀྱིས་བཀང་སོང་། །
སྤྲིབ་རིར་མུན་པ་ཐེབས་སོང་། །
བུ་མོ་མནའ་མར་སྤྲིན་པས། །
གཞོན་པ་སྙིང་རླུང་ལངས་སོང་། །

ཉ་མོས་འབུ་དམར་ཟས་པས། །
ལྕགས་ཀྱུས་ལས་དབང་སྦྱུབས་སོང་། །
བུ་མོར་མགོ་བོ་སླུ་བས། །
ལང་ཚོ་ཆུ་ལ་གཡུགས་སོང་། །

བཟང་ངན་གང་ཡང་མེད་པའི། །
ཚིག་ངན་ཤོད་དོན་གང་ཡིན། །
ཁྲོད་སེམས་སོང་བ་འདུག་ན། །
དེ་ལ་ཡག་ཙམ་གནང་དང་། །

སྤྱིན་དགའ་ང་དང་མཉམ་དུ། །
ལུས་སེམས་འཁྲིས་ནས་ཚར་ཡོད། །
ཁོ་མོ་ཐག་རིང་སྤྲིན་པས། །
མཛལ་བའི་དུས་ཤིག་ཨེ་ཡོད། །

དུས་སྤྱིན་འཕེར་བའི་རི་བོ། །
ན་བུན་ཁྲོད་ན་ལངས་ཡོད། །
གནམ་དགུང་ཉི་མ་ཟླ་བ། །
ཁ་ཕྱོགས་འཁྱུལ་བ་མི་ཡོང་། །
ན་གཞོན་གྲངས་ལས་འདས་པ། །
ཕོ་མོ་དཔུང་པ་གཤིབ་ནས། །
དབུ་སྐྲ་དུང་ལ་འགྱུར་ཚོག །
*    *    *    *

གཙུག་ལག་ཆོས་རའི་ནང་དུ། །
རི་ལྷར་བརྩེགས་འདྲའི་དཔེ་ཆ། །
རིག་པ་གསལ་པོ་མེད་པས། །
ཀློག་འདོད་ཡོད་པ་མི་འདུག །

རི་རྩེར་བསྐྱབས་པའི་གངས་དཀར། །
ཉི་མས་ཁྱུར་བ་ཞག་ཅིག །
དཔྱིད་རླུང་ལྷིང་བ་ཙམ་གྱིས། །
མེ་ཏོག་སྣ་བརྒྱ་འཛོམས་ཡོང་། །
སེམས་བཟང་ཅན་གྱི་གྲྭ་ཚང་། །
བློ་སེམས་འགྱུགས་ནུས་ཡོད་དམ། །

མཐོ་མཐོ་དགུང་སྔོན་དབྱིངས་ན། །
ཉི་མ་ཟླ་བ་བཞུགས་ཡོད། །
སྤྲིན་དཀར་ཞབས་ཐྲོར་རོལ་བས། །
འབྲུག་སྐད་གཞས་གདངས་ཁྲིག་ཁྲིག །

གངས་དཀར་རི་བོའི་རྩེ་ན། །
སེང་གེ་ཕོ་མོ་བཞུགས་ཡོད། །

གངས་སེང་བྲོ་ལ་རོལ་བས། །
རླུང་བུས་སྐད་བཟང་སྒྲོག་བྱུང་། །

ལྷུང་ལྷུང་རྒྱུག་ཆུའི་འགྲམ་ན། །
ན་གཞོན་ཕོ་མོ་འཛོམས་འདུག །
མི་ཏོག་གཡོ་ཙམ་བྱས་པས། །
རྒྱུག་ཆུའི་སྐད་སྙན་ཐོས་བྱུང་། །

* * * *

བ་དམ་ཡག་པ་ས་ནས་སྐྱེས། །
ཤུན་ལྷན་འབྲས་ནི་འདམ་ནས་སྐྱེས། །
མཛའ་བའི་གཅེན་པོ་ཛམ་པ་ཡིན། །
ང་ལ་སེམས་དམར་སྤྲིན་ལ་ལྟོས། །

གསེར་དངུལ་རི་ལྟར་སྤུངས་ཀྱང་། །
བལྟ་ཙམ་བྱེད་འདོད་མི་འདུག །
བུ་མོར་དགོས་པའི་ཨ་ཇོར། །
ལས་ཟས་གོས་གསུམ་མི་འཛོམས། །

གཞས་ཤགས་རྒྱག་པའི་དུས་རེད། །

གྲོང་གི་བུ་མོས་གསོན་ཅིག །
ང་ལ་མཐོང་འདོད་ཡོད་ན། །
མཛའ་གཏམ་གཞས་ནས་གཏོང་དང་། །

ལོ་ཆུང་མདའ་གཞུས་སྐོར་བས། །
འོད་མདངས་མིག་ལ་འཕྲོ་བྱུང་། །
ངོ་ཚས་ལྐོག་ཏུ་བལྟས་ཀྱང་། །
འཁྲིག་པའི་གོ་སྐབས་མ་རེག །

ཤྭ་ཁྲུས་སྤོ་རྩྭ་བཟའ་དུས། །
ཤ་ཐོར་མདེལ་ཕུང་སྤྲོད་ཅིག །
རིན་ཐང་བྲལ་བའི་ཁྲག་རྣ། །
མགོ་བོའི་རྩེ་རུ་བཞུགས་ཡོད། །

གྲོང་ཚོའི་ནང་གི་དམན་ཆུང་། །
ན་སོན་ཚང་ཀ་ཤིག་ཤིག །
མཛངས་མ་ཡིན་པ་ཞིག་ལ། །
ང་སེམས་སོང་བ་གཅིག་འདུག །

རི་མགོར་རྩེ་རིང་ཐག་འཕྲུད། །
ང་དང་བྱམས་པ་སྙིང་འབྲེལ། །
ཁྱོད་ཀྱིས་རྗོན་རྒྱུག་བྱོས་ཤིག །
ང་ཡིས་ཞིང་ནང་གཡོག་བྱེད། །

ཁྱེད་རང་ལྷང་འཛུགས་བྱེད་ན། །
ཁྱིམ་ནང་འཁེལ་འཐག་ངས་བྱེད། །
ཁྱིམ་པ་འདི་འདྲ་བསྐྱངས་ནས། །
སྐྱིད་པའི་མི་ཚེ་བསྐྱལ་ཆོག །

གངས་དཀར་རི་བོའི་གཤམ་ལ། །
སྙིང་སྡུག་གྲོགས་ངན་བཞུགས་ཡོད། །
ཕོ་མོས་གླུ་དབྱངས་ལེན་སྐབས། །
ཞལ་རས་སྡུག་མའི་མེ་ཏོག །

*  *  *  *

སྤོ་ལྷང་ཡལ་ག་རིང་བས། །
ཡར་བལྟས་གངས་རི་མཐོང་བྱུང་། །
མར་བལྟས་འབྲས་ཞིང་མཐོང་གིས། །

ཕར་བལྟས་མེ་ཏོག་འདྲ་བས། །
དམན་ཆུང་བུ་མོ་རེད་འདུག །
བུ་མོས་ཞབས་བྲོ་བརྒྱབ་པས། །
འཇའ་འོད་གུར་ཁང་ཕུབ་བྱུང་། །

སྤོ་ལྗོང་ཡུལ་ལྗུང་འདི་རུ། །
སྨུག་པ་ལྷབ་ལྷུབ་གཡོ་བ། །
གཞོན་པས་བྱ་དགོད་འགྲན་པས། །
བུ་མོ་རྨ་བྱ་ལས་མཛེས། །

གཙང་ཆུའི་རླབས་ཀྱིས་འོད་མདངས་འཕྲོ། །
རྫོ་བ་གཡུགས་པས་གཏིང་མཐར་སྦུབས། །
དམན་ཆུང་མཚར་སྡུག་ལྡན་པ་ཡིས། །
གླུ་ཞིག་བླངས་ནས་སེམས་བཟང་མཆོན། །

གྲི་ཡིས་ཤིང་ཟམ་ཁ་ཐོར་བཏང་། །
ཨ་ཇོ་གཅིག་ལ་བློ་སེམས་གཉིས། །
དགོང་རྩ་མེད་པའི་བ་ཡང་རེད། །
བློ་རྩེ་མང་བས་མཛའ་བ་རེད། །

ང་དང་མཛའ་མའི་ལོ་གསར། །
སྤྲིན་སྒྲུབ་བྲོ་ལམ་གཏོང་བསམ། །
ལམ་ཆེན་འགྲིང་རིར་མཐར་ཡངས། །

ཟླ་འོད་ས་གཞིར་ཕོག་པས། །
གྲིབ་གཟུགས་གཉིས་ཀྱི་མཚར་སྡུག །
གཉེན་སྙན་མཛའ་གཏམ་མང་པོས། །
ལོ་ལེགས་བྱུང་སྐོར་བཤད་ཟིན། །

བཟང་ངན་མེད་པའི་དེ་ཕོ། །
སྐད་གསང་མི་སྒྲོག་གང་ཡིན། །
མཛའ་མོའི་ཁྱིམ་གྱི་ཞིང་ཁ། །
ང་ཡིས་སྨོ་རྒྱུ་སྐུག་འདུག །

ལྷུམ་རའི་ནང་གི་བྱུང་བ། །
མགྲིན་སྒྲ་གང་སར་ཕྲོས་གྱིས། །
ཇོན་པ་བརྒྱ་ཕྲག་འགའ་ཡི། །
སྙན་འཛེབས་ཟླ་བར་བཏབ་ཡོད། །

བྱུང་བ་དགའ་བའི་མེ་ཏོག །
གཞོན་པའི་བཙེ་དུང་སྤྲུག་སོང་། །
ཚུ་བྲ་ཚུ་ལ་དགའ་བས། །
དམན་ཚུང་དཔྱིད་དཔལ་བཞད་སོང་། །

ཞལ་རས་དམར་བའི་དམན་ཚུང་། །
སྐག་མའི་མེ་ཏོག་འདྲ་བ། །
གཞོག་རྒྱལ་འགྲན་ན་འགྲན་དོ། །
རྒྱལ་ལག་མཁས་པའི་འཁེལ་འཐག །
ཤེས་ལྡན་ལས་བརྩོན་ཅན་དེ། །
ང་ཡི་ཁྱིམ་དུ་ཕེབས་རོགས། །

བུ་མོ། ཧ་ཅང་སྙན་པའི་སྐད་ཀ། །
བཤད་ནས་ཕན་པ་མི་འདུག །
སེང་དཀར་ལྷར་གྱི་ཁྲོད་རང་། །
གྲོང་ཚོར་རྫུས་གཏོགས་མ་གནང་། །
ཀུན་ལ་ཕན་པ་བདགས་ན། །
ང་ནི་ཁྱེད་རྒྱར་ཡོང་ཆོག །

ལ་གླུ་གང་སར་བཏང་ཡོད།།

སེམས་ལ་སྤྲོ་བ་སྐྱེས་བྱུང་།།

གཟི་ཁྲོའི་སྒོ་ལྕགས་བརྡབས་ཏེ།།

ཉི་མར་སྒོ་ལྕགས་བརྒྱབ་ན།།

ལ་གླུ་མཉམ་དུ་འགྲན་ཚོག།

ལ་གླུས་མཚན་མོ་བསྐུས་སོང་།།

རྒྱ་ཡུག་སེམས་མི་དགའ་རུང་།།

དཀར་གསལ་ཟླ་བ་འཛིན་རོགས།།

ཟླ་བ་ནུབ་རིར་མ་ཕྱིན།།

ང་གཉིས་ཞིབ་གྲོས་བྱེད་དགོས།།

*  *  *  *

འོག་སྟེང་སྤྲ་ཟམ་ཁྲ་མོ།།

མེ་ཏོག་ཡལ་ག་དམར་པ།།

མཛའ་མོར་འགྲོག་ནས་རྒས་འགྲོ།།

ཁམ་བུ་སྨིན་ན་དམར་འོང་།།

སེམས་པ་སྐྱོ་པའི་གླུ་ཚུང་།།

ང་ལ་གཏད་ནས་མ་གཏོང་། །
སྔོན་མ་ང་གཉིས་འདྲ་བས། །
མཛའ་གྲོགས་བཙལ་ཡང་མི་ཚོག །
མཉམ་གཞས་གཏོང་རོགས་རྙེད་ན། །
སུས་ཀྱང་འགོག་ཐབས་མེད་དོ། །

རི་གཟར་ལྷ་ཤིང་ཤུག་པ། །
ཡར་ཙམ་བལྟ་བར་མ་གཏོགས། །
སྒོ་བྱུང་གཅིག་ཕུ་མ་གཏོགས། །
ཤིང་རྩེར་སླེབས་པའི་ནུས་མེད། །

སྐྲ་མེད་བཙུན་མ་མ་རེད། །
ཁོང་སེམས་ཤེལ་ལས་དཀར་བ། །
སྐྲ་མེད་གྲྭ་པ་མ་རེད། །
ཁོང་སེམས་སྤྲིན་བཟང་དཀར་པོ། །

ན་སྐྱུ་རི་བོ་མཐོ་ཡང་། །
ཉི་མ་འགོག་པར་མི་ནུས། །
ཕ་མ་དོ་དམ་ཆེ་ཡང་། །

ཕོ་མོའི་ལས་དོན་མི་ཕོག །

* * * *

ཇོན་པ་མདའ་དང་མི་བྲལ། །
དུག་མདའ་དོང་དུ་བླུགས་ཡོད། །
འཇིག་རྟེན་འདི་རུ་འཚོ་བར། །
གཟའ་ཟླ་བྲལ་ཐབས་མེད་དོ། །

གནམ་ནས་ཆར་པ་གཏོང་དུས། །
ཉི་མ་མཐོང་ཐབས་བྲལ་སོང་། །
བྱམས་པ་བློ་སེམས་འགྱུར་བས། །
བློ་སེམས་འགྱུག་ནུས་མི་འདུག །

སྤྲིན་གྱིས་སྨུན་པ་བཀབ་སོང་། །
ཆར་པ་རླུང་བུས་གཏོར་སོང་། །
ཆར་པས་ང་ལུས་བཏུམ་པས། །
ཁྱོ་བོ་ཡོང་ན་ལོག་འགྲོ། །

བསམ་པ་ངན་པའི་མི་ངན། །
བུ་མོ་འཁྱོག་དགོས་བསམ་སོང་། །

ང་ལ་བདག་པོ་ཡོད་པས། །
འཆི་ཡང་ཞོང་ལ་བདག་སོང་། །

གླད་དཀར་མདའ་ཡིས་བསད་སོང་། །
བྱ་མོ་རང་ཤི་རྒྱུག་གི།
ཟླ་བོ་འདྲེ་ཡིས་བསད་པས། །
ང་རང་གཅིག་པུ་འཚོ་ཚོག །

ཤི་བའི་མི་དེ་མི་ལངས། །
ཆུ་གཡུག་རྗེ་བ་མི་ཡོག །
སྲན་མའི་ཐེའུ་བཏང་ཡང་། །
བུ་མོའི་སེམས་པ་མི་ཤི། །

ཧ་ཅང་གཏུམ་པའི་འབྲོང་གཡག །
དུག་མདས་ལས་དབང་བསྟུབས་སོང་། །
བྱམས་པ་སེམས་པ་འགྱུར་པས། །
ཟློ་སེམས་འཁྱུགས་ཐབས་མི་འདུག །

ཉེ་མ་ལ་ལ་ཐད་སོང་། །

གྲིབ་ཆེན་ཐང་ལ་བསྒྱུར་སོང་།།
བུ་མོ་མི་ཡིས་གཡུག་དུས།།
སྙིང་ཐུང་སྟོད་ལ་འཚང་བྱུང་།།

སྤང་རྩྭ་སྨུག་པའི་ཐང་ལ།།
གཡང་ལུག་གྲོད་པ་མི་རྒྱུག།
ཁོ་བོས་བཤད་ཡས་ཤིག་ལ།།
སྤོ་རྩྭ་གཞལ་ལ་ཡོད་ཟེར།།

གནས་འདི་མཛངས་མའི་གནས་རེད།།
གཞོན་པའི་བློ་ཁ་མི་ཆེམ།།
ཁོ་ཚོས་ཟེར་ཡས་ཤིག་ལ།།
མཛངས་མ་གཞན་དུ་ཡོད་ཟེར།།

*　　*　　*　　*

བསམ་བྱ་ཆུང་འདྲིས་དེར་ནས།།
སྨུག་པའི་སྨྲེ་ངག་སྒྲོག་བྱུང་།།
དགའ་བོའི་བྱམས་པ་འཁྲོག་སོང་།།
ཚིག་གཅིག་བཤད་པའི་ངག་ཤོར།།

སྨྱུག་རྩ་ང་ལ་བྲོ་བྲེར།།
བདག་གི་མིད་པར་དྲད་བྱུང་།།
གཡོ་སྒྱུས་ང་ལ་དགའ་བས།།
ང་སེམས་སྡུག་ལ་སྒྱུར་སོང་།།

བྱམས་པ་གྲོང་དང་བྲལ་ཡང་།།
ཧ་ལམ་རི་བོ་བཀག་འདྲ།།
ཐེངས་མང་མཇལ་བའི་དུས་མེད།།
བྱ་འབྲུག་མཉམ་དུ་གནས་དཀའ།།

དང་སེར་སྔོང་ང་གཏོང་བར།།
མཚོའུ་འཁྱགས་ཀྱིས་བཏུམས་སོང་།།
བྱུང་བ་ཟེ་འབྲུ་འཐུ་བསམ།།
དགུན་ཁའི་དུས་སུ་སླེབས་བྱུང་།།

དྲི་ཞིམ་སུ་ལུའི་མེ་ཏོག།
ཤྭ་བོའི་འཁོར་གནས་ཡིན་འགྲོ།།
བ་ལུ་སུ་ལུ་སྐྱོ་པས།།
ལམ་བཀག་གྲོན་པ་རལ་སོང་།།

ལ་རྩེ་བཀྲལ་ནས་ཡོང་བས།།

ཧ་ཕོ་གཡང་ལ་ལྷུང་སོང་།།

རི་མཐོ་ཕོང་སེམས་ཁྲོ་བས།།

ཧ་ཤི་མིག་ཆུས་གང་སོང་།།

ཆུ་མོ་བཀྲལ་ནས་ཡོང་ཡོད།།

སྦ་ཟམ་ཆུ་ཡིས་འཁྱེར་བཞག།

དྲག་ཆུ་མཐོང་བས་སེམས་ཁྲོ།།

ཟམ་ཤུལ་མཐོང་བས་མཆི་ཞགས།།

ཟླ་འོད་མགོ་བོར་འཕོག་ཀྱང་།།

ཞི་ལྷེབས་སྤྲིན་པས་བཀག་སོང་།།

རི་རྩེར་སྣེར་འཛོམས་འདོད་ཀྱང་།།

དཔོན་ཁྲལ་རྒྱུག་པ་བཏང་བྱུང་།།

སྔོན་མ་ཚང་ཕོར་མཛེས་གཟུགས།།

ཚ་ལ་འཁྲིག་དགོས་བསམ་ཡང་།།

ད་ཆ་མཛའ་བོ་རྙིང་པའི།།

སེམས་པ་སྤྲིན་བཞིན་གཞུར་བཞག །

སྐྱག་མ་མེ་ཏོག་ཤར་བའི། །
ཕྱེ་ལེབ་བཟའ་ཚོ་འཁོར་བྱུང་། །
སེམས་པ་འབུ་ཡིས་བཟས་འདྲའི། །
བུ་མོས་སྙིང་གྲོགས་སྒྲུག་ཡོད། །

རི་མཐོའི་གངས་ལྷ་མེ་ཏོག །
ཆར་རླུང་འཚུབ་ཀྱང་མི་འཛིག །
འཁྲུགས་ལྗོགས་ཁ་བས་གཡོགས་ཤིང་། །
ཕྱེ་ལེབ་མ་མཐོང་མི་འཛིག །

གངས་རི་མཆེའུ་འཁྱོམ་ཡང་། །
ངང་པ་སྐྲག་དོན་ཅི་ཡོད། །
རླུང་བུས་བསྐྱན་བཞིག་སློང་བས། །
ཁྱེད་ཉིད་རང་འདོད་རོལ་ཅིག །

གཡང་གཟར་སྟེང་གི་ཕོང་ལན། །
འཛོགས་ནས་བཀོག་ཐབས་མི་འདུག །

སྐྱེ་གནས་མཐོ་པོའི་བུ་མོས།།

གཉེན་སྒྲིག་བྱེད་ཐབས་མི་འདུག །

* * * *

ལྷོ་རུ་ཕྱིན་པའི་ཁུ་བྱུག །

ཚ་གྲང་ཁྱོད་ཀྱིས་མི་ཤེས།།

བུ་མོ་གླེན་པ་ཁྱོད་ཀྱིས།།

ང་སེམས་ཤེས་ཚོད་ཡིན་ནོ།།

གཙང་ཆུ་ཆར་བ་མེད་ཅིང་།།

རི་མཐོས་མགོ་བོ་མི་སྒུར།།

ཤིང་ཚས་སྨྲ་ལ་མི་རེ།།

སྨྲ་སྔོན་ཤིང་ལ་ལོ་འབྱུང་།།

* * * *

ཤིང་ཚ་དྲི་ཞིམ་བསིལ་གྲིབ།།

ཡོང་བ་བསྐྱངས་ན་ནགས་ཚགས།།

རྒྱུན་རིང་སྡོམ་པས་མེ་ཏོག །

ངང་སྐྱུག་བྱུས་ན་དྲི་ཞིམ།།

སྔོར་བསྐྱོད་ལམ་རྒྱུང་ཆགས་ཀྱང་།།

BAIMA QINGGE

ཁྱེད་ཀྱང་སྔོ་ཕྱིར་མི་ཐོན།།

མཛའ་གཞས་ཡིན་རིང་བཏང་བས།།

ཁྱེད་རང་ཤིང་མི་མིན་ནམ།།

གྲོང་ཚོའི་བུ་མོ་གཅིག་གི།

སྐྱེ་གཟུགས་ཤིན་ཏུ་མཚར་ཡང་།།

གནམ་དགྱུང་ཟླ་བ་འདྲ་བས།།

ལག་པས་ལེན་ཐབས་མི་འདུག །

གཙང་ཆུས་ཀྱུ་ཙོ་མི་སྒྲོག །

པདྨ་ཞལ་ཕྱེ་དྲི་སྤས།།

ཕྱུག་རྫས་འདག་པ་འཁྱེར་སྐབས།།

མཆུ་ནི་ཤིན་ཏུ་དམ་པ།།

དཔྱིད་ཀྱི་དར་འབུས་སྤྱོང་སྐྱུ།།

ཤོག་པའི་ནང་དུ་སྤས་ཡོད།།

དགའ་པོ་ལོ་གཅིག་བྱས་ཀྱང་།།

སེམས་ནང་སོ་སོས་ཉར་ཡོད།།

*　　*　　*　　*

ཕོ་རྫིང་བྱེད་དགོས་དཀའ་བ།།
ཉིན་ལྷར་རྫོང་ལན་བཟས་འདྲ།།
བུ་མོར་དགའ་མཁན་ཡོད་ཀྱང་།།
རྒྱབ་བཤད་མང་པོར་སྐྲག་ཤག།

བུ་མོ་གནམ་གྱི་སྤྲིན་པས།།
བསིལ་གྲིབ་མི་བཟོ་གང་ཡིན།།
བུ་མོ་ཡལ་གའི་མེ་ཏོག།
ཞལ་འཛུམ་མི་སྟོན་ཅི་ཡིན།།

བུ་མོས་སྙིང་སྡུག་དྲན་ཀྱང་།།
ཟམ་མེད་ཆུ་བོས་བཅད་སོང་།།
སྦ་ཟམ་མགྱོགས་མྱུར་བཟོ་རྒྱུར།།
བསྒུགས་པས་སྙིང་གཏམ་ཞུས་ཚོག།

མཛའ་བོ་ནམ་མཛལ་བསམ་པས།།
དགོང་ལྷར་གཉིད་ཀྱང་ཁུག་དཀའ།།
གལ་ཏེ་བསེ་རུའི་བྱ་ལ།།
འགྱུར་ན་ནམ་མཁར་འཕུར་ཚོག།

ང་གཉིས་ཕན་ཚུན་དྲན་པས། །
མཚན་གུང་གཉིད་ཀྱང་ཁུག་དཀའ། །
བསེ་རུའི་བྱ་ལ་འགྱུར་ན། །
བགས་སུ་གཉེན་སྒྲིག་བྱས་ཆོག །

གངས་རི་རྩྭ་ཐང་བརྒྱལ་བ། །
མེ་ཏོག་སོས་པའི་ཕྱིར་རོ། །
གྲོང་ནས་གྲོང་དུ་བསྐྱོད་པ། །
སྙིང་སྡུག་འཚོལ་ཕྱིར་ཡོང་བ། །
ལམ་རིང་རི་མཐོང་མི་སྐྲག །
བདེ་སྐྱིད་བྱ་ཡིས་ཁྲིད་ཡོང་། །

*    *    *    *

ཕོ་གཞོན་མཛའ་མོར་མགོ་འཁོར། །
འདོད་པས་ཕྱིར་བལྟས་སློག་གི། །
བུ་མོས་མཛའ་པོ་དྲན་པས། །
ཇོ་མདངས་ཉམས་ཡང་ཞོད་དཀའ། །

མཛའ་བོའི་སྤྱན་མིག་དྭངས་ལ། །

ངེད་གཉིས་སྐར་ལྷར་དགའ་བས། །
སྙིང་གཏམ་ཤོད་འདོད་སྐྱེས་ཀྱང་། །
ཁྱེད་སེམས་བདེན་མིན་སྐྲག་གི།

ཚང་གི་སྒོམ་པ་སེལ་ཞིང་། །
ཚགས་ཤས་ལྷོགས་པ་སེལ་མེད། །
ཕོ་རྗེང་སྙིང་སྡུག་མེད་པར། །
ཚང་ཤས་བཀྲིས་སྒོམ་མི་སེལ། །

མེ་ཏོག་དཔྱིད་ཀར་ཤར་ཞིང་། །
ཁུ་བྱུག་དཔྱིད་ཀར་ཕེབས་པ། །
བུ་མོ་དྲི་ཞིམ་མེ་ཏོག །
མཛའ་བོ་ཕེབས་ན་ཁ་སྤྲོ། །

སེང་དཀར་གངས་ལས་མི་བྲལ། །
མཛའ་བོས་བུ་མོ་དྲན་པ། །
ཡབ་ཆེན་བཀའ་དབང་བཙན་མེད། །
མཛའ་བོའི་སེམས་ནང་འཆར་ཡོད། །

ཁམ་བུ་ཞིན་ཏུ་སྨིན་པ།།
བཟས་པའི་འདོད་པ་ཆེམ་སོང་།།
དོ་ནུབ་ཞིང་གི་འོག་ཏུ།།
ངལ་གསོ་གསོས་ཏེ་སྡོད་འདོད།།

དཀར་ཡོལ་རི་མོ་ཅན་ནང་།།
སེང་གེའི་འོ་མ་བླུགས་ཡོད།།
ལྷ་ལ་ཕུལ་བ་མ་ཡིན།།
མཛའ་བོས་བྲོ་བ་མྱོང་རོགས།།

ཁམ་བུ་ཞིང་རྩེར་སྐྱེས་པས།།
ལག་པས་ལེན་སྐབས་མི་བདེ།།
གློ་བུར་གཅིག་རང་ཟགས་པ།།
དེ་ཡང་སྨོན་མའི་ལས་རེད།།

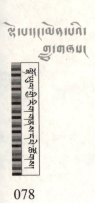

ལམ་འགྲམ་ཆུ་འཕྱུང་འདོད་ཀྱང་།།
ཤིན་འབུ་འཛུལ་བར་དོགས་བྱུང་།།
ཀྲུ་སེ་བཀོག་སྟེ་བདགས་པར།།
འདོད་ཀྱང་ཚེར་མར་སྐྲག་བྱུང་།།

ཆུ་ཟློམ་ཉི་ཤུ་ཡོད་ཀྱང་། །
སྨུག་མདོང་དྲུག་བདུན་སླར་བཟློས། །
ཆུ་གཅིག་གཙུ་ཁྲུལ་བྱས་ཏེ། །
སྙིང་སྡུག་ཡོང་མིན་བལྟས་ཡོད། །

སྙིང་སྡུག་ཆུ་ཁར་གཡིང་འདྲ། །
ལག་གིས་བཟུང་བར་འདོད་ཀྱང་། །
སློ་བུར་ཁྱོད་གཏམ་དྲན་པས། །
དགའ་བས་སེམས་འཚབ་མ་བཟློ། །

ཁྱོད་ཞལ་བཙོད་དམར་འདྲ་ཞིང་། །
སྤྱན་མིག་སྒྲོན་འབུའི་འོད་འདྲ། །
གྲིབ་གཟུགས་ང་རྗེས་འབྲངས་པས། །
རྟག་པས་རྨི་ལམ་ནང་འཕྲད། །

རྗེ་སྒོམ་ཛོན་པའི་ཁྲི་ཡིས། །
ཛོན་ཡུལ་ཁོ་བོས་གསུང་དང་། །
སྙིང་སྡུག་ཁྱེད་ཀྱིས་ཁོ་བོར། །

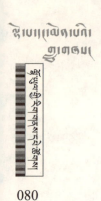

གང་དུ་འཚོལ་དགོས་གསུང་དང་། །

*     *     *     *

འོ་མས་བསྐྱངས་ཏེ་འཚར་བས། །
མ་ཡི་བཀའ་དྲིན་མཚོ་འདྲ། །
བརྩེ་ལྡན་མཛའ་བོའི་སེམས་པ། །
ལུས་པོ་ཡོང་ལ་ཁྱབ་སོང་། །

མཛའ་བོ་མཚོ་མཐར་བསྐྱོད་པས། །
མེ་ཏོག་འཛུམ་མདངས་བསྟན་བྱུང་། །
ཁོང་ལ་གཅིག་རང་ཕུལ་ན། །
རྗེས་སུ་བཀོག་པར་དོགས་བྱུང་། །

བྱུང་བ་མེ་ཏོག་གིས་བསྒྲུགས། །
ཕན་ཚུན་བརྩེ་བ་ཟབ་པ། །
མཛའ་བོར་ཡོང་རྒྱུར་བསྒུགས་ཡོད། །
ཡོང་བས་བག་ཕེབས་གྱུར་སོང་། །

ཚེར་སྔོང་དཀྱིལ་གྱི་མེ་ཏོག །
འབྲུ་འདོད་ བློ་ལ་ཡོད་ཀྱང་། །

ཚོར་མ་ཟླུག་པར་སྐྲག་བྱུང་། །
མ་སྐྲག་མེ་ཏོག་ཐོབ་ངེས། །

ཆུ་བོ་ཕྱུར་དུ་རྒྱུག་པས། །
བརྩེ་བའི་ཡིག་ཆུང་བསྐུར་ཡོད། །
ཆུ་ལས་གྱེན་དུ་ཡོང་བའི། །
ཉ་ལ་ཡིག་ལེན་སྐུར་ཤོག །

ཁྱོད་ནི་སྤོ་ལྡོང་སྨྱུག་མ། །
ཡལ་ག་གཡོ་བས་སེམས་འགྱུལ། །
སྨྱུག་མ་འགྱུལ་བ་མ་གཏང་། །
བསིལ་གྲིབ་ཁོ་བོར་ཕན་པ། །

ཕྲང་རྒྱན་མེ་ཏོག་དགོད་ཅིང་། །
ཤུ་བས་བཟེས་ཀྱང་མི་ཚོར། །
སྙིང་སྡུག་མཛོན་སྒྲིབ་བྱེད་ཀྱང་། །
ཁོང་གིས་བློ་དཀར་མི་རྟོགས། །

*  *  *  *

རྫོན་པའི་མདའ་དོང་ནང་དུ། །

འདོད་ལྡན་མདའ་མོས་ཁེངས་ཤག །
ང་ལ་གཅིག་རང་འཕེན་པས། །
སེམས་པ་ཧ་ཅང་སྐྱིད་པ། །

ལོ་ངོ་ཉི་ཤུ་མས་བསྐྱངས། །
བག་ཡོད་ཚད་ལྡན་བྱས་ཡོད། །
བུང་བས་མེ་ཏོག་འདོད་ཀྱང་། །
འབྲས་མེད་ཁྱིམ་དུ་ལོག་སོང་། །

ཡུམ་ཆེན་ཨ་མའི་དྲིན་གྱིས། །
ལོ་ན་ཉི་ཤུ་བསྐྱངས་བྱུང་། །
ཇོན་རྒྱུག་ཞིང་འདེབས་བྱས་ཏེ། །
རང་ཚོད་རང་གིས་ཟིན་ཡོད། །

མེ་ཏོག་སོས་པ་མང་པོས། །
འཚང་ཀས་འཛུམ་མདངས་སྟོན་ཀྱང་། །
སྡོན་ནས་མེ་ཏོག་གཅིག་ཀྱང་། །
ལག་པས་བཟུང་མྱོང་མེད་དོ། །

ཁྱེད་སེམས་ང་ལ་གྱོར་ན།།
ངའི་སེམས་ཁྱོད་ལ་ལོས་གྱོར།།
བརྩེ་བ་མཚོ་ལྟར་ཟབ་ཀྱང་།།
སྤྲིན་བསྙེགས་རི་བོ་འདྲ་བ།།

གངས་རི་སྤྲིན་ལ་བསྙེགས་ཀྱང་།།
གངས་ཆུ་རྩེ་ནས་བབས་བྱུང་།།
སྤྲ་ཟམ་ཚད་ཀྱང་སྤྲ་གནས།།
ཁྱེད་ཕྱིན་བརྩེ་དུང་གནས་ཡོད།།

མི་བསྐྱོད་ལམ་ཆུང་གྲུབ་ཀྱང་།།
ཆུ་ཕྲན་བསྡུས་ནས་ཆུ་བོ།།
ཁྱེད་སྐད་རི་རྗོན་ལམ་ཆགས།།
ཁྱེད་ཕྱིར་མིག་ཆུས་ཆུ་གྲུབ།།

མི་རྟོག་སོས་པར་དགའ་ཡང་།།
རི་ཕྱེད་གཡང་གཟར་བཞད་ཡོད།།
སེམས་ཀྱིས་འབྲུ་འདོད་ཡོད་ཀྱང་།།
རི་མཐོ་ལམ་གཟར་འཛེགས་དཀའ།།

མཛའ་བོ་རང་ཁྲིམ་ལོག་པས། །
ཚང་གིས་བསུ་བ་ཞུས་ཡོད། །
མཛའ་བོའི་ཞལ་ལ་བལྟས་ཏེ། །
ངས་ཀྱང་གསུམ་འབྲེལ་ཞུས་ཆོག །

*　*　*　*

བཙོ་ལྷའི་ཟླ་བ་སྐོར་ཡང་། །
སྙིང་གྲོགས་མཇལ་འཛོམས་དཀའ་བ། །
ཁྲིད་རང་རྒྱང་རིང་སྤུར་ཅིང་། །
ང་རང་ཁྲིམ་དུ་ལུས་སོང་། །

ཁམ་བུ་ཁ་ལ་མངར་ཡང་། །
མཛའ་བོ་དྲན་པས་མི་ཞིམ། །
དོ་ནུབ་མཇལ་ན་མ་གཏོགས། །
སང་ཞོགས་རྒྱང་རིང་ཐོན་འགྲོ། །

པ་སངས་ཤར་དུས་སྐར་མང་། །
ནུབ་པས་མཇལ་སྐལ་མི་འདུག །
སྙིང་སྡུག་གཞན་ཡུལ་སྐྱེར་བས། །

མཉམ་གཤིབ་སྐལ་བ་མི་འདུག །

རི་གཤམ་རྒྱུག་ཆུའི་སྒྲ་ཡིས། །
སེམས་ནང་ཐ་ཧླབས་འཕྱུར་སོང་། །
ཆུ་ཁར་མཛའ་བོ་མཇལ་བར། །
བསྐྱོད་པའི་སྒྲ་ཟམ་ཆད་ཤག །

རི་མགོར་ཟླ་འོག་ཡོག་སོང་། །
སྨུག་འོག་ཆུ་ཕྲན་མི་བརྟན། །
ཆུ་མཐར་མཉམ་དུ་བསྡད་པས། །
གྲིབ་གཟུགས་ཆུ་ནང་འཕོས་སོང་། །

དེང་སྐབས་ཟླ་བ་འཁྱོག་ཅིང་། །
ང་ཡི་སེམས་ཀྱང་འཁོར་སོང་། །
ད་དུང་སྨུག་འོག་ཆུ་ཁར། །
སྨུག་སྟོན་པང་དུ་བཏབ་ཡོད། །

སྙིང་གྲོགས་གཞན་གྱིས་བསླུས་པ། །
ཚུར་ལ་བཀུག་ཐབས་མེད་ཀྱང་། །

སྐབས་དེའི་ཉམས་དགའི་མཛེས་གཟུགས། །
སེམས་ནང་ཡར་ཤར་ཚུར་ཤར། །

ལོ་གཅིག་ཡར་ལ་འདས་སོང་། །
མཛའ་བོ་མཛལ་བས་སེམས་བདེ། །
ཉིན་གཅིག་ཁྱེད་ཞལ་མ་མཛལ། །
ཧོན་ཐོར་བླ་ཆད་སྡུག་སྦྱོང་། །

ཁ་ཅིག་སྐོམ་པའི་དུས་སུ། །
ཆུ་ལ་ཧབ་འཐུང་བརྒྱབ་པས། །
ཉ་མོ་ལོག་ནང་འཛུལ་དུས། །
སེམས་པ་ཧ་ཅང་སྐྱོ་བྱུང་། །

ཉེ་ཐུབ་གྲིབ་སོ་རྒྱས་སོང་། །
སྙིང་སྡུག་ཕྱིན་པས་སེམས་སྐྱོ། །
ཉེ་མ་སང་ཞོགས་འཆར་ཡང་། །
མཛའ་བོ་ཕྱིན་ན་མི་ལོག །

ཧྭ་ལྷོང་སྡུག་ཅིང་རྒྱས་ཀྱང་། །

བ་ཕྱུགས་རྒྱུགས་ཐབས་མི་འདུག །
ཤར་གྱི་རི་བོར་བལྟས་པས། །
ཉུབ་རི་དེ་བས་མཐོ་བ། །

ཕོ་གཞོན་མང་པོ་ཡོད་ཀྱང་། །
བུ་མོས་འདམ་གསེས་མི་ཐུབ། །
མཛེས་ལྡན་བུ་མོའི་སེམས་པ། །
སྤྲིན་པའི་དཀྱིལ་དུ་འཕུར་སོང་། །

ཆར་སྣུང་འབྲུག་སྒྲ་ཚུབ་ཀྱང་། །
རྒྱང་རིང་འོད་ཟེར་མཐོང་གི།
ངེད་གཉིས་ས་ཐག་རིང་ཡང་། །
དབུགས་ཀྱི་འཁྲིན་ཧྲུབ་ཐོས་ཟིན། །

གནམ་འཕེབས་མཚན་མོའི་རྒྱ་མཚོ། །
ནགས་གསེབ་མཛའ་བོ་མཇལ་བར། །
བསྐྱོད་པས་མཇལ་འཕྲད་མ་ཐོབ། །
གཡང་གཟར་ལྷུང་གྲབས་བྱས་སོང་། །

གྲོང་ཚོར་ཤ་བགོས་བརྒྱབ་ན། །
ཁྲིམ་རེར་བགོ་སྐལ་ཡོད་རེད། །
བུ་མོས་སྙིང་གྲོགས་འདེམས་སྐབས། །
སྐལ་བ་མེད་པ་གང་ཡིན། །

ཁྱེད་ཕྱིར་རྗོ་ལམ་བསླམས་ཞིང་། །
རྒྱུག་པའི་ཆུ་ཡང་སྐམ་སོང་། །
ཁྱེད་དྲན་གཉིད་ཀྱང་མི་ཁུག །
བརྩེ་དུང་མེད་པ་མིན་ནམ། །

ང་ནི་གསེར་གྱི་མཛའ་མོ། །
ཁྱེད་རང་གསེར་གྱི་མཛའ་བོ། །
རྒྱུ་ནོར་བདག་བཟུང་མི་མཉམ། །
དགའ་རོགས་གཉེན་སྒྲིག་ཡོང་དཀའ། །

རི་ཡི་རྒྱབ་མདུན་ཆུ་གཉིས། །
གཅིག་དྭངས་གཅིག་ནི་རྙོག་པ། །
དྭངས་ཆུ་བཙོག་ཆུར་མི་བསྲེས། །
རང་རང་སོ་སོ་རྒྱུག་འགྲོ། །

ཤར་ནུབ་རི་བོའི་སྤྲིན་པ།།

སྦྲ་མེད་རི་མགོར་གནས་ཤག།

ལྷུང་བུས་རོགས་སྐྱོར་བྱས་ན།།

མཚམས་སྤྲིན་གཉིས་པོ་འཕྲད་ཐུབ།།

*　　*　　*　　*

ལྷུང་ལྷང་སྨྱུག་མ་གཡོ་བྱུང་།།

ནགས་དབུས་རྒྱུག་ཚུས་གླུ་ལེན།།

གཡུ་སྦྲང་བཞག་སྟེ་སྔོ་ཐོན།།

སྨྱུག་མར་མཉམ་ཏུ་ཁྱེད་བསྐྱུགས།།

མཛའ་བོས་ནགས་སུ་ལུས་སྣས།།

གླུ་སྦྲས་ཁོ་མོ་རིར་བོས།།

ཡབ་ཀྱིས་འདྲི་རྩད་བྱེད་ཀྱང་།།

སྨྱུག་མས་ཆུ་ཟམ་བཟོས་འགྲོ།།

མཛུབ་སྟེང་གཡུ་ཡི་ཚིགས་ཐེབས།།

དཔའ་བོས་ང་ལ་བསྐོར་བྱུང་།།

ང་ལ་ཚིགས་ཐེབས་ཡོད་ཅིང་།།

དཔའ་བོར་སྙིང་གྲོགས་ཐོབ་སོང་།།

ལམ་ཟུར་སྐྱུག་མ་གསར་པ།།
རལ་གྲིས་གཙོད་པ་མ་གནང་།།
སང་ལོ་ནགས་རྩུལ་ཆགས་དུས།།
བསིལ་གྲིབ་ཤིན་ཏུ་ལེགས་པ།།

སྙིང་སྡུག་མཛའ་བོའི་ཕྱོགས་ལ།།
གནོད་གཏམ་ཤོད་པ་མ་གནང་།།
སྙིང་སྡུག་ཁྱོད་དང་ང་གཉིས།།
ནམ་ཡང་བྲལ་ཐབས་མེད་འདུག །

གྲོང་ཚོའི་སྐར་ཁའི་སྔོང་པོ།།
འབྲས་བུས་ལོ་མ་ཁེངས་ཤག །
ཉིན་ལྟར་རྗེ་བ་ཞུས་པས།།
གཅིག་རང་ལག་ཏུ་རག་བྱུང་།།

བརྗོད་ཆགས་གངས་རི་དཀར་པོ།།
གཟུགས་བརྙན་མཚོ་ནང་འཕོས་འདུག །

སེམས་ཅན་དགའ་བའི་མཛའ་བོའི། །
མཛེས་གཟུགས་སེམས་ཅན་བཀོས་ཡོད། །

རི་མགོའི་གངས་རི་དཀར་པོའི། །
ཡང་དུ་སེང་དཀར་འཁྱིངས་ཤག །
མཚོ་མོ་དཀར་རྗེ་ཉེ་མཚོར། །
ངང་སེར་རྒྱལ་བས་རོལ་ཤག །

ཨ་ཕྲོམ་རྐེད་པར་འབྲས་བཏགས། །
མཛེས་མར་འགྲོག་འདྲིས་དགའ་བ། །
ཞང་ཚོས་འབྲས་བུ་སྟེར་བཏགས། །
མིག་མཐོང་ལག་ཏུ་མི་ཟིན། །

གཙོང་རོང་ཟབ་མོའི་ཆུ་སྲན། །
རྒྱུག་ཅིང་སྐར་ཡང་འཕྲད་ཀྱི། །
ད་ལོ་ཁྱེད་ཞལ་མི་མཇལ། །
སྐར་འཕྲད་དུས་ཡུན་རིང་བ། །
*    *    *    *

ཁྱེད་ཀྱིས་སྣང་སྟེ་ལེན་ཁུལ། །

ང་ཡིས་ཤ་མོ་འཁྲུ་ཁྲུལ། །

སྨྱུག་སོག་མཉན་མཉན་བསྟོད་ཀྱང་། །

ཉི་མ་ནུབ་རྒྱུར་མ་བསྒུགས། །

ནེ་ཙོ་སྨྲ་བ་མ་མང་། །

གསང་གཏམ་ཕྱི་གྱུར་མ་བྱེད། །

གནམ་ས་ཉིན་ལྷར་རིག་པ། །

སྤྲིན་པས་སྐབས་རེ་སྒྲིབ་ཀྱང་། །

སྤྲིན་ནག་ཡུན་རིང་མི་སྡོད། །

གནམ་དྭངས་ཡང་བསྐྱར་མཛལ་ཡོད། །

ངེད་གཉིས་བར་གྱི་བརྩེ་བར། །

སྤྲོ་བོས་བཙན་འགོག་བྱེད་ཀྱང་། །

སྤྲོ་བོ་རེ་ཆེན་ཡིན་ཀྱང་། །

སྤྲོས་ཏེ་གཉེན་སྒྲིག་བྱེད་དོ། །

བྱུང་བ་མེ་ཏོག་རྩེ་ཐུ། །

མཉམ་འཛོམས་བྱུང་བས་དགའ་བ། །

ངེད་གཉིས་སྨྱུག་མའི་ནགས་སུ། །

འཇོམས་པ་མི་ཚེའི་བདེ་སྐྱིད།།

ན་ཉིང་བཏབ་པའི་ཞང་ཙོ།།
ད་ལོ་འབྲས་བུ་ཐོགས་སོང་།།
ན་ཉིང་ངེད་གཉིས་དགའ་བས།།
ད་ལོ་བྲལ་བར་དཀའ་འོ།།

མཚོ་ཁར་ངང་སེར་ཆ་གཅིག།
ཉ་དང་ལྷན་དུ་འཁྲམ་ཡོད།།
ངང་སེར་གཞན་ཡུལ་འཕུར་ན།།
ཉ་ཆུང་བརྗེད་པ་མ་གནང་།།

ཁྱེད་ནི་བརྗེད་ཆགས་གངས་རི།།
ང་ནི་སེམས་བཟང་གངས་སེང་།།
གངས་རི་འགྱུར་མེད་བཞུགས་ན།།
ངེད་གཉིས་ནམ་ཡང་མི་བྲལ།།

ནམ་མཁའི་ཉི་ཟླ་གཟའ་སྐར།
ནམ་ཡང་བྲལ་ཐབས་མེད་འདུག།

མཉམ་འཚོ་མཉམ་འཆི་བྱེད་པའི།།

སྙིང་སྡུག་ནམ་ཡང་བྲལ་དཀའ།།

* * * *

ཁྱེད་ནི་ཁྱད་འཕགས་ལྷ་མོ།།

ང་ནི་དད་ཅན་ཕོ་གཞོན།།

ཁྱེད་ཀྱི་བརྩེ་དུང་མི་འགྱུར།།

ང་ཡིས་གཏན་གྲོགས་བྱེད་དོ།།

ངེད་གཉིས་ལོ་ན་ཕྲ་བས།།

གཉེན་སྒྲིག་སྤྲོ་པོ་མི་བྱེད།།

ང་ལ་ཞེས་ཡོན་ཐོབ་རྗེས།།

ཕ་ཡུལ་མཉམ་དུ་བསྐྱུན་ཆོག །

ཕ་ཡུལ་རྣམ་པ་འགྱུར་ན།།

ངེད་གཉིས་གཉེན་སྒྲིག་བྱས་ཆོག །

ཆུ་མོ་རྒྱས་ཀྱང་མི་སྐྲག །

དྲག་ཆར་རླུང་བུར་མི་སྐྲག །

གལ་ཏེ་སྲ་ཟམ་མ་ཆད།།

ཁྱོད་གཉིས་སྦྱར་བཞིན་འབྲེལ་ཐུབ།།

སྤྲིན་པས་ནམ་མཁའ་མི་ཁེབས།།

གནམ་དྭངས་བདེ་སྐྱིད་ལོས་ཡོད།།

རྒྱབ་བཤད་གཏམ་འཚལ་ཡོད་ཀྱང་།།

ངེད་གཉིས་མཐར་ཐུག་འཕྲད་ཐུབ།།

ཁྱེད་ནི་མངར་ཞིམ་ཨ་ཤོམ།།

ང་ནི་སྤུས་ལྡན་སྨྱུག་མདོང་།།

སྔ་མའི་ལས་ཀྱིས་བསྐོས་པས།།

ངང་དུ་འཁོར་ངམ་ཡིན་ནོ།།

མེ་ཏོག་དྲི་ཞིམ་ལྡང་བྱུང་།།

ཁོང་གིས་ང་དང་ཆ་འགྲིག།

མེ་ཏོག་ནམ་ཟླ་མ་སླེབས།།

གང་བྱུང་ཞལ་ཁ་མི་ཕྱེ།།

ཆར་ལྷུང་ཕེབས་སྐབས་ཕྱེ་ཡོང་།།

སྤྲ་དང་ཤིང་གཉིས་བསྙེས་ནས།།

ཚང་ཚིང་ཁྲོད་དུ་གནས་ཡོད།།

སྦྲ་ཤིང་ཤིང་ལ་འཁྲུད་དེ། །
རྩེ་མོར་སླེབས་སྐབས་སྐམ་སོང་། །

སྦྲ་ཤིང་ཤིང་སྐམ་ལ་ཡང་། །
ད་དུང་འཁྲུད་པར་བྱེད་ཅིང་། །
ཤིང་སྡོང་གོག་རུལ་ཡིས་ཀྱང་། །
སྦྲ་ཡིས་ད་དུང་འཁྲུད་དོ། །

སྦྲ་ཡིས་ཤིང་ལ་འཁྲུད་འཁྲུད། །
ཤིང་གིས་སྦྲ་ལ་འཁྲུད་དམ། །
མཛའ་བོ་ང་ལ་དགའ་ན། །
སྙིང་གཏམ་དྲང་པོས་ཤོད་དང་། །

 རླུང་བུ་ལྕགས་ཤིང་གིས་བསྒུས། །
བསིལ་གྲིབ་སུ་ལ་འཛོག་ག །
པདྨ་འདབ་རྒྱས་ཞལ་ཕྱེ། །
དྲི་ཞིམ་སུ་ལ་སྟོན་ག །

སྨུ་དབྱངས་རི་ཀུན་ཁྱབ་སོང་། །

སུ་ཕྱིར་བཏང་བ་ཡིན་ནམ། །
བསིལ་གྲིབ་མཛའ་བོར་བཞག་ཡོད། །
ངལ་གསོ་ལྷོད་པོར་སྐྱོན་རོགས། །

དྲི་ཞིམ་མེ་ཏོག་རོ་བཅུད། །
མཛའ་བོའི་སྦ་ལ་སྦྱོང་རོགས། །
སྙན་འཛེབས་སླུ་དབྱངས་གསལ་པོས། །
མཛའ་བོའི་ཡིད་སེམས་དགའ་རོགས། །

མངར་ཞིམ་བ་མོའི་འོ་མ། །
བེའུ་ཕོ་ནའི་སྐྱོད་ཡུལ། །
མཛའ་བོའི་མཉེན་འཇམ་རིག་བྱ། །
ང་ལ་སུ་ཡིས་སྐྱོད་ནུས། །

གཡུ་གཅིག་རྙེད་ནི་རྙེད་བྱུང་། །
གཡུ་ཉམས་དཔྱོད་རྒྱུ་མ་བྱུང་། །
རྣ་བར་བཏགས་ཉན་ཡོད་མེད། །
རྗེས་སུ་གཞི་ནས་ཤེས་ཡོང་། །

ཁམ་སྟོང་མཐོན་པོར་རྒྱས་ཤིང་། །
མཛེས་སྡུག་མེ་ཏོག་བཞད་སོང་། །
མངར་ཞིམ་འབྲས་བུ་འདོགས་མིན། །
རྗེས་སུ་གཞི་ནས་ཤེས་ཡོང་། །

བྱིའུ་ཆུང་གསུང་སྐད་སྙན་ལ། །
སྒོ་ང་འཛུམ་ཞིང་མཛེས་པ། །
བྱ་ཕྲུག་ཐོན་དང་མ་ཐོན། །
རྗེས་སུ་གཞི་ནས་ཤེས་ཡོང་། །

ཤར་ཕྱོགས་རི་བོའི་རྩེ་མོར། །
སྐྱ་ཤིང་རྩེ་མོ་འགུལ་གྱི། །
ཁོ་བོའི་མིག་གིས་མཐོང་ཡང་། །
རྗེས་ཤུལ་མི་མངོན་གང་ཡིན། །

ཤར་ཕྱོགས་རི་བོའི་སྐྱེད་པར། །
སྐྱ་རགས་མཆེར་མར་ལྷུང་སོང་། །
གཞུང་དྲང་མི་ལ་སྙེད་ན། །
ང་ཡི་དགའ་པོ་བྱེད་ཆོག །

ཤར་ཕྱོགས་རི་བོའི་གཤམ་ན། །
ཕྲེང་བ་ཕར་ལ་བཞག་ཡོད། །
ལག་ཏུ་གྲོན་མཁན་ཡོད་ན། །
ང་དང་མཉམ་དུ་སྡོད་ཚོག །

སྒོམ་ཆེན་སྤྱོད་པ་དྲང་ཡང་། །
ལྷ་ཡི་ཡུལ་དུ་བགྲོད་དཀའ། །
བུ་མོ་སྐྱེ་གཟུགས་མཚར་ཡང་། །
སྙིང་སྡུག་འཚོལ་བར་དཀའ་བ། །

ཙན་དན་ནགས་གླིང་སྡུག་པོར། །
ཙན་དན་རེ་རེ་ལང་འདུག །
ཤོག་ཅེ་བཟོ་རྒྱུར་འོས་པའི། །
རྐང་བུ་གཅིག་ཀྱང་མིན་འདུག །

འགྱུར་མེད་རྩྭ་ཐང་ཡངས་པོར། །
མེ་ཏོག་མཛེས་སྡུག་འགྲན་གི། །
སེམས་ནང་བཀོག་འདོད་ཡོད་ཀྱང་། །

མོས་པ་སུ་ཡིན་མི་ཤེས། །

མཛེས་ལྡན་བུ་མོ་ཞྭ་འདྲ། །
མདོག་ངན་བུ་མོ་ལྐམ་འདྲ། །
ཞྭ་མོ་འདོད་ཀྱང་མི་ཐོབ། །
ལྐམ་རྒྱལ་རྐང་ནས་བྲལ་དཀའ། །

ཤིང་གི་རྩ་བ་མི་ཤེས། །
ཁོག་སྙིང་ཡིན་པ་ཤེས་བྱུང་། །
མཛའ་བོ་སྤུར་སོང་མི་ཤེས། །
སེམས་ཆུང་ཡོད་པ་རྟོགས་བྱུང་། །

ན་ཉིང་རྟ་པོ་བརྒྱ་ཕྲག །
གཅིག་ཀྱང་མི་ལུས་བྲིམ་སོང་། །
ན་ཉིང་དགའ་མཁན་མང་ཡང་། །
ད་ལོ་བལྟ་མཁན་མེད་ཅི། །

མེ་ཏོག་གཡང་གཟར་བཞད་པས། །
ཕྱེ་ལེབ་བུང་བ་མི་འཁོར། །

བུ་མོ་མཛེས་པོ་ཡོད་ཀྱང་། །
སེམས་པ་མི་དྲང་མི་དགའ། །

མར་གྱི་ཁང་པ་མཛེས་ཀྱང་། །
ཉི་མའི་ཚོད་བགམ་མི་ཐེག །
དྲིན་ལན་ཡོག་མཛལ་ཕོ་གཞོན། །
བརྩེ་དུང་ཚོད་བགམ་མི་ཐེག །

* * * *

མཛེས་ཤིང་སྐྱུང་པའི་བུ་མོ། །
མཛའ་བོའི་མདུན་དུ་མཆར་ཡང་། །
བུ་མོའི་སེམས་པ་མི་དྲང་། །
ཟླ་གྲོགས་རེ་རེས་བརྗེད་སོང་། །

ཕོ་གསར་ཞིག་གིས་ཁོ་མོར། །
ཁ་བཏགས་བཙོང་མིན་དྲན་བྱུང་། །
སྐྱུས་ཀ་ང་ཡིས་མི་ཤེས། །
ཞིབ་ཕྲ་བལྟས་པས་ཤེས་ཡོང་། །

སྲན་མ་སེར་པོའི་ནང་ལ། །

ཕབ་ཏུ་རི་བོ་གཅིག་བཏབ། །
བཙོས་པ་ཞིན་ཡོག་མི་ལ། །
བསུ་བ་ཞུ་ཕྱིར་ཡིན་ནོ། །

ཆང་འབྲས་བང་ལ་ཕབ་བཏབ། །
བཙོས་པའི་ཞིམ་མངར་བདུད་རྩི། །
ཕོ་མོའི་སྙིང་ནས་བརྩེ་བའི། །
མི་ལ་བསུ་བ་ཞུས་ཡོད། །

གཙེས་པའི་གངས་ལྷ་མེ་ཏོག །
གངས་རི་ཕོ་ནར་སྐྱེས་སོང་། །
ཞིན་ཡོག་ཚེར་མ་རྟོན་པོ། །
ག་ས་གང་ནས་འཕྲད་ཀྱི། །

རྒྱ་མཚོའི་མཐའ་ལ་སླེབས་པས། །
ཕྲེང་བའི་ཞགས་པ་རྙེད་བྱུང་། །
གལ་ཏེ་གསེར་ཕྲེང་ཡིན་ན། །
མཛའ་བོས་ཕུལ་བ་རེད་དོ། །

གནམ་གྱི་སྐར་ཚོགས་མཐུག་ཅིང་། །
ས་གཞིའི་མེ་ཏོག་མང་བ། །
འཆམ་ན་ཉིན་མཚན་བལྟ་རེ། །
མ་འཆམ་ནམ་ཡང་མི་འཕྲད། །

* * * *

ཞང་ཅའོ་སྒྲིན་ན་དྲི་ཞིམ། །
བུ་མོ་འཚར་ན་མི་དགའ། །
འོན་ཀྱང་ཡབ་ཆེན་པ་ཕས། །
འཛོན་པོའི་ཛོན་པར་སྤེར་རོགས། །

མཛེས་པའི་གངས་རི་དཀར་པོ། །
གངས་ཀྱིས་རྒྱན་པ་མ་གཏོགས། །
ཁ་བ་ཕར་ལ་བཞུར་ན། །
ཕྱིད་ཀྱང་དཀྲུས་མའི་རི་རེད། །

གསེར་སྣ་བརྒྱབ་པའི་རྟ་མཆོག །
གསེར་སྣ་བརྒྱབ་པ་མ་གཏོགས། །
གསེར་སྣ་ཕར་ལ་བཤུས་ན། །
ཕྱིད་ཀྱང་དཀྲུས་མའི་རྟ་རེད། །

གསེར་ལས་གྲུབ་པའི་རྣ་ལོང་། །
རྣ་ལ་བཏགས་པའི་བུ་མོ། །
གལ་ཏེ་རྣ་ལོང་ཕུད་ན། །
དགྲུས་མའི་མི་དང་གཅིག་རེད། །

དྭངས་གཙང་ཤེལ་ཁའི་མཚོ་ཞུར། །
ཆ་འགྲིག་ངང་སེར་འཁྱམ་འདུག །
ལྷུང་ལྷབས་དྲག་པོས་དེད་ཀྱང་། །
མཚོ་ནང་བློ་བདེ་རོལ་ཤག །

ཉ་བྱ་རྒྱུ་རིར་བརྟེན་ཡོད། །
གནམ་སའི་ཕོ་བྲང་སྐྱིད་པ། །
མཛའ་པོར་སེམས་མདུང་ཐེབས་པས། །
གྲིབ་གཟུགས་ནམ་ཡང་མི་བྲལ། །

མིག་ནང་ཐལ་བ་འཛུལ་བས། །
གང་ཡང་གསལ་པོ་མི་མཐོང་། །
གནམ་འོག་ཐལ་རྫུལ་མེད་དུས། །

གཞི་ནས་མཉམ་དུ་ཡོང་ཐུབ།།

ཆུ་ཕྲན་ཤང་ཤང་སྒྲོག་ཅིང་།།
གཙང་ཆུ་ཐ་ལྷབས་འཕྱུར་སོང་།།
རང་རང་སོ་སོར་རྒྱུག་ཅིང་།།
མཐར་ཐུག་འཛོམས་ས་རྒྱ་མཚོ།།

ནམ་མཁའ་ཆེ་ཡང་རི་མང་།།
བྱ་དགོད་མཉམ་དུ་འཕུར་དཀའ།།
ས་གཞི་ཆེ་ཡང་ལམ་དོག །
རྟ་གཉིས་མཉམ་དུ་རྒྱུག་དཀའ་བ།།

རི་མཐོ་ལྷུང་སྦྲ་ཆེ་བ།།
ཞྭ་མོ་ཁྱེར་དགོས་བསམ་མེད།།
ཁྱེད་རང་ཤུགས་ཆེར་ལྡང་ཡང་།།
ཤིང་ལ་འཁྱུད་པའི་སྦྲ་འདྲ།།

བུ་མོའི་སློ་འགྲམ་ཆུ་དང་།།
ལམ་གཟར་ཐ་ལྷབས་མང་མེད།།

ཉིན་གསུམ་མཉམ་འཛོམས་བྱས་པས།།
གྲོང་ཚོས་རྒྱབ་བཤད་མང་བ།།

མཆོའུ་མངར་ཞིམ་ལྡན་ཡང་།།
ངང་པས་བློ་བ་མི་བཟླ།།
ཐག་རིང་རྒྱང་ལ་འཕུར་ཀྱང་།།
ང་ནི་ཨུ་ཚུགས་མི་བྱེད།།

ལྷགས་ཤིང་ཡལ་ག་སྡུག་ཀྱང་།།
ཁུ་བྱུག་མཐོང་སྣང་མི་བདེ།།
རྩྭ་ཐང་ཕྱོགས་སུ་འཕུར་ཀྱང་།།
ངེད་གཉིས་དགའ་བ་ལྷར་མེད།།

མཚན་མོ་མི་དང་རྒྱུ་སྐར།།
འཕྲད་པས་དེ་འདྲའི་སྐྱིད་པ།།
མཚན་མོ་སྨུག་མར་བསྙེན་པའི།།
ངེད་གཉིས་དེ་འདྲའི་དགའ་བ།།

དྭངས་ཤིང་གཙང་བའི་ཟླ་བའི།།

དངུལ་འོད་ལུས་ལ་ཡོག་བྱུང་།།
སྤྲིན་ནག་སྟུག་པོས་སྒྲིབ་ཀྱང་།།
མཛལ་འཕྲད་འགོག་པར་དཀའ་བ།།

ཁྱེད་སེམས་མི་འགྱུར་ཡབ་འདྲ།།
ང་སེམས་མི་འགྱུར་ཡུམ་འདྲ།།
གཉིས་སེམས་འགྱུར་བ་མེད་ན།།
རྒྱབ་བཤད་མང་ཡང་ཅི་ཕན།།

ཁྱེད་སེམས་མི་འགྱུར་གནམ་སྔོན།།
ང་སེམས་མི་འགྱུར་ས་གཞི།།
གཉིས་སེམས་འགྱུར་བ་མེད་ན།།
ཆར་བ་ཆེ་ཡང་ཕན་མེད།།

ཁྱེད་སེམས་འགྱུར་མེད་རི་ཆེན།།
ང་སེམས་འགྱུར་མེད་རྩྭ་ཐང་།།
ངེད་གཉིས་སེམས་པ་མ་འགྱུར།།
གློག་འཁྱུག་འབྲུག་སྒྲས་ཅི་ཕན།།

གྲོང་ཚོའི་ཨ་ཞོམ་ཤིང་གི། །
ཨ་ཞོམ་ཕྱུགས་རྩ་འདྲ་བ། །
ཉིན་ལྷར་བཀོག་པར་ཕྱིན་ཀྱང་། །
ག་དུས་བཀོག་བཀོག་ཡོག་རེད། །

ང་ཡི་བསྐྱོད་ཡུལ་ལམ་དཀར། །
ཆུ་ལོག་དྲག་པོས་བཅད་འདུག །
གནམ་ནས་འཕྱུར་དགོས་བྱུང་ཡང་། །
སྙིང་སྡུག་འཕྲད་པ་བྱེད་འདོད། །

ང་ཡི་ས་གཞི་བསྐོར་དེ། །
ཕྱུགས་ཀྱི་འདུན་མ་འཚོལ་བ། །
རྒྱབ་བཤད་སླེལ་པོར་གྲུབ་ཀྱང་། །
དམིགས་ཡུལ་སྒྲུབ་པ་ལོས་བྱེད། །

རི་མགོར་མཛའ་གཞས་བཏང་བས། །
མཛའ་པོས་ཟབ་པར་ཉན་གྱིས། །
ཉན་འདོད་ཡོད་ན་ཉོན་ཅིག །
མ་ཉན་ང་ཡིས་མཇུག་སྒྲིལ། །

*   *   *   *

མཛའ་བ་འགྱུར་བ་མེད་ན། །
ང་ཡིས་ཡལ་རྟེར་ལང་ཚོག །
གངས་རིར་འགྱུར་བ་མེད་ན། །
རྒྱ་མཚོའི་མང་ཉུང་སྙོམ་ཤག །

བུ། འབྲུ་རྫོག་གསེར་དང་འདྲ་ཞིང་། །
བུ་མོ་ཁམ་བུའི་མེ་ཏོག །
ཁྱེད་ནི་ང་ཡི་སྙིང་སྡུག །
ཁྱེད་སེམས་གང་བསམ་མི་ཤེས། །

བུ་མོ། ཁྱེད་ནི་ཐང་ཞིང་དཔའ་བ། །
རྫོན་རྒྱུག་ཞིང་ལས་འཛོན་པ། །
སྙིང་སྡུག་ཐུགས་བདེ་གནང་དང་། །
མཛའ་མོས་ཁྱེད་རང་བསྒུགས་ཡོད། །

ང་ནི་མཆིན་པ་ཁྱེད་ནི་སྙིང་། །
སྙིང་མཆིན་སྦྱོད་ཁང་གཅིག་རེད། །
ཁྱེད་རང་ཁྱིམ་ནས་བྲལ་བས། །

ང་སེམས་སྙིང་མཚིན་གས་འདྲ། །

སྨྱུག་མ་ལྷུང་གིས་འགྱུལ་ཞིང་། །
སྨྱུག་གསེབ་རྒྱུག་ཆུས་སྒྲ་བཏང་། །
རྟ་བར་སྣན་པའི་བྱུང་བ། །
ང་སེམས་སྲུན་པོ་མ་བཟོ། །

ཆུ་ཁར་བཞད་པའི་པདྨ། །
དགའ་མཁན་སྐྱེ་བོ་ཡོད་མེད། །
སེམས་ཀྱིས་འབྱུ་འདོད་ཡོད་ཀྱང་། །
ཟམ་མེད་བརྒལ་ཐབས་མི་འདུག །

སྤྲིན་ནག་ཉུབ་ལ་བརྒྱུགས་སོང་། །
སྤྲིན་དཀར་ཤར་ནས་ལྡིང་བྱུང་། །
གཅིག་ཏུ་འགྲིལ་ན་ལེགས་པ། །
མ་འགྲིལ་ལྷུང་བུས་གཏོར་བ། །

ངང་སེར་རྒྱང་རིང་འཕུར་ཀྱང་། །
མཚོ་ཁའི་སྔོ་ང་དྲན་བྱུང་། །

སྙིང་སྡུག་ལུས་འགྲམ་མེད་པས། །
སྙིང་གཏམ་སུ་ལ་ཞོད་པ། །

གངས་ཆུ་མར་ལ་བབས་པས། །
པདྨ་བསུ་བ་ཞུས་ཡོད། །
རྒྱུན་དུ་བབ་ན་བསམ་མོད། །
མ་བབས་གཞན་དུ་རྒྱུགས་ཤིག །

མཛའ་བོ་རྒྱང་རིང་ཕེབས་པ། །
གང་དུ་ཕེབས་མཁན་ཡིན་ནམ། །
ཕེབས་ན་མཉམ་དུ་ཕེབས་ཏེ། །
གདོན་འདྲེའི་ཡུལ་ནས་བྲལ་འགྲོ། །

ཉེ་མ་རི་རྒྱབ་ནུབ་པས། །
གྲིབ་གཟུགས་ཁྱུ་གཅིག་ལུས་སོང་། །
མཛའ་བོ་སྤྱི་ཙམ་ཕེབས་རྒྱུར། །
བསྒུགས་པས་མིག་ཆུ་སྙམ་ཉེ། །

མེ་མདའ་བརྒྱབ་པའི་སྒྲ་ཡིས། །

ཞ་ཉེའི་མདེའུ་བསུས་སོང་། །

ང་དང་སྙིང་སྡུག་བརྩེ་བས། །

རྒྱབ་བཤད་གཏམ་འཆལ་བསུས་སོང་། །

ཕ་གིའི་ཐང་ཤིང་སྔོན་པོ། །

ཏེ་ཀའི་ལྷ་གནས་འཛར་ཞིང་། །

ཡལ་གས་ནམ་མཁའ་བཀབ་མོད། །

འོན་ཀྱང་ཕན་ཚུན་འབྲེལ་མེད། །

*　　*　　*　　*

ཉིན་ནས་ཟླ་བ་བཅུང་སྟེ། །

སྙིང་སྡུག་མཛལ་རྒྱུར་བསྒུགས་ཡོད། །

རི་མཐོ་ཁ་བ་མཐུག་ཀྱང་། །

བརྒལ་ཏེ་འགྲོ་བར་འདོད་དོ། །

བྲག་རི་གཡང་གཟར་གནམ་བསྙེགས། །

ཐབ་རྩུ་ཉིན་བུ་འབབ་ཀྱང་། །

ཁྱེད་མོས་དེ་ལྟར་རྒྱུགས་ཤིག །

མ་བབས་གྲིན་ལ་རྒྱུག་འགྲོ། །

ཚེས་པ་བཅོ་ལྔའི་མཚན་མོ།།

སྐྱི་ཁང་ནང་དུ་བསྐྱོད་པ།།

སྤོ་བོས་འདྲི་རྩད་བྱེད་པར།།

ཁོང་ལ་སྐྱུག་རྫུན་བཤད་ཡོད།།

གྲོང་སྡོང་རྒྱབ་བཤད་མང་ཞིང་།།

ཆུ་མེད་གཙོང་རོང་སྲ་ཆེ།།

ངེད་གཉིས་ངོ་ཤེས་ཙམ་ནས།།

ཇ་ཚའི་རྒྱབ་བཤད་ཁེངས་ཤག།

ཉི་མ་རེ་མགོར་ཉུབ་སོང་།།

འཛིགས་རུང་གྲིབ་གཟུགས་བཞག་སོང་།།

སྙིང་སྡུག་བཙན་གྱིས་ཁྲིད་པས།།

དངངས་སྐྲག་སྐྱོ་སྣང་བཞག་བྱུང་།།

མཛའ་བོ་སློ་ཕོག་ཆུང་བས།།

ང་ལ་དགའ་ཚུལ་མི་སྨྲ།།

གཟིགས་དང་སྨྲ་ཡིས་ཤིང་ལ།།

འཁྲུད་ལས་ཤིང་གིས་མ་ཡིན།།

མཛའ་བོ་ཕར་ལ་ལུས་པས། །
མཇལ་འཕྲད་རྒྱུ་བོས་བཅད་སོང་། །
བརྩེ་དུང་མནའ་ཚིག་མ་བརྗེད། །
མཐར་ཐུག་མཇལ་འཕྲད་ཡོང་ཡོང་། །

བུ་མོ་གཅིག་གི་མཛེས་སྡུག །
ཁམ་བུའི་མེ་ཏོག་འདྲ་ཡང་། །
ཤིང་གི་རྩེ་མོར་བཞད་པས། །
ལག་པས་སློབ་ཐབས་མེད་འདུག །

གངས་རྒྱུ་ཤིན་ཏུ་གྲང་ཞིང་། །
བྲག་སྟེང་རྒྱ་མིག་རྡོ་བ། །
སོ་སོ་ཕྱོགས་བཞིར་བརྒྱུགས་ཀྱང་། །
འཛོམས་ས་རྒྱ་མཚོ་ཆེན་པོ། །

ཀློ་ཡུལ་རི་བོར་འཛོགས་ཀྱང་། །
རི་འབྲེལ་ངོ་ནི་མི་ཤེས། །
ལྷམ་མེད་རི་རྒྱུ་བརྒྱལ་ཏེ། །

སྙིང་སྡུག་སེམས་ནང་དགའ་སོང་།།

གླྀ་ཡུལ་རི་བོ་ཆེ་ཆུང་།།
འདྲིས་ཀྱང་ངོ་ནི་མི་ཤེས།།
ལྷམ་མེད་རི་ཆུ་བསྐོར་ཏེ།།
སྙིང་སྡུག་འཕེལ་རྒྱུར་བསྒུགས་ཡོད།།

ང་ནི་བྱ་ཕོ་དཀར་པོ།།
བྱ་སྐད་དུས་སུ་བསྐྱོན་གྱིས།།
ངོ་ཐུབ་ངེད་གཉིས་མཇལ་བས།།
ནམ་ལངས་བར་དུ་གཟིམ་རོགས།།

གཡུ་མདོག་ཅན་གྱི་རྒྱ་མཚོར།།
ངང་སེར་རྒྱལ་བས་རོལ་ཤག།
མཚོ་མོས་སྤྱོད་གནས་བསྐྱུན་ཡང་།།
ངང་སེར་མི་སྤྱོད་འཕུར་སོང་།།

*    *    *    *

སྔོན་དུས་ང་དང་བྱ་དགོད།།
བྱ་ཚང་མཉམ་དུ་བསགས་ཡོད།།

དེང་དུས་ང་དང་བུ་དགོད།
རང་རང་སོ་སོ་ཡིན་ནོ།

ཉེ་དུས་ང་དང་ཁུ་བྱུག།
བྱ་ཚང་གཅིག་ཏུ་བསྡད་ཡོད།
ཕོ་རོག་བྱ་དགོད་གཉིས་པོ།
འཚོ་བ་མཉམ་དུ་སྐྱེལ་གྱིས།

མིག་གིས་གང་ཡང་མཐོང་མེད།
ལམ་ཆེན་རང་ལས་མི་མཐོང་།
བུ་མོའི་མིག་གིས་གང་ཡང་།
མཐོང་མེད་དངུལ་ལས་མི་མཐོང་།

མེ་ཏོག་དམར་ཞིང་དཀར་ཡང་།
བུང་བ་གཅིག་ཀྱང་མི་འཁོར།
བུ་མོ་མཛེས་སྡུག་ལྡན་ཡང་།
གཞུང་སེམས་མི་དྲང་མི་དགའ།

རི་ཚོགས་རྩེ་མོ་འབྲེལ་ཡང་།

བསྙེག་ས་འོས་པ་མིན་འདུག །

རྗེ་བ་སྐར་ཚོགས་འདྲ་ཡང་། །

ཐབ་རྗེར་འོས་པ་མིན་འདུག །

ཆུ་ཆེན་ཆུ་ཕྲན་མང་ཡང་། །

འཕྲུང་ཆུར་འོས་པ་མིན་འདུག །

སྤྲིན་ལ་བསྙེགས་པའི་རི་རྩེར། །

ངང་གྲུས་ངང་ཚང་བསགས་ཤག །

རི་ཡིས་ངང་གྲུར་འབྲེལ་མེད། །

གངས་ལ་དགའ་བའི་རྐྱེན་རེད། །

ཤིང་གི་འབྱུང་ཁུངས་མི་ཤེས། །

ཤོག་སྒོང་ཡིན་པ་ཤེས་བྱུང་། །

ཤོང་གི་སྔོན་ཚད་མི་ཤེས། །

གཞུང་སེམས་མི་དྲང་ཤེས་བྱུང་། །

པའི་ཚལ་སྔོང་པོ་ཆེ་ཞིང་། །

ལོ་མ་དྲི་མ་ཞིམ་པ། །

མཛའ་བོས་ཤོ་བོའི་ཕྱོགས་སུ། །

སྐྱུག་རྫུན་ཕོ་ན་བཤད་བྱུང་། །

ཁ་སང་མི་ཚེ་སྐྱེལ་རྒྱུའི། །
བཀའ་མོལ་ཡག་པོ་བྱུང་ཡང་། །
དེ་རིང་གཞན་དང་བསྡེབས་པས། །
རྒྱུ་མཚན་ག་རེ་ཡིན་ནམ། །

རི་ཚོགས་དྲུག་གི་ལོགས་ན། །
ཐྲིན་ལན་ལོག་མཇལ་ཤེ་འདུག །
མིག་དང་གློ་མཆིན་སྐྱུག་ཤག །
ཤེ་ཡང་བདག་པོ་མེད་པས། །
བྲེ་ཡིས་རོ་གཡོག་བྱེད་ཀྱི། །

ཞོགས་པ་མ་ལང་ཐབས་མེད། །
ཁྲིམ་ལས་ལུས་ལ་འཁྲིལ་བྱུང་། །
དགོང་མོ་མ་ཉལ་རང་ཉལ། །
བྱེད་རང་རྩིས་གཏོགས་ཆ་བ། །

དང་པོ་བཙུན་པ་འཕེལ་སྐབས། །

གཞུང་སེམས་དྲང་བ་མཚོན་བྱུང་། །
ཡུན་རིང་ལོ་ཟླ་བརྒྱུད་པས། །
ཁྱེད་སེམས་བྱེ་ཁང་འདྲ་བ། །

*    *    *    *

ཐོག་མར་ངེད་གཉིས་དགའ་བ། །
དངུལ་སྒྲོར་བཞིན་དུ་མི་བྲལ། །
དེང་དུས་ཁྱེད་ལུས་སྲིད་ཀྱང་། །
སེམས་པ་ཕྱིར་ནས་འཕྱུར་སོང་། །

ཡུལ་གྱི་ས་ཕྱོགས་ཤིག་ན། །
བོང་བུས་བགྲོད་ལམ་མི་ཤེས། །
ཕ་ཡུལ་ས་ཞིང་སྟེང་ལ། །
མཛའ་བོའི་དགོངས་བཞེད་མི་ཤེས། །

ང་དང་སྙིང་སྡུག་བར་ལ། །
གྱང་གིས་བར་ཐག་བཅད་ཀྱང་། །
བརྩེ་བྲལ་བཀའ་དྲིན་གནས་པས། །
ཁོ་བོ་བརྗེད་པ་མ་གནང་། །

ཉ་མོས་འབུ་དམར་ཟས་པས། །
ལྐུགས་ཀྱུས་མི་ཚེ་འཁྲིལ་སོང་། །
གཡོ་ཟློལ་གཏམ་གྱིས་ཁོང་བསླུས། །
རང་ལུས་གཙང་མ་ཕྲོར་སོང་། །

རི་མགོར་བྱ་དགོད་ལྡིང་བྱུང་། །
རི་གཤམ་མོ་བྱ་འཕུར་བྱུང་། །
གཡང་གཟར་འཚོ་བ་སྐྱིད་པ། །
དེ་མིན་མོ་བྱས་ང་བསླུ། །

རི་སྣང་མཐའ་མེད་ནགས་སྲུ། །
འཛོང་པོའི་ཤིང་སྡོང་མང་ཡང་། །
གདུང་དང་ཟམ་རྒྱུག་འོས་པ། །
བཙལ་ན་རྙེད་རྒྱུ་མིན་འདུག །

མ་གཞི་ཁྲིད་རང་མཛེས་ཀྱང་། །
གཏན་དུ་དེ་ལྟར་མ་ཡིན། །
ཕ་ཕྱང་མཛེས་པོ་མེད་ཀྱང་། །
བློ་དཀར་རྡོ་རྗེ་ལས་ལྷག །

སྙིང་སྡུག་ལྷ་མོ་འདྲ་ཞིང་།།
གོམ་བགྲོད་རྒྱུ་ཡི་རླབས་འདྲ།།
བཟོ་དབྱིབས་མེ་ཏོག་འདྲ་བས།།
མགྱོགས་མྱུར་འབྲས་བུ་བཏགས་པ།།

ང་ལ་ཡོད་པའི་རྟ་མཆོག།
ནམ་མཁའི་བྱ་དང་འདྲ་བ།།
མ་གཞི་གཞོག་པ་མེད་ཀྱང་།།
འགྲོ་སྐབས་ཕྱིན་པས་མི་ཐིན།།

ཕོ་བོར་ཡོད་པའི་སྙིང་སྡུག།
ལྷ་ཡུལ་སྲས་མོ་ལས་ལྷག།
སྤྲོས་དང་ཡོན་ཆབ་ཕུལ་ཡང་།།
ང་ནི་བསམ་པ་རྣམ་དག།

ང་ལ་ཡོད་པའི་དུག་མདའ།།
ཕྱིན་ལ་བསྙེགས་ལྷར་འཛོང་པ།།
གནམ་ལོག་དེ་ཡིས་འཁྱོག་ལ།།

མགོ་དགུའི་སྤྲུལ་ཡང་མི་ཐར། །

* * * *

དྲག་རྒྱུ་ཐ་རླབས་འཕྱུར་བ། །

གཙང་པོ་འཕྲད་ཕྱིར་ཡིན་ནོ། །

མཛའ་བོས་ཕྱིར་བལྟས་སློག་པ། །

སེམས་པ་མཛའ་བོར་གནས་ཡོད། །

སུ་ལུ་བྲོ་བ་ཞིམ་པ། །

དེ་ལས་སྙིང་སྡུག་དྲི་ཞིམ། །

དཀར་གསལ་ནམ་མཁའི་ཟླ་བ། །

དེ་ལས་མཛའ་བོ་གསལ་བ། །

འཛོང་འཛོང་གླུ་སྒྲ་ཆེ་ཞིང་། །

མཛའ་བོས་གླུ་གཞས་མི་གཏོང་། །

ཁུ་བྱུག་གཞས་ཀྱང་མི་གཏོང་། །

གཏོང་མཁན་གཞོན་ནུ་ཀུན་སླེབས། །

ང་དང་མཛའ་བོའི་སྐེར་འཛོམས། །

མནའ་ཚིག་རྗེ་བཙོས་རི་མོ། །

རྗེ་འཇམ་རི་མོར་གནས་ཡོད།།
མནའ་ཚིག་ཁ་བཏགས་མདུད་པ།།
ཁ་བཏགས་ཕར་ལ་འཆིང་ཡང་།།
མདུད་པ་ད་དུང་གནས་ཡོད།།

ཞིམ་པོའི་བ་དམ་སར་སྐྱེས།།
ངེད་གཉིས་རྩ་བ་གཅིག་རེད།།
ས་སྟེང་མི་བཟང་མང་ཡང་།།
གཞུང་སེམས་མཛའ་པོ་དྲང་ཞེས།།

ངེད་གཉིས་བརྩེ་དུང་ཟབ་པའི།།
འུར་གཏམ་མི་ལ་སྨྲས་མེད།།
མཛའ་པོས་མོས་མཐུན་མེད་ཀྱང་།།
སྐྱེ་བཏགས་ལུག་ལས་བྲལ་དཀའ།།

གཏན་གྲོགས་འཚོལ་སྐབས་ཐོག་མར།།
སེམས་དང་མིག་ལ་བལྟ་དགོས།།
ཐུགས་སེམས་རྗེ་བཞིན་བརྟན་པ།།
སྤྱན་མིག་དྭངས་ཤིང་གྲུང་བ།།

གངས་རིའི་འོད་ཟེར་འཕྲོས་པས། །
ལུང་བར་མཆོད་རྟེན་མང་བ། །
གྲིབ་མས་ས་གཞི་བསྒྲིབས་ཀྱང་། །
གངས་དང་མཆོད་རྟེན་སྤུར་འདྲ། །

ཁོ་མོ་ལོ་ན་ཕྲ་བས། །
བརྩེ་ལྡན་རྒྱུག་ཐབས་མིན་འདུག །
ང་སེམས་བརྩེ་མའི་གསེར་ཏེ། །
དངུལ་དང་འདྲེས་ན་མི་འགྲིག །

ཞང་ཅའོ་ནགས་ཀྱི་གསེབ་ནས། །
མཛའ་བོས་གསང་བརྡ་བཏང་བྱུང་། །
གསང་བརྡ་ཞང་པོས་ཐོས་པས། །
ཁོ་མོར་རྒྱུ་མཚན་དྲིས་བྱུང་། །
སྐུག་པས་ཡལ་ག་འགྲུལ་བའི། །
སྐད་སྒྲ་ཡིན་པར་བཤད་ཡོད། །

ང་དང་མཛའ་བོའི་བར་ལ། །

དྭངས་གཙང་ཁ་བཏགས་རྒྱང་ཡོད། །
སྟོང་སྐྱིད་ཆད་པར་དོགས་ཀྱང་། །
དོན་དམ་ལྷུགས་ཐག་འདྲ་བ། །

ང་དང་མཛའ་བོའི་བར་ལ། །
དཀར་འཛམ་ཤོག་བུ་རྒྱང་ཡོད། །
ཤོག་བུ་རུལ་བར་དོགས་ཀྱང་། །
དོན་དམ་སྲ་བ་རི་འདྲ། །

ཁམ་སྟོང་མེ་ཏོག་སྟོན་བཞད། །
མཛའ་བོའི་དཔའ་ཡིས་ཡིད་འཕྲོག །
མཐོང་བའི་རི་དྭགས་མི་སྒྲོད། །
བརྗེ་བའི་འབྲུ་རིགས་མི་ཤོམ། །

གངས་ཀྱིས་རི་ཆེན་བཏུམས་ཀྱང་། །
ངེད་གཉིས་སེམས་པ་མི་འཁྱུམས། །
དགུར་དུས་གངས་འཁྱགས་བཞུར་ཡང་། །
གང་ལྟར་ངེད་གཉིས་ཡིད་ཆགས། །

བུ་མོ་དང་པོ་མཇལ་སྐབས། །
མིག་ཟུར་ང་ལ་ཕོག་བྱུང་། །
སེམས་དང་རྣམ་པ་མཚར་བས། །
ག་ཚད་བལྟས་ཀྱང་སེམས་སྐྱིད། །

* * * *

གཞོན་པས་བསྣམས་པའི་མདའ་གཞི། །
མཐོང་བས་མིག་ལ་འོད་འཁྲོ། །
ཡང་བསྐྱར་བལྟ་བར་མི་ནུས། །
ཁོང་དང་སྒྲིག་པ་ཕྲོག་ཅིག །

ངེད་གཉིས་འདོད་པས་འགྲིག་པས། །
ཕ་མས་བཀག་ཀྱང་མི་སྲག །
ཁྱེད་ཀྱིས་རི་དྭགས་རྔོན་ཞིང་། །
ང་ཡི་ས་ཞིང་བཏབ་སྐྱེ། །
དགའ་བདེའི་དུས་ལ་རོལ་འགྲོ། །

ལོ་ཆུང་ལས་ལ་དཔའ་བ། །
རྔོན་ཀྲུག་སོ་ནམ་འཛིན་ཀྱང་། །
ཁེར་རྐྱང་སྙིང་སྡུག་མེད་པས། །

མཛེས་མའི་གྲོགས་འདི་བསྒུགས་ཡོད།།

དཀྱུང་སྔོན་མཐོན་པོའི་དབྱིངས་ནས།།
སྐར་ཚོགས་འོད་མདངས་འཚེར་བྱུང་།།
གཞས་ཁང་དམར་པོའི་ནང་དུ།།
ངེད་གཉིས་སྙིར་གཏམ་གླེང་ཡོད།།

ཁ་བ་བབས་པའི་འོག་གི།
བྱིའུ་སྐལ་བཟང་སྒྲོལ་མ།།
ཁོ་རང་སྐྱིད་པའི་དུས་སུ།།
མེ་ཏོག་འགྲན་བཞིན་ཁ་ཕྱེ།།

སྙིང་གྲོགས་སྤུས་ལེགས་མར་འདྲ།།
གཞན་མར་ཉེ་མས་བཞུས་ཀྱང་།།
ང་ནི་ཉེ་མས་བཞུས་དཀའ།།
བདེན་མིན་གཟིགས་པར་ཕེབས་དང་།།

ཕ་རིའི་ཆུ་ནི་མངར་ལ།།
ཚུར་རིའི་ཆུ་ནི་ཞིམ་པ།།

སྐོམ་ན་གང་འདོད་མཆོད་དང་། །
ཕེབས་ཀར་འབྲུས་ཀྱང་སྐྱོན་གནང་། །

དགའ་དུས་མཛའ་གཞས་བཏང་ཡོད། །
སྐྱོ་ཡང་མཛའ་གཞ་བཏང་མེད། །
མཛའ་གཞས་ང་ཡི་གཏན་གྲོགས། །
ཚེ་གང་ང་དང་ཆབས་ཅིག །

ཤར་ནས་ཉི་མ་ཤར་བྱུང་། །
གཏན་དུ་གནམ་གྱུང་བཞུགས་རོགས། །
སྙིང་སྡུག་འཕྲད་པར་འགྲོ་བས། །
དཔྱལ་འོད་སྒྲིན་པས་མ་བཀག །

ཤར་ནས་ཟླ་བ་ཤར་བྱུང་། །
ནུབ་ཏུ་མ་ཕེབས་གནང་རོགས། །
ངེད་གཉིས་གསང་འཕྲད་བྱེད་སྐབས། །
དཀྱུང་གི་དཀྱིལ་དུ་བཞུགས་རོགས། །

ཕོག་པར་མདའ་ཕྱུབ་ལྷུགས་ཡོད། །

ཆུ་དྭངས་ཉ་མོ་མཐོང་བྱུང་། །
རྗེས་དེད་རི་དྭགས་རྗོན་བྱུང་། །
ཉི་ཟླ་ཉུབ་པས་སེམས་གསལ། །

དཀར་གཙང་དངུལ་གྱི་ཁ་བ། །
ཉི་འོད་མེད་ན་ཞུས་དཀའ། །
གསེར་མདངས་བཀྲ་བའི་མེ་ཏོག །
བདུད་རྩིས་ཞལ་ཁ་ཕྱེ་སོང་། །

བུ་མོ་སེམས་རྒྱ་ཆེ་ཡང་། །
ཁྱིམ་དུ་སྡོད་རྒྱུ་མི་བསམ། །
ཕྱི་ལོག་ཕོ་ནར་འཁྲུམས་པས། །
སྐྱོང་ཀུན་རག་ལས་ལོག་བྱུང་། །

མེ་ཅི་མ་བཏང་གོང་ནས། །
ཁང་བ་དུ་བས་ཁེངས་ཤག །
མེ་བཏང་ཁ་ལག་བཙོས་པས། །
དུ་བ་གང་ཡང་མེད་འདུག །
སྙིང་སྡུག་མ་བཙལ་གོང་ལ། །

གཏམ་འཆལ་ཞིན་ཏུ་མང་བ། །
སྙིང་སྡུག་ཡོད་པའི་རྗེས་ལ། །
གང་ཡང་ཤོད་མཁན་མི་འདུག །

བུ་རྗེ་ཤེས་ན་དགའ་བ། །
མ་ཤེས་ཉིན་ལྟར་ཁ་རྩེད། །
དགོ་དགོ་འཛུམ་འཛུམ་ལེགས་པ། །
ཉིན་ལྟར་ཁ་རྩེད་མི་སྐྱིད། །

སྐྱེ་བོ་ཕལ་མོ་ཆེ་བ། །
སྐྱེ་སའི་ཡུལ་ལ་དགའ་མོད། །
འགའ་ཤས་མནའ་མ་རག་པས། །
ཕ་མ་བརྗེད་མཁན་ཡོག་རེད། །

ཁ་བྱུག་གསུང་སྐད་མ་སྙན་དང་། །
དཔྱིད་ཀ་དེ་མུར་ཡལ་འགྲོ། །
དཔྱིད་ཀ་བསྐྱར་དུ་ཤར་ན། །
དེ་དུས་གསུང་སྐད་སྙན་དང་། །

བུ་མོ་སེམས་པ་དཀར་ཀྱང་།།
རྒྱུ་མེད་སྙིང་སྡུག་མི་རག །
མཉམ་དུ་བསྐྱོད་པ་རྩིས་པས།།
རྟལ་ནག་མགོ་བོར་ཁེངས་ཤག །

བུ་མོར་དགའ་སེམས་ཡོད་ཀྱང་།།
དགའ་བའི་དབང་ཆ་མི་འདུག །
ལས་འགྲོ་མེད་པ་མ་ཡིན།།
དབུལ་ཕྱུག་མི་སྙོམ་རྒྱུན་རེད།།

སྡུག་བསྔལ་ཁོ་ན་མ་གཏོགས།།
དགའ་སྐྱིད་ང་ལ་མེད་འདུག །
སྡུག་བསྔལ་གཟུགས་ཀྱི་གྲིབ་བཞིན།།
ང་ཡི་རྗེས་སུ་ཡོང་གི།

འཇིག་རྟེན་རི་རྒྱལ་ལྷུན་པོ།།
མི་འགྱུར་བརྟན་པོར་བཞུགས་དང་།།
ཉི་མ་ཟླ་བའི་འཁོར་ཕྱོགས།།
ཁྱེད་ལ་བསྐུན་ནས་ཡོད་ཚོག །

བཙོ་ལྷའི་ཟླ་བ་སྔོར་བས། །
སྙེར་འཛོམས་མ་གནང་གཞས་ཁྲབ། །
གྲོང་མིའི་མིག་ནི་མང་བས། །
རྒྱབ་བཤད་ལྕུང་པ་ཁེངས་ཡོང་། །

རི་སྟེང་མིག་འཚེར་དགོན་པར། །
སྒོ་རྟུང་སྐྱེ་བོ་མང་མེད། །
སྒོ་ནི་གསར་པ་ཡིན་པས། །
གང་བྱུང་ཕྱེ་བ་མ་གནང་། །

ལོ་ན་བཅུ་བདུན་བུ་མོ། །
མནའ་མར་སློང་མཁན་མང་ཡང་། །
ལང་ཚོ་གཙོ་ཆེན་ཡིན་པས། །
ཁ་ཡང་སྐྱོད་ཡང་མ་བྱེད། །

བ་ཕྲུགས་རི་བ་མཐོ་བས། །
རྟ་ཡིས་གྲོད་པ་མི་རྒྱུག །
བུ་མོ་ལྷ་བ་མཐོ་བས། །

ཟོ་གཞོན་མང་ཡང་གཅིག་འདེམས། །

ཉིན་མཚོང་གངས་རི་བརྒྱལ་བ། །
མི་རྟོག་འབྲུ་ཕྱིར་ཡིན་ཡང་། །
སེམས་ཀྱིས་འདོད་པ་ཡོད་ན། །
མི་རྟོག་ག་ནས་ལྡེམ་ལྡེམ། །

ཁྱེད་སེམས་ང་ལ་དགའ་ན། །
བརྩམ་པ་ཤུགས་ཀྱིས་སྦྱོང་དང་། །
གལ་ཏེ་སེམས་ནག་མིན་ན། །
ང་ལ་མ་སྦྱར་ཕར་རྒྱུགས། །

*    *    *    *

ཤར་ཕྱོགས་རི་བོའི་རྩེ་ནས། །
དཀར་གསལ་ཟླ་བ་ཤར་བྱུང་། །
རྒྱ་བྱུས་མཛའ་གཞས་གཏོང་ཞིང་། །
གཞོག་པ་བརྡབས་ཏེ་གྲོགས་བཙལ། །

ཁྱེད་ལ་བལྟས་པས་མི་ངོམས། །
མཛའ་གཞས་བཏང་བས་ཁ་སྐོམ། །

བརྩེ་བའི་རང་སེམས་བསྲེགས་སོང་། །
ཁྲིད་རང་རྡོ་བརྫོས་མིན་ནམ། །

ཆུ་བོ་རྒྱུས་ན་རྒྱུས་ཤིག །
ལྷགས་པ་བརྒྱབ་ན་རྐྱོབ་ཅིག །
སྣ་ཟམ་དྲག་ཏུ་གཡོས་ཀྱང་། །
མཐའ་གཉིས་དམ་པོར་བཏགས་ཡོད། །

ཐིགས་པ་ལུས་ལ་འཛོག་པས། །
ཤ་ལ་ཉེན་ཁ་འདུག་གོ །
ཁ་བཏགས་ནག་ནོག་བགོས་པ། །
ཕྱིས་ཀྱང་དཀར་གཙང་ཆགས་དཀའ། །
གཞན་གྱིས་བསླུ་བྲིད་བྱས་པས། །
རྒྱབ་བཤད་མི་རབས་བརྗོད་དཀའ། །

མཉམ་འཛོམས་ཆུ་ཁར་བྱས་པས། །
སྣ་ཟམ་ཆུ་བོས་བཅད་ཤག །
སེམས་ཅན་རྒྱུག་ཆུ་ཡིས་ཀྱང་། །
གནོད་པ་སྐྱེལ་དོན་གང་ཡིན། །

སེམས་པ་དྭངས་གཙང་ཡིན་ཀྱང་།།
གཏན་གྲོགས་མེད་པས་སེམས་སྐྱོ།།
ཀུན་དགའི་ཇོད་ལྡན་ཉེ་མ།།
ཤར་ནས་ཟུབ་ལ་བཞུད་སོང་།།

*  *  *  *

དཀའ་སྡུག་སྒྲ་ལས་མང་བའི།།
ནག་པོ་ཉིན་ཟླའི་རིང་ལོས།།
ཟློ་ལྡན་ཁྱེད་ཀྱིས་གསུང་དང་།།
དྭངས་པའི་དུས་ཞིག་ཨེ་ཡོད།།

གསེར་སྨན་རྟ་ལ་བརྒྱབ་ནས།།
སོ་སོའི་ཞོན་རྟ་བྲུས་ཚོག།
བདབ་གསུམ་སྐྱེ་གསུམ་ས་ལ།།
ཁུ་ལག་ཕྲག་པར་མནན་བྱུང་།།

ཕྱི་ལ་ཚར་པ་བབས་ཀྱི།།
ནང་དུ་ཐིགས་པ་རྒྱག་གི
ཕྱི་ནང་སྟོད་གནས་མེད་པའི།།

མདར་ཤི་ཞུམ་ནས་ལུས་སོང་། །

གཞོན་བུ་མང་པོའི་དཀྱིལ་ན། །
ང་རང་སྡུག་བསྔལ་མང་བ། །
སྐྱིད་པོ་མིག་གིས་མ་མཐོང་། །
སྡུག་པོ་ལོ་ཟླ་སྐྱེས་ཡོད། །

གངས་རི་འདི་ང་ཡི་ཕ་ཡུལ་ཡིན་ན་བསམ། །
སེང་དཀར་མོ་ང་ཡི་ཕ་མ་ཡིན་ན་བསམ། །
ས་ཞིང་དང་ཁང་པ་ང་ཡི་ཕ་མ་ཡིན་ན་བསམ། །
དེ་ཚང་མ་སྐྱིད་པའི་གཉིད་ལམ་ཞིག་རེད། །

མཚོ་འདི་ནི་ང་ཡི་ཕ་ཡུལ་ཡིན་ན་བསམ། །
ཉ་དཀར་པོ་ང་ཡི་གཅེན་གཅུང་ཡིན་ན་བསམ། །
ལམ་བགྲོད་རྟ་ཕོ་ཅང་ཤེས་ཤིག་ཡོད་ན་བསམ། །
དེ་ཚང་མ་སྐྱིད་པའི་གཉིད་ལམ་ཞིག་རེད། །

གཡང་གཟར་དེ་ང་ཡི་ཕ་ཡུལ་ཡིན་ན་བསམ། །
སླག་དཀར་པོ་ང་ཡི་གྲོགས་ཞིག་ཡིན་ན་བསམ། །

གླུ་མོ་དེ་ང་ཡི་སྙིང་སྡུག་ཡིན་ན་བསམ།།
དེ་ཚང་མ་ནི་སྐྱིད་པའི་གཉིད་ལམ་ཞིག་རེད།།

གང་འདོད་གནས་དེ་ང་ཡི་ཕ་ཡུལ་ཡིན་ན་བསམ།།
སྤྲིན་དཀར་པོ་དེ་ང་ཡི་ལུག་བལ་ཡིན་ན་བསམ།།
གཙང་ཆུ་རྣམས་ང་ཡི་འབྲས་ཆང་ཡིན་ན་བསམ།།
དེ་ཚང་མ་ནི་སྐྱིད་པའི་གཉིད་ལམ་ཞིག་རེད།།

འགྲོ་བསམ་ཀྱང་རྟ་ཕོ་ང་ལ་མེད།།
སྡོད་བསམ་ཡང་རང་ཁྱིམ་ང་ལ་མེད།།
མགོའི་ཞྭ་ཕོ་ནང་གི་ཚབ་བྱས་ནས།།
རྐང་འཛུགས་ས་ང་ཡིས་རྟ་ཚབ་བྱེད།།

ཡ་མཐོ་མཐོ་རི་བོའི་རྩེ་མོ་ལ།།
རྟ་རྣམས་ལས་རྐང་ཐང་འགྲོ་བདེ་བཟང་།།
མདང་ཕ་ཡུལ་འཚོ་གོས་ངན་པའི་ནང་།།
སྡོད་མི་བསམ་དག་པའི་ཞིང་དུ་འགྲོ།།

བདག་པོ་མེད་པའི་གཡག་དེ།།

རི་ལ་མི་སྡོད་གང་སྡོད། །
ཕ་མ་མེད་པའི་དྭ་ཕྲུག །
གཞན་གྱི་བཀའ་ལ་ཉན་དགོས། །

གཡང་གཟར་པོར་རྒྱུགས་ཟེར་ཤུ་རྩུགས་བརྒྱབ། །
ཕེ་སོང་ན་ཁྱེད་ལ་ལན་པ་ཡོད། །
ང་སྡུག་ལ་སྨྱུར་བའི་ངན་སེམས་བཅངས། །
ང་ཤི་ཡང་ཁྱོད་ལ་ཕན་པ་མེད། །

བྱ་རོག་ནག་པོས་བྲོ་ཚོགས་བསྒྲིགས། །
ཕག་པ་རྒྱག་པ་གཅིག་རྗེས་གཅིག །
གཡག་ལུག་རི་མགོར་ཁྲབ་ནས་འདུག །
ཆུ་ཆར་པས་ཁང་ཁྱིམ་ཆུ་སྒྲས་བཀང་། །

ཀློ་ཡུལ་ཕེང་ནགས་ཀུག་པོའི་ནང་། །
རྫོན་རྒྱག་པར་ཀློ་མིའི་གོང་ན་མེད། །
རི་དྭགས་ལྷགས་པ་གོང་འབུལ་བྱེད། །
རི་དྭགས་ཤ་ཡིས་ཁྲལ་ཞིག་འཇལ། །
རུས་པ་དཀར་པོ་རང་ལ་བདག །

ཡིང་རྒྱུ་མིག་ལ་མཆི་མ་འཁོར། །

རྒྱ་ཚྭ་དཀར་པོ་བྱང་ནས་འགྲིམ། །
གསེར་སེར་པོར་ལས་ཡང་མཐོང་དཀའ། །
སྟུག་ཟེར་ན་ཀློ་པའི་མི་རྣམས་རེད། །
མིག་རིབ་རིབ་སྨུག་ཀྱང་ལག་འཛིན་དཀའ། །

དཀའ་ལས་ང་ཡིས་བརྒྱབ་ཀྱང་། །
འབྲས་བུ་དཔོན་གྱིས་བདག་སོང་། །
དཀའ་ལས་ཆེ་བས་གློ་མིས། །
འབྲས་ཀྱི་བྲོ་བ་མ་རེག །

*    *    *    *

ས་གཞི་ནོར་བུས་ཁེངས་ཡང་། །
ཚང་མ་དགོན་པས་བདག་སོང་། །
དཀའ་བ་སྤྱོད་མཁན་མི་སེར། །
འགྲང་རྫོད་ལུས་ཀྱིས་མ་མཐོང་། །

སྐལ་པ་གནམ་ལ་གཏད་ནས། །
ཁྲལ་གྱིས་ཕྲག་པ་མནན་སོང་། །

རྒྱལ་ཆུས་ལུས་པོ་དཀྲུས་པས། །
སྐྱི་ངག་མགྲིན་ནས་འཐོད་ཡོད། །

རི་རྩེ་སྟུག་པའི་ཁྲོད་ཀྱི། །
གང་དུ་འུ་ལག་སྐྱེལ་ཡོད། །
ཀློ་མོན་བུ་སྤུན་མང་པོ། །
འཆི་བའི་བར་དོར་སྐྱེལ་སོང་། །

རྐང་པ་ཡོད་པ་འདྲ་ཡང་། །
ལ་ལ་རྐྱབ་ལ་འཁྱུར་དགོས། །
མི་དཔོན་འཁྱུར་རྐྱའི་འུ་ལག །
མཚམས་འཛོག་དུས་ཞིག་ཡོད་དམ། །

དགེ་སློང་དག་པའི་ཞིང་ཁམས། །
མ་དག་མི་སེར་དམྱལ་བ། །
བཙལ་ཡང་རྙེད་པར་དཀའ་བའི། །
དག་པའི་ཞིང་ཁམས་གར་ཡོད། །

ཕ་ཡུལ་མེད་པ་མ་ཡིན། །

འབྲས་གསུམ་སྨིན་པའི་སར་ཡོད། །
ཕ་ཡུལ་མ་དགའ་མ་ཡིན། །
སྤྲིན་གྱིས་ཉི་མ་གཡོགས་སོང་། །

ཕྱུག་པོས་ནོད་ཡས་གཅིག་ལ། །
དབུལ་པོ་དབུལ་པོར་གནོགས་ཟེར། །
འཚོ་བར་ལོངས་སྤྱོད་མེད་པ། །
ཚེ་སྔོན་ལས་རེད་ཟེར་གྱིས། །
མགོ་སྐོར་གཏོང་བའི་སྐད་ཆ། །
ཉན་འདོད་བློ་ལ་མིན་འདུག །

དཀའ་ལས་གཞས་ཀྱིས་སེལ་གྱིས། །
ཉེས་ངན་གཞས་ཀྱིས་ཕན་གྱིས། །
ལ་བླུ་ལུས་ལ་དཀྲིས་ནས། །
བཏང་ན་སེམས་པ་སྐྱིད་པ། །

*    *    *    *

མཉམ་འཛོམས་མེད་པའི་རྒྱུ་གཉིས། །
མཉམ་དུ་འཛོམས་ན་རྒྱུ་གཅིག །
ཆ་རྒྱུས་མེད་ན་གཞན་ཡུལ། །

ཚ་རྒྱུས་ཡོན་ན་རང་ཡུལ། །
རྒྱུས་མེད་རྒྱ་རིགས་སློ་རིགས། །
རྒྱུས་ཡོད་ཁྱིམ་གཅིག་མི་རེད། །

ཕ་གི་བོད་མི་མ་རེད། །
ཕ་གི་སློ་པའི་མི་རེད། །
སྤྱང་པོའི་སྤྲེའུ་ལས་དང་། །
ངལ་རྩོལ་ལས་ནི་བྱུང་ཡོད། །

སློ་པ་སྟོད་ཀྱི་ཞུལ་ལ། །
རླུང་བུས་རི་བོ་བཤིགས་ཀྱིས། །
ལས་བརྩོན་ཅན་གྱི་སློ་མིས། །
ལྷགས་རླུང་ཆེ་ལ་མི་འཇིགས། །

ཁེར་སྐྱེས་ལྷུང་ཆུང་རྒྱན་ཚར། །
ཨ་རོགས་མེད་ན་ཆགས་འགྲོ། །
སྤུན་ཟླ་ཁྲི་སྟོང་འཚམ་ན། །
གངས་རི་རྡུལ་དུ་བརླག་ཆོག །

འབྲས་ལྡན་ཡལ་ག་མཉམ་འདྲེས། །

བྲན་གཡོག་སེམས་དམར་གཅིག་མཐུན། །

ཀློ་པ་རྒྱ་བོད་སེམས་གཅིག །

འཁྱུར་བ་མཉམ་འདེགས་ཀྱིས་ཞིག །

ཀློ་ཡུལ་སྤོ་མོན་བར་ལ། །

འཇའ་ཚོན་གསུམ་གྱི་འགྱུངས་ཡོད། །

གཅིག་ནི་ཉི་མ་དམར་པོ། །

གཅིག་ནི་དཀར་གསལ་ཟླ་བ། །

གཅིག་ནི་ཁྲ་རིང་སྐར་ཆེན། །

དེ་གསུམ་ཀློ་མོན་བོད་གསུམ། །

རི་མགོ་སྨུགས་པས་བཀབ་འདུག །

ཉི་མ་གཡས་ནས་ཤེབས་དང་། །

ཟླ་བ་གཡོན་ནས་ཤེབས་ཡ། །

སྐར་མ་དགོད་མདངས་འཛུམ་འཛུམ། །

ཁོང་ཚོ་དག་ལས་སྐྱིད་པ། །

རི་གཟར་སྐྱེད་འཆིང་དགོས་འདུག །

དགོད་པོ་གཡོན་ནས་འཕྱུར་ཤོག །
བྱ་རྒྱལ་གཡས་ནས་འཕྱུར་ཤོག །
བྱིའུ་ཕྲུག་དགོད་མདངས་འཛུམ་འཛུམ། །
ཁོང་ཚོ་དག་ལས་སྐྱིད་པ། །

སྔོ་རིའི་རྒྱུག་ཆུ་བཟང་པོ། །
ཆུ་ཕོ་གཡོན་ནས་རྒྱུགས་ཤོག །
ཆུ་མོ་གཡས་ནས་རྒྱུགས་ཤོག །
ཉ་ཆུང་ཆུང་སྐྱིད་རོལ་བས། །
ཁོང་ཚོ་དག་ལས་སྐྱིད་པ། །

ཕ་ཡུལ་མཛེས་པའི་གློ་ཡུལ། །
མི་རྣམས་དགོད་མདངས་ཤིག་ཤིག །
ཤིང་སྣུས་རི་པོ་རྒྱན་པས། །
གཙང་འགྲམ་སྔོ་ལྗང་ལྡན་འདུག །
ལོ་མས་དགུང་སྔོན་བཀབ་པས། །
འབྲས་བུ་མངར་ཞིམ་དོད་པོ། །
ཡར་བལྟས་གངས་རི་མཇལ་བྱུང་། །
མར་བལྟས་སྙེ་མ་གུག་གུག །

རྟུལ་ཚུ་ཅན་གྱི་ལས་བརྩོན། །

བདེ་སྐྱིད་ཡོང་བར་མི་དོགས། །

*     *     *     *

སྤུ་མཐའ་དབེན་པའི་རྭ་ཐང་། །

ཧྲ་བོའི་སྐྱིད་ལུང་རེད་འདུག །

ལ་རི་གཅིག་བརྒྱབ་གཅིག་བརྟེན། །

བྱ་རྒྱལ་དགོད་པོའི་ཚང་རེད། །

ཚང་ཚིང་སྟུག་པའི་ཤིང་ནགས། །

ཤྭ་བ་ཕོ་མོའི་གནས་རེད། །

རྒྱུག་ཐག་རིང་བའི་གཙང་ཆུ། །

གསེར་ཉ་ཕོ་མོའི་ཡུལ་རེད། །

ཐིག་ཤིང་འདྲ་བའི་མདའ་མོ། །

ལྷུང་གཞོག་མདོ་བ་སློ་ཁྲིད། །

རྗོན་རྒྱུག་མཁས་པའི་ཕོ་གསར། །

སྐྱུང་ཁྱི་བཤད་ནས་ལོག་ཡོང་། །

ཤིང་ནག་སྡུག་པོའི་ལ་སྣང་། །
ལོ་ཏོག་སེར་ཤུན་ལྡན་པ། །
སྤྲང་ནོར་འཕུར་འཚོང་བྱེད་ས། །
ཡིད་འོང་ང་ཡི་ཕ་ཡུལ། །

ང་ཚོ་གློ་ཡུལ་འདི་རུ། །
ཤིང་འབྲས་སྣ་ཡི་བུ་རམ། །
མཛོ་མོ་མཐུག་མ་རིང་པོ། །
དུས་བཞི་བཟ་བསྒུའི་ལས་བྱེད། །

ནགས་ཁྲོད་བྱིའུ་གསུང་སྙན། །
གཞོག་རྩལ་རྒྱས་པའི་ཞ་ཚུང་། །
སྤོ་ལྷོང་རི་བོའི་རྩེ་ནས། །
མར་བལྟས་སྨུག་ལྷུང་ཐེབས་ཐེབས། །
བདེ་སྐྱིད་ལམ་བུའི་ཐོག་ནས། །
ང་སེམས་ཉེ་མ་ཤར་བྱུང་། །

སྙིང་གྲོགས་ལྷ་ལས་སྐྱིད་པའི། །
ཕ་ཡུལ་འབྲས་ཤུན་སེར་ལྡན། །

གཞན་ལ་དགའ་བའི་དུས་སུ། །

གཞན་ཡུལ་རང་གི་ལུང་པ། །

*　　*　　*　　*

སྨུག་ལྷང་ལེགས་པོ་དག་ནི། །

ཙྭ་རིའི་ཡུལ་དུ་སྐྱེས་ཡོད། །

ལས་བརྩོན་ཅན་གྱི་གློ་པ། །

བོད་ཀྱི་ལྷོ་རུ་ཆགས་ཡོད། །

མཛེས་མཛེས་ནགས་གསེབ་ཁྲོད་ཀྱི། །

ཁྲིའུ་ཆུང་གསུང་སྐད་སྙན་པོ། །

ཆུ་མོ་དལ་མོའི་ནང་གི།།

གསེར་མིག་ཉ་ཆུང་འཁྱུག་འཁྱུག །

སྤོ་རྩྭ་འཇམ་པོའི་ཁྲོད་ཀྱི། །

གཡང་དཀར་ལུག་ཕྲུ་བཟང་བ། །

བང་མཛོད་འབྲུ་སྣས་ཁེངས་པ། །

གློ་མིས་ལས་བརྩོན་བྱས་རྐྱེན། །

*　　*　　*　　*

འུ་ལག་གྲངས་ལས་འདས་པས། །

མཛའ་མོའི་ཁྲིམ་དུ་མ་ཆགས།།

ལོ་ཐོག་སྐྱེས་པའི་ཞིན་དེར།།

མིག་དག་མཆི་མས་ཁེངས་སོང་།།

ནང་སའི་ལོ་ཏོག་ཡག་ལ།།

སྙེ་ཀང་རྟ་རྫ་འདྲ་བ།།

མ་མོ་གཡག་རྣ་ལྷར་དེ།།

ང་ཡི་ཡུལ་ཡང་འདྲ་བྱུང་།།

གཡག་ཕྱུགས་ཤ་ཤེད་རྒྱས་པ།།

དུས་བཞིར་ལོ་ཏོག་སྨིན་གནས།།

རྟལ་ཆུ་རྒྱུག་པར་མི་སྐྲག །

རྟག་ཏུ་རྒྱུག་པའི་ལུས་ཡོད།།

སྐྱིད་པའི་དུས་སུ་ལ་གླུ་བཏང་མི་ཚར།།

མགྲིན་པ་འགག་ཀྱང་སེམས་ལ་དགའ་ལྷང་ལྷང་།།

སྡུག་པའི་དུས་སུ་ལ་གླུ་བཏང་མི་ཚར།།

དེ་ཡིས་ང་སེམས་བདེ་ལ་འཁོད་པར་འགྱུར།།

མཐོང་བ་རི་བོ་ཁྲི་སྟོང་།།
ཕ་ཡུལ་རི་ཆེན་མི་མཐོང་།།
སྤྲིན་ནག་རི་མགོར་གྲུར་བས།།
རང་ཡུལ་རི་བོ་གཡོས་སོང་།།

ཟས་གོས་དགོ་ཡོད་ཟེར་ནས།།
ཨ་མར་ལེན་བརྒྱ་ཞུས་ཡོད།།
འོ་ཞོ་འཐུང་སྤྱོང་མེད་ལ།།
གཅེར་བུར་བྱས་ནས་ཚར་ཡོད།།

མི་གཅིག་རྩེ་མོ་གསུམ་གྱིས།།
གནམ་གྱི་ཀ་བ་བྱས་ཡོད།།
གཅིག་གིས་ཉི་མ་སྐོར་ཤོག །
གཅིག་གིས་ཟླ་བ་སྐོར་ཤོག །
གནམ་དགུང་འབྲུག་སྐད་གྲགས་པས།།
དགུང་དུ་མཉམ་འཛོམས་བྱས་ཆོག །

མི་གཅིག་སྐྱིད་པ་གསུམ་འདུག །
དང་གཟར་སྐྱིད་པ་མཐོང་བྱུང་།།

དགོད་ཕོ་གཡོན་ནས་འཕུར་ཤོག །

དགོད་མོ་གཡས་ནས་འཕུར་ཤོག །

ཁྲུ་བྱུག་གསུང་སྐད་སྙན་པས། །

མཉམ་དུ་དགའ་འཛོམས་བྱས་ཚོག །

མི་གཅིག་རི་གསུམ་གཤམ་ལ། །

གཙང་ཆུའི་ཐ་རླབས་གཡོ་གི། །

ཆུ་ཕོ་གཡོན་ནས་སྐོར་ཤོག །

ཆུ་མོ་གཡས་ནས་སྐོར་ཤོག །

ཉ་དག་གླུ་དབྱངས་ལེན་པ། །

ཚང་མ་བདེ་སྐྱིད་གླུ་དབྱངས། །

*　　*　　*　　*

ཆུ་ཆུང་བརྒལ་ན་ལྷམ་ཆུང་ཕུད། །

ཆུ་ཆེན་བརྒལ་ན་རྐང་མགོ་བྲེགས། །

དཔོན་ཆུང་འཕྲད་ན་སྐུ་ཕྱག་འཚལ། །

དཔོན་ཆེན་འཕྲད་ན་མགོ་ཞྭགས་བཀྲུ། །

ང་ཕ་ཡུལ་མེད་པ་མ་ཡིན་ཏེ། །

ལ་ཕར་རྒྱབ་ང་ཡི་ཕ་ཡུལ་རེད། །

ས་དེ་ཏུ་གཙན་གཟན་སྤང་པོ་རེད། །
མི་ཕོ་མོའི་སེམས་སུ་སྐྲག་ལེ་རེད། །

གངས་དཀར་པོ་ཕ་ཡུལ་ཡིན་ན་བསམ། །
སེང་དཀར་པོ་ཕ་མ་ཡིན་ན་སྨོན། །
ཤ་ཚང་ལོངས་སྤྱོད་ཡོད་ན་དགའ། །
སེམས་བསམ་པ་ཚང་མ་གཉིད་ལམ་མོ། །

གཡང་གཟར་པོ་ང་ཁྱིམ་ཡིན་ན་བསམ། །
སྟག་དགོད་པོ་ཕ་མ་ཡིན་ན་སྨོན། །
ཁོང་ཀླུ་མོ་ཚེ་རིགས་ཡིན་ན་སྐྱིད། །
སེམས་བསམ་པ་ཚང་མ་སྟོང་སེམས་རེད། །

མཚོ་མ་ཕི་ཁྱིམ་པ་ཡིན་ན་བསམ། །
ཉ་གསེར་མིག་ཕ་མ་ཡིན་ན་སྐྱིད། །
ལམ་བགྲོད་པ་རྟ་ཕོ་ཡོད་ན་བསམ། །
གཉིད་སྐྱིད་པོའི་ལམ་ནས་ཧར་སེ་ལངས། །

ཤར་ཕྱོགས་སྤྲིན་དཀར་ལུག་བལ་འདྲ། །

མི་རེ་ལ་གོ་རེ་ཡོད་ན་བསམ། །
ཡོད་ཚང་མ་འཁྲོག་བདག་དཔོན་ལ་བདག །
ལས་ཕྱུགས་ལས་བྱེད་མཁན་སྤྲིན་ལ་ལྟོས། །

སེམས་སྡུག་པས་གཡང་གཟར་ཐོག་ཏུ་སྐྱེས། །
སྡུག་ལན་སྡུག་གིས་འཇལ་རྒྱུ་ཡིན། །
སེམས་སྡུག་པ་གཅིག་གིས་བཀྲིན་ལ་སྨྲུར། །
ཚེ་ཕྱི་མར་དགྲ་ལན་སློག་རྒྱུ་ཡིན། །

མཐོ་རི་བོའི་རྩེ་ནས་སྨྱུ་སྦྲ་ཐོས། །
རྩ་སྔོན་པོ་སྙིང་ལས་སྐྱེས་ལེ་མིན། །
སྨྲ་ཡོ་གློ་གང་སར་མ་གྱུར་ཞིག །
རབ་བྱུང་ན་རྩྭ་ཐང་སྙིང་དུ་བརྒྱུགས། །

ལྷོ་རོ་བཙུད་མེད་པའི་སེར་ལྷང་ལྷང་། །
མཉམ་འགྲོ་རོགས་མེད་པའི་སྤྲུན་ཆག་ཆག །
དགུང་ཉི་མ་མགྱོགས་ཙམ་ལ་རྩེར་ཐད། །
ཉིན་གཅིག་རེ་རྫོགས་ན་སེམས་ལ་དགའ། །

གློ་ཡུལ་སྟུག་པའི་ཤིང་ནགས་ནང་།།

གློ་མི་དབུལ་ཕོངས་རི་ལ་བརྟེན།།

རི་དྭགས་ཤྭ་ལྷགས་ཁྲལ་དུ་སྐྱེལ།།

ལྷག་བསྟད་པའི་རུས་པ་ང་ཚོར་བདག །

གཟུགས་པོ་ཆུང་ལ་མ་བལྟ།།

ཕ་ཕང་བྱ་ཁྱུང་བཏུལ་ཡོད།།

གོ་གནས་ཆེ་བའི་སྦལ་ཆུང་།།

ཀླུ་རྒྱལ་ཁོང་གི་སྲས་རེད།།

ཁྱོད་གངས་སྟོད་ཆེར་མ་ཆེ་གང་ཡིན།།

ང་སེང་ལྷུགས་ལོ་རེ་སྐོར་རེ་ཡིན།།

ཁྱོད་སྤང་སྟོད་ཆེར་མ་ཆེ་གང་ཡིན།།

ང་ཤྭ་བ་ལོ་རེ་སྐོར་རེ་ཡིན།།

ཁྱོད་བྲག་སྟོད་ཆེར་མ་ཆེ་གང་ཡིན།།

ང་ཐང་དཀར་ལོ་རེ་སྐོར་རེ་ཡིན།།

ཁྱོད་ཤུག་པ་ཆེར་མ་ཆེ་གང་ཡིན།།

ང་ཁུ་བྱུག་ལོ་རེ་སྐོར་རེ་ཡིན།།

ང་ལ་རྣམ་པ་གངས་སྟོད་མཐོ་པོ། །
ཁྱེད་ལ་རྣམ་པ་སེང་ཆེན་དཀར་མོ། །
གངས་སྟོད་དང་སེང་དཀར་མོ་གཉིས་ནི། །
འཛོམས་རྒྱུ་བསམ་པ་ཡིད་ལ་མ་བྱུང་། །

ང་ལ་རྣམ་པ་སྤང་སྟོད་མཐོ་པོ། །
ཁྱེད་ལ་རྣམ་པ་ཤྭ་བ་སྨུག་ཆུང་། །
སྤང་སྟོང་དང་ཤྭ་བ་གཉིས་ནི། །
འཛོམས་རྒྱུ་བསམ་པ་ཡིད་ལ་མ་བྱུང་། །
ཁྱོད་རང་ང་རྒྱལ་མ་གནང་། །
ང་རང་བལྟ་འདོད་མི་འདུག །

ང་ལ་རྣམ་པ་མཚོ་སྟོད་མཐོ་པོ། །
ཁྱེད་ལ་རྣམ་པ་ཉ་ཆུང་སེར་མོ། །
མཚོ་སྟོད་དང་ཉ་མོ་གཉིས་ནི། །
འཛོམས་རྒྱུ་བསམ་པ་ཡིད་ལ་མ་བྱུང་། །
ཁམ་བུ་སྤོ་རྫོག་གཅིག་གི།
ཕི་གླིང་ཚོས་གསར་བྱུགས་སོང་། །
ཁ་ལ་ཟ་འདོད་མིན་འདུག །

སྣ་ལ་སྨོན་འདོད་མིན་འདུག །

*    *    *    *

ཤར་ཅིག་ཤར་གཉིས་ལ་ཤར་བྱུང་། །

ཤར་གྱི་ཁྲི་གདུགས་ཀྱི་ཉི་མ། །

ང་ལ་ཡར་ཤོག་གསུང་བྱུང་། །

ང་ནི་འགྲོ་ཡང་ལ་མི་འགྲོ། །

ཤར་ཅིག་ཤར་གཉིས་ལ་ཤར་བྱུང་། །

ཤར་གྱི་དཀར་གསལ་ཟླ་བ། །

ང་ལ་ཡར་ཤོག་གསུང་བྱུང་། །

ང་ནི་འགྲོ་ཡང་ལ་མི་འགྲོ། །

ཤར་ཅིག་ཤར་གཉིས་ཤར་བྱུང་། །

ཤར་གྱི་སྐར་མ་ལ་སྨིན་དྲུག །

ང་ལ་ཡར་ཤོག་གསུང་བྱུང་། །

ང་ནི་འགྲོ་ཡང་ལ་མི་འགྲོ། །

*    *    *    *

རི་ཕར་རི་དང་ཚུར་རི་ཏ། །

རི་མཐོང་རེ་ཡོད་ཀྱང་ཐུག་རེ་མེད། །

ཕར་ལྷ་གཅིག་དང་ཚུར་ལྷ་གཅིག །

ཚོང་དཔོན་ཆུང་ཆུང་ཨའུ་བཀྲ་ཤིས་ལགས། །
ང་རང་མགོ་རས་གཅིག་དགོས་ཡོད། །
མགོ་རས་རྒྱ་རས་དཀར་ཆུང་དེ། །
ཚོང་དཔོན་ཨའུ་ཡི་མགོ་རས་ཨ་ལུ་ཚོ། །
ལྷ་ཀླུ་ལས་འབྱུལ་ལོ་དགའ་ག་སྐྱིད་ཅིག་ལས་འབྱུལ་ལོ། །
ཁྲ་མོ་གཡས་ནས་བསྐོར་ཞིང་ཤོག་གཡས་སྐོར་གཅིག་རྒྱབ་ཤོག །
ཁྲ་མོ་གཡོན་ནས་བསྐོར་ཞིང་ཤོག་གཡོན་སྐོར་གཅིག་རྒྱབ་ཤོག །

ཚོང་དཔོན་ཆུང་ཆུང་ཨའུ་བཀྲ་ཤིས་ལགས། །
ང་རང་འཇམ་ཕྲུག་གཅིག་དགོས་ཡོད། །
ལུས་ལ་འཇམ་ཕྲུག་སྣ་ལྔ་དེ། །
ཚོང་དཔོན་ཨའུ་ཡི་འཇམ་ཕྲུག་ཨ་ལུ་ཚོ། །
ལྷ་ཀླུ་ལས་འབྱུལ་ལོ་དགའ་ག་མ་སྐྱིད་ཅིག་ལས་འབྱུལ་ལོ། །
ཁྲ་མོ་གཡས་ནས་བསྐོར་ཞིང་ཤོག་གཡས་སྐོར་གཅིག་རྒྱབ་ཤོག །
ཁྲ་མོ་གཡོན་ནས་བསྐོར་ཞིང་ཤོག་གཡོན་སྐོར་གཅིག་རྒྱབ་ཤོག །

* * * * *

རྨ་བྱ་མདོངས་སྔོ་དེ།།
རྒྱ་གར་ལ་འདུག་དུས།།
སྐད་གྲགས་ལྷུང་པར་གང་སོང་།།
གཏམ་གྲགས་ལྷུང་པར་གང་སོང་།།
ཚེ་དབང་བུམ་པ་དྭང་དུ་སླེབས་དུས།།
ཁ་སྐྱོབས་འདི་ལས་མིན་འདུག།

བྱ་ཁྱུ་བྱུག་སྔོན་མོ་དེ།།
ལྷ་ཡུལ་ལ་འདུག་དུས།།
སྐད་གྲགས་ལྷུང་པར་གང་སོང་།།
གཏམ་གྲགས་ལྷུང་པར་གང་སོང་།།
ལྷ་ཞིང་ཤུག་པ་དྭང་དུ་སླེབས་དུས།།
ཁ་སྐྱོབས་འདི་རང་ཨེ་རེད།།

ང་ཚོ་བྲོ་པ་འདི་ཚོ།།
རང་ཡུལ་ལ་འདུག་དུས།།
སྐད་གྲགས་ལྷུང་པ་གང་སོང་།།
གཏམ་གྲགས་ལྷུང་པ་གང་སོང་།།
བྲོ་ར་གོར་མོ་ཟུར་ལ་སླེབས་དུས།།

ཁ་སྐྱོབས་འདི་ལས་མིན་འདུག །

*　　*　　*　　*

རས་ཆུང་རྡོ་རྗེ་མ་ཕྱིན་རྡོ་རྗེ་ཕྱིན།།

རས་ཆུང་རྡོ་རྗེ་སྟེང་ཕྱོགས་ལྷ་ཡུལ་ཕྱིན།།

རས་ཆུང་སྐྱིད་པོ་བྱུང་ན་སྒྲུབ་པ་བཞག །

རས་ཆུང་སྐྱིད་པོ་མ་བྱུང་མདའ་ལ་ཡོག །

རས་ཆུང་རྡོ་རྗེ་མ་ཕྱིན་རྡོ་རྗེ་ཕྱིན།།

རས་ཆུང་རྡོ་རྗེ་བར་ཕྱོགས་བཙན་ཡུལ་ཕྱིན།།

རས་ཆུང་སྐྱིད་པོ་བྱུང་ན་སྒྲུབ་པ་བཞག །

རས་ཆུང་སྐྱིད་པོ་མ་བྱུང་མདའ་ལ་ཡོག །

རས་ཆུང་རྡོ་རྗེ་མ་ཕྱིན་རྡོ་རྗེ་ཕྱིན།།

རས་ཆུང་རྡོ་རྗེ་འོག་ཕྱོགས་ཀླུ་ཡུལ་ཕྱིན།།

རས་ཆུང་སྐྱིད་པོ་བྱུང་ན་སྒྲུབ་པ་བཞག །

རས་ཆུང་སྐྱིད་པོ་མ་བྱུང་མདའ་ལ་ཡོག །

བྲོ་ར་ཡག་མོ་གསེར་གྱི་བྲོ་ར།།

བྲོ་པ་སྤུན་གསུམ་གསེར་གྱི་མེ་ཏོག །

གསེར་གྱི་མེ་ཏོག་ཚོས་ཁ་ཡག་བྱུང་། །
གོམ་པ་རེ་རེས་ལྷོད་མོ་ཞིག་ལྷ་འགྲོ། །

བྲོ་ར་ཡག་མོ་གཡུ་ཡི་བྲོ་ར། །
བྲོ་པ་སྤུན་གསུམ་གཡུ་ཡི་མེ་ཏོག །
གཡུ་ཡི་མེ་ཏོག་ཚོས་ཁ་ཡག་བྱུང་། །
གོམ་པ་རེ་རེས་ལྷོད་མོ་ཞིག་ལྷ་འགྲོ། །

བྲོ་ར་ཡག་མོ་དུང་གི་བྲོ་ར། །
བྲོ་པ་སྤུན་གསུམ་དུང་གི་མེ་ཏོག །
དུང་གི་མེ་ཏོག་ཚོས་ཁ་ཡག་བྱུང་། །
གོམ་པ་རེ་རེས་ལྷོད་མོ་ཞིག་ལྷ་འགྲོ། །

བྲོ་ར་ཡག་མོ་དངུལ་གྱི་བྲོ་ར། །
བྲོ་པ་སྤུན་གསུམ་དངུལ་གྱི་མེ་ཏོག །
དངུལ་གྱི་མེ་ཏོག་ཚོས་ཁ་ཡག་བྱུང་། །
གོམ་པ་རེ་རེས་ལྷོད་མོ་ཞིག་ལྷ་འགྲོ། །

*    *    *    *

ས་ཨེ་ན་མི་དགའ་ག་ན་དགའ། །

ཕ་བླ་མ་བཟང་པོ་བཞུགས་ས་རེད། །
ཞིང་ཨ་མ་མ་ནི་ཕ་མ་ལ། །
ཆོས་བཤད་དབང་བསྐུར་ཞུ་ས་རེད། །

ས་ཨེ་ན་མི་དགའ་ག་ན་དགའ། །
གོང་དཔོན་ལུ་གྲུགས་ཆེན་བཞུགས་ས་རེད། །
ཞིང་ཨ་མ་མ་ནི་ཕ་མ་ལ། །
ཡོང་བཀའ་ཤོག་བཀའ་འཛིན་ཞུ་ས་རེད། །

ས་ཨེ་ན་མི་དགའ་ག་ན་དགའ། །
ས་ཨེ་ན་ཕ་མ་བཞུགས་ས་རེད། །
ཞིང་ཨ་མ་མ་ནི་ཕ་མ་ལ། །
ཡོང་བྱམས་དང་སྙིང་རྗེ་ཞུ་ས་རེད། །

ས་ཨེ་ན་མི་དགའ་ག་ན་དགའ། །
ས་ཨེ་ན་དམན་བཟང་བུ་མོ་བཞུགས་ས་རེད། །
ཞིང་ཨ་མ་མ་ནི་ཕ་མ་ལ། །
ཡོང་གཞས་དང་ཞབས་བྲོ་གནང་ས་རེད། །

*　*　*　*

རི་གསེར་རི་མགོ་ལ་གསེར་བྱ་འབབ། །
ང་གསེར་བྱ་མི་འདུག་འགྲོ་མི་རེད། །
གསེར་རི་སྐྱ་ཁམས་བདེ་མོ་བཞུགས་དང་། །
ང་གསེར་བྱ་གསེར་གྱི་གླིང་ལ་ཡོག །

རི་གཡུ་རི་མགོ་ལ་གཡུ་བྱ་བབས། །
ང་གཡུ་བྱ་མི་འདུག་འགྲོ་མི་རེད། །
གཡུ་རི་སྐྱ་ཁམས་བདེ་མོ་བཞུགས་དང་། །
ང་གཡུ་བྱ་གཡུ་ཡི་གླིང་ལ་ཡོག །

རི་དུང་རི་མགོ་ལ་དུང་བྱ་བབས། །
ང་དུང་བྱ་མི་འདུག་འགྲོ་མི་རེད། །
དུང་རི་སྐྱ་ཁམས་བདེ་མོ་བཞུགས་དང་། །
ང་དུང་བྱ་དུང་གི་གླིང་ལ་ཡོག །

རི་དངུལ་རི་མགོ་ལ་དངུལ་བྱ་བབས། །
ང་དངུལ་བྱ་མི་འདུག་འགྲོ་མི་རེད། །
དངུལ་རི་སྐྱ་ཁམས་བདེ་མོ་བཞུགས་དང་། །
ང་དངུལ་བྱ་དངུལ་གྱི་གླིང་ལ་ཡོག །

*　　*　　*　　*

དཔོན་ཆེན་བཀའ་ལ་ཡར་ལྷོག་མེད། །
རི་ཆེན་ཐབ་ལ་འགོག་ཐབས་མེད། །
ཆུ་ཟར་འབབ་ལ་གྱེན་ལོག་མེད། །
དགའ་རོགས་སེམས་ཤོར་ལོག་རྒྱུ་མེད། །

*　　*　　*　　*

ཤར་གཅིག་ཤར་གཉིས་ཤར་ལ་བྱུང་། །
ཤར་གྱི་སྐར་མ་སྨིན་དྲུག་རེད། །
མི་ང་ལ་ཡར་ཤོག་གསུང་ལེ་རེད། །
ང་ཡར་ལ་མ་ཡོང་སྐྱུ་ཚེ་རིང་། །
ཁྱོད་འདྲ་ལས་འཛོམས་དྲུག་ང་ལ་མེད། །

*　　*　　*　　*

ཁྲུང་ཁྲུང་བོད་ལ་འགྲོ་དུས། །
ཕག་པས་ཏུས་གཏོགས་མ་བྱེད། །
ཕག་པ་ཕག་ཚང་ནང་ལ། །
དུར་ཁ་རྩུམས་ནས་སྡོད་ཤོག །

*　　*　　*　　*

ཁྱོད་འགྲོ་མི་འགྲོ་ཁ་མ་འཆེར་རོ། །
འགྲོ་རོགས་ལྷ་བསང་དཀར་པོ་ཡོད། །

ང་སྤྱོད་མི་འདུག་ཁ་མ་འཚེར་རོ། །

འདུག་རོགས་སྙིང་རྗེ་སྤུན་གསུམ་ཡོད། །

ང་ན་ཆུང་སེམས་པ་མ་ཁྱུག་དུས། །

སྤྲིན་དཀར་པོ་མགོ་རས་ཨ་ལོ་བསམ། །

ང་ན་ཆུང་སེམས་པ་ཁྱུག་དུས་ལ། །

སྤྲིན་དཀར་མགོ་རས་མི་ལོ་གདའ། །

*    *    *    *

རི་མཐོ་པོ་ང་མཐོ་ཁོ་མཐོ་རེད། །

གནམ་སྔོན་མོའི་འོག་ལ་འགྲོ་འདོད་རེད། །

ཆུ་འུར་སྒྲ་ང་ཆེ་ཁོ་ཆེ་རེད། །

ཟམ་ཆུང་ཆུང་འོག་ལ་འགྲོ་འདོད་རེད། །

གྲི་ཨ་རྡོན་ཡ་རྡོན་སྤོ་ལེབ་མ། །

དཀར་དཀར་མར་ལ་མི་ཆོད་ལེ། །

དམར་དམར་ཤ་ལ་མི་ཆོད་ལེ། །

ནག་པོ་སོལ་བ་མི་ཆོད་ལེ། །

སྤོ་སྤོ་ཙོང་ལ་མི་ཆོད་ལེ། །

ང་རྐུབ་ལ་བཙུགས་ན་ཨ་ཚ་མེད། །

*    *    *    *

གོང་རི་གོང་ལ་འགྲོ་ཉིན་མོ།།
མགོ་ཕ་ཞྭ་རྣུང་གཉིས་རྩེད་མོ་རྩེ།།
མགོ་ཕ་ཞྭ་རྣུང་གི་ཚོད་ས་མེད།།
ངས་སྟོང་སྐྱད་སྟོན་མོའི་ཞབས་གྲས་ཡོད།།

རི་ཤོང་རི་ཤོང་ལ་འགྲོ་ཉིན་མོ།།
རྐང་ལྷམ་ཆུང་ཆུ་དང་རྩེད་མོ་རྩེ།།
རྐང་ལྷམ་ཆུང་ཆུ་ཡི་ཚོད་ས་མེད།།
ངས་ལྷམ་གོག་གབ་རྩེ་དགུ་བརྩེགས་ཡོད།།

*　*　*　*

ཆུ་ཕར་ཁ་ལྷུང་མ་གྲུག་གྲུག་རེད།།
ཆུ་ཚུར་ཁ་ལང་མ་གྲུག་གྲུག་རེད།།
གྲུག་ན་ཕར་གྲུག་ཚུར་གྲུག་རེད།།
མ་གྲུག་རང་ཁག་སོ་སོ་རེད།།

*　*　*　*

གསེར་སེར་པོ་གོང་ཐང་མཐོ་ན་ཡང་།།
དངུལ་ཀ་ལུ་མེད་ན་བརྒྱན་ཐབས་མེད།།
གཡུ་བྲི་རུ་སྨུ་ཏིག་སྤྲོས་ཤེལ་བཞི།།
བརྒྱུས་སྐུད་པ་མེད་ན་འཁྲིག་ཐབས་མེད།།

གསེར་དངོས་པོ་སོར་གདུབ་ཆ་འགྲིག་མ། །

གཡུ་ཕར་བརྒྱན་མེད་ན་མཛེས་ལེ་མེད། །

* * * *

གསེར་སོར་གདུབ་རྗེ་མཁའ་འགྲོ་མ། །

སུ་དང་གང་ལ་ཕུལ་ཡ་རེད། །

ཨེ་ཕུལ་ལོ་དུས་མ་ཕུལ་ན། །

ཨ་ཞིས་ལོ་དུས་འཕྱི་ལེ་རེད། །

ཨ་ཚོང་ལོ་དུས་མ་ཚོང་ན། །

ཨེ་ཉོ་ཟེར་དུས་འཕྱི་ལེ་རེད། །

* * * *

ང་འགྲོ་ས་རི་ལ་ཁ་བ་བཞག །

ང་མ་འགྲོ་རི་ལ་ཉི་མ་ཤར། །

ང་འགྲོ་ས་རྒྱུ་ལ་ཟམ་པ་ཆད། །

ང་མ་འགྲོ་རྒྱུ་ལ་ཟམ་པ་བརྩུགས། །

ང་དགའ་བའི་མི་དེ་མཐོང་རྒྱུ་མེད། །

ང་མ་དགའ་མི་དེ་ཧྲུག་སེ་གདའ། །

ཕུ་ཡི་མི་དང་མདའ་ཡི་མི། །

སྙེད་ཡི་མི་དང་གསུམ་འཛོམས་མི། །

འཛོམས་དུས་ལྷ་བསང་མ་བཏང་ན། །
ཕར་ལམ་མི་གོ་ཁ་ཁ་རེད། །

ས་ཡི་རི་དང་མདའ་ཡི་རི། །
སྐྱིད་ཡི་རི་དང་གསུམ་འཛོམས་རི། །
འཛོམས་ཚེ་ལྷ་བསང་མ་བཏང་ན། །
ཕར་ལམ་རི་གོ་ཁ་ཁ་རེད། །

ས་ཡི་ཆུ་དང་མདའ་ཡི་ཆུ། །
སྐྱིད་ཀྱི་ཆུ་དང་གསུམ་འཛོམས་ཆུ། །
འཛོམས་ཚེ་ལྷ་བསང་མ་གཏོང་ན། །
ཕར་ལམ་ཆུ་གོ་ཁ་ཁ་རེད། །

*　　*　　*　　*

ཤིང་སྡོང་སྐམ་པོའི་རྩེ་ནས། །
འབྲས་བུ་བཏགས་ཀྱི་ཡོད་ན། །
གནམ་འདི་སྔོན་མོའི་དཀྱིལ་ནས། །
ཆར་པ་ང་རང་འབབ་ཆོག །

*　　*　　*　　*

ཚེ་ད་གང་དགའ་ལས་བྲོ་ཞིག་འཁྲབ། །

ཚེ་ཕྱི་མ་དགའ་ལས་ཆོས་ཞིག་བྱས།།

* * * *

ང་ནི་གཙང་སྟོད་ཕྲུ་གུ།།

ཁྱོད་ནི་གཙང་སྨད་ཕྲུ་གུ།།

ལས་དང་ལས་འཕྲོ་ཡོད་ན།།

ཕྲུ་གུ་ཕྲུ་མདུད་བརྒྱབ་ཤོག།

ང་ནི་ཚེ་དབང་གི་བུམ་པ།།

ཁྱོད་ནི་རྒྱ་གར་གྱི་ཕྲེང་བ།།

ལས་དང་ལས་འཕྲོ་ཡོད་ན།།

བླ་མའི་ཕྱག་ནང་འཛོམས་ཤོག།

ང་ནི་སྨྱུ་གུ་ཁྲ་མོ།།

ཁྱོད་ནི་རྒྱ་ཤོག་དཀར་པོ།།

ལས་དང་ལས་འཕྲོ་ཡོད་ན།།

དཔོན་ལུའི་ཕྱག་ནང་འཛོམས་ཤོག།

* * * *

ང་ཡི་དགའ་གྲོགས་མཛེས་པོ།།

ལ་མོ་ཕར་ཁ་ལུས་སོང་།།

གངས་དང་ཁ་བ་བཞག་ནས། །
དགའ་གྲོགས་ང་གཉིས་བྲལ་སོང་། །
སེམས་ཀྱི་དགའ་གྲོགས་བྲལ་ནས། །
མ་དགའ་མི་ལ་ཐུག་སོང་། །
ཁྲི་གདུགས་ཉི་མ་ཤེབས་ཤོག
གངས་དང་ཁ་བ་བཞུ་རོགས། །
གངས་དང་ཁ་བ་བཞུ་ནས། །
རོགས་ལུ་ང་གཉིས་ཐུག་ཤོག །

ང་ཡི་དགའ་གྲོགས་མཛེས་པ། །
ཆུ་མོ་ཕ་ཁར་ལུས་སོང་། །
ཆུ་དང་ཟམ་པ་བཅད་ནས། །
དགའ་གྲོགས་ང་གཉིས་བྲལ་སོང་། །
སེམས་ཀྱི་དགའ་གྲོགས་བྲལ་ནས། །
མ་དགའ་མི་ལ་ཐུག་སོང་། །
གྲུ་པ་བསོད་ནམས་ཕུན་ཚོགས། །
ཀོ་གྲུ་མགྱོགས་པོ་གཏོང་ཤོག །
ཀོ་གྲུ་མགྱོགས་པོ་གཏོང་ནས། །
རོགས་ལུ་ང་གཉིས་ཐུག་ཤོག །

*    *    *    *

བྱ་ངང་པ་འཁོར་འཁོར་མཚོ་ལ་འཁོར། །

མཚོ་ཁ་ཞོག་ཆེ་ནས་འཁོར་ལེ་མེད། །

བྱ་ངང་པ་གསེར་སྒོང་མཚོ་ལ་ལུས། །

ང་ཡིད་མོས་ཆེ་ནས་འཁོར་ལེ་རེད། །

བྱ་ཐང་དཀར་འཁོར་འཁོར་བྲག་ལ་འཁོར། །

བྲག་ཁ་ཞོག་ཆེ་ན་འཁོར་ལེ་མེད། །

བྱ་ཐང་དཀར་གཞོག་སྒྲོ་བྲག་ལ་ལུས། །

ང་ཡིད་མོས་ཆེ་ནས་འཁོར་ལེ་རེད། །

བྱ་ཁུ་བྱུག་འཁོར་འཁོར་ཞིང་ལ་འཁོར། །

ཞིང་ཁ་ཞོག་ཆེ་ནས་འཁོར་ལེ་མེད། །

བྱ་ཁུ་བྱུག་གསུང་སྐད་ཞིང་ལ་ལུས། །

ང་ཡིད་མོས་ཆེ་ནས་འཁོར་ལེ་རེད། །

*    *    *    *

ས་དེ་ལ་མ་འདུག་བོད་ལ་འགྲོ །

ཁམས་ནག་ཆུ་ཁ་ནས་རྟ་གཅིག་ཉོས། །

རྟ་འདི་ལ་དངུལ་སྲང་བརྒྱ་གཉིས་སྤྲད། །

སྤྲང་ཕར་ཁ་རྟ་བརྒྱ་འཛོམས་གདའ་ཟེར། །
རྟ་གསེར་བྱ་མོ་ལྷུ་མེད་གདའ་ཟེར། །
རྟ་གསེར་བྱ་མོ་ལྷུ་ཡོད་ཟེར་ན། །
འགྲོས་གོམ་པ་བརྒྱབ་ལྷུགས་ཁག་ཁག་རེད། །

*　*　*　*

ཕར་རི་གངས་སྟོད་མཐོ་པོ། །
ཚུར་རི་ཡ་ལ་སེང་ཆེན་དཀར་མོ། །
གངས་སྟོད་དང་སེང་ཆེན་གཉིས་ནི། །
འཛོམས་ཡོང་བསམ་པ་ཡིད་ལ་མ་བྱུང་། །

ཕར་རི་ཡ་ལ་སྤྲང་སྟོད་མཐོ་པོ། །
ཚུར་རི་ཡ་ལ་ཤྭ་བ་སྨུག་ཚུང་། །
སྤྲང་སྟོད་དང་ཤྭ་བ་གཉིས་ནི། །
འཛོམས་ཡོང་བསམ་པ་ཡིད་ལ་མ་བྱུང་། །

*　*　*　*

ལེ་ཚན་[illegible]

གཞོག་གཡས་ལྷོ་ལ་བསྟན་པ་དེ།།
དཔོན་པོ་མངའ་ཐང་ཆེ་བའི་རྟགས།།
མཐུག་གུ་ནུབ་ལ་གཏད་པ་དེ།།
ཕ་མ་བུ་ཚ་འཛོམས་པའི་རྟགས།།
གཞོག་གཡོན་བྱང་ལ་གཏད་པ་དེ།།
བཟའ་བཏུང་འཁོར་ལོ་བསྐོར་བའི་རྟགས།།

སྤྱུ་སྤྱུ་གནམ་ལ་ཟིང་པ་དེ།།
ཆར་རྒྱུ་དུས་སུ་འབབ་པའི་རྟགས།།
བྱ་མོ་དཀར་མོ་མ་འཕུར་ལ།།
སྟེར་མོ་ས་ལ་འབབ་པ་དེ།།
ལོ་ཕྱུགས་ལེགས་པའི་རྟགས་ཡིན་ནོ།།
བྱ་མོ་དཀར་མོའི་བཤད་པ་རྫོགས་སོ།།

༼གཞས་གཏོང་མཁན། མི་མི་ཙུ་མེད། མོན་པ་རིགས། ལོ༨༢ མེ་ཏོག་རྫོང་བདེ་ཞིང་ཆུས་རྡོ་ར་གྲོང་ཚོ། ཞིང་ཁ་དང་ལྷུགས་བཟོ། ཡིག་ངོ་མི་ཚོད། སྒྲུང་མཁན། ༡༩༨༨ལོར་བསྡུས། ༽

གངས་རི་བཞུས་ནས་ལུང་ལ་སླེབས་ཤེད་ཆེ། །
ལུང་གི་གཙང་པོ་ལ་ལས་སླེབས་དོགས་མེད། །
གངས་ལ་ཉ་མོ་མེད་པའི་ལས་ཀྱང་སྡུག །

རྫ་རི་ཞིལ་ནས་ལུང་ལ་སླེབས་ཤེད་ཆེ། །
ལུང་གི་གེབ་རྗེ་ལ་ལས་སླེབས་དོགས་མེད། །
རྫ་ལ་རྩིགས་པ་མེད་པའི་ལས་ཀྱང་སྡུག །

ལྷ་བྱ་གོང་མོ་ལུང་ལ་སླེབས་ཤེད་ཆེ། །
ཁྱིམ་བྱ་དེ་ཕོ་ལ་ལས་སླེབས་དོགས་མེད། །
གོང་མོ་བདག་པོ་མེད་པའི་ལས་ཀྱང་སྡུག །

༼གཞས་གཏོང་མཁན། ལྷོ་པ་རིགས་ཀྱི་ཨེ་བུ། ༽

གངས་སྟོད་མཐོན་པོ་ཨ་ལོང་གོར་མོ་རེད། །
སེང་གེ་དཀར་མོ་ཨ་ལོང་ནང་ལ་འཛོམས། །
སྤང་སྟོད་མཐོན་པོ་ཨ་ལོང་གོར་མོ་རེད། །

ཞྭ་བ་ཡུ་མོ་ཨ་ལོང་ནང་ལ་འཛོམས། །

མཚོ་སྔོན་མཐོན་པོ་ཨ་ལོང་གོར་མོ་རེད། །

ཉ་ཆུང་གསེར་མིག་ཨ་ལོང་ནང་ལ་འཛོམས། །

གྲོ་ར་ཡག་པོ་ཨ་ལོང་གོར་མོ་རེད། །

གྲོ་པ་སྤུན་གསུམ་ཨ་ལོང་ནང་ལ་འཛོམས། །

〔གཞས་གཏོང་མཁན། སློ་པ་རིགས་ཀྱི་ཉི་བུ།〕

དགའ་སྐྱིད་ལ་བའི་འོད་ས་ལས་ཡག་བཀྲག །

ཉི་མ་ཟླ་བ་མ་ཕེབས་གོང་ལ། །

རི་རྒྱལ་ལྷུན་པོ་འོད་ཀྱང་མི་འདུག །

དགའ་སྐྱིད་ལ་བའི་འོད་ས་ལས་ཡག་བཀྲག །

ཉི་མ་ཟླ་བ་ཕེབས་པའི་གོང་ལ། །

རི་རྒྱལ་ལྷུན་པོ་འོད་ཀྱིས་གང་སོང་། །

དགའ་སྐྱིད་ལ་བས་འོད་ས་ལས་ཡག་བཀྲག །

བླ་མ་བཟང་པོ་མ་ཕེབས་གོང་ལ། །

དགོན་ཆུང་ཁྲ་མོ་འོད་ཀྱང་མི་འདུག

དགའ་སྐྱིད་ལ་བས་འོད་ས་ལས་ཡག་བཀྲག །

བླ་མ་བཟང་པོ་ཕེབས་པའི་གོང་ལ། །
དགོན་ཚུང་ཁྲ་མོ་འོད་ཀྱིས་གང་སོང་། །

དགའ་སྐྱིད་ལ་བས་འོད་ས་ལས་ཡག་བཀྲག །
དཔོན་ལུ་བཟང་པོ་མ་ཕེབས་གོང་ལ། །
རྫོང་ཚུང་ཁྲ་མོ་འོད་ཀྱང་མི་འདུག །
དགའ་སྐྱིད་ལ་བས་འོད་ས་ལས་ཡག་བཀྲག །
དཔོན་ལུ་བཟང་པོ་ཕེབས་པའི་གོང་ལ། །
རྫོང་ཚུང་ཁྲ་མོ་འོད་ཀྱིས་གང་སོང་། །

དགའ་སྐྱིད་ལ་བའི་འོད་ས་ལས་ཡག་བཀྲག །
ཕ་མ་བཟང་པོ་མ་ཕེབས་གོང་ལ། །
ཁང་ཁྱིམ་གྲུ་བཞི་འོད་ཀྱང་མི་འདུག །
དགའ་སྐྱིད་ལ་བའི་འོད་ས་ལས་ཡག་བཀྲག །
ཕ་མ་བཟང་པོ་ཕེབས་པའི་གོང་ལ། །
ཁང་ཁྱིམ་གྲུ་བཞི་འོད་ཀྱིས་གང་སོང་། །

དགའ་སྐྱིད་ལ་བའི་འོད་ས་ལས་ཡག་བཀྲག །
སྟག་ཤར་བཟང་པོ་མ་ཕེབས་གོང་ལ། །

མདའ་ར་ཁྲ་མོ་འོད་ཀྱང་མི་འདུག །
དགའ་སྐྱིད་ལ་བའི་འོད་ས་ལས་ཡག་བཀྲག །
སྟག་ཤར་རྫོན་པ་ཕེབས་པའི་གོང་ལ། །
མདའ་ར་ཁྲ་མོ་འོད་ཀྱིས་གང་སོང་། །

དགའ་སྐྱིད་ལ་བའི་འོད་ས་ལ་ཡག་བཀྲག །
དམན་ཤར་བུ་མོ་མ་ཕེབས་གོང་ལ། །
སྦྲ་ར་གོར་མོ་འོད་ཀྱང་མི་འདུག །
དགའ་སྐྱིད་ལ་བའི་འོད་ས་ལ་ཡག་བཀྲག །
དམན་བཟང་བུ་མོ་ཕེབས་བའི་གོང་ལ། །
སྦྲ་ར་གོར་མོ་འོད་ཀྱིས་གང་སོང་། །

༼གཞས་གཏོང་མཁན། མོན་པ་རིགས་ཀྱི་པད་མ་ལྷ་མོ།༽

ཆུ་ནི་ལུང་པའི་ཆུ་རེད། །
མགོ་ནི་ང་ཡི་མགོ་རེད། །
ལོ་རེ་ཐེངས་རེ་འཁྱུས་དུས། །
ཀླུ་མོ་དགོངས་པ་མ་ཚོམ། །
ཁྱོད་འགྲོ་མི་འགྲོ་ཁ་མ་འཆོར་རོགས། །
འགྲོ་རོགས་ལྷ་བསང་དཀར་མོ་ཡོད། །

སྟོད་མི་སྟོད་ཁ་མ་འཚེར་རོགས། །

འགྲོ་རོགས་སྙིད་བུ་སྤུན་གསུམ་ཡོད། །

ང་ན་ཆུང་སེམས་པ་མ་ཁྲུག་དུས། །

སྤྲིན་དཀར་པོ་མགོ་རས་ཨེ་ལོ་བསམ། །

ང་ན་ཆུང་སེམས་པ་ཁྲུག་དུས་ལ། །

སྤྲིན་དཀར་པོ་མགོ་རས་ལོ་ལེ་མེད། །

〔གཞས་གཏོང་མཁན། ལྷོ་པ་རིགས་ཀྱི་རྫོན་པ་ཨེ་བུ་ལགས། ༡༩༥༨ལོའི་ཟླ་བདུན་པའི་ཚེས༡༥ཉིན་ལ་བསྒྲུས། 〕

ང་ན་ཆུང་གར་འགྲོ་སྤྲུ་ཞིག་ལེན། །

ཚེ་ཕྱི་མར་ཆོས་ལ་འགྱུར་བར་ཤོག །

ང་གོམ་པ་རེ་རེ་ཞབས་བྲོ་འཁྲབ། །

ཚེ་དགང་བསམ་པ་སྒྲུབ་པར་ཤོག །

ང་ན་ཆུང་གར་འགྲོ་དབྱངས་ཤིག་ལེན། །

ཚེ་ཕྱི་མ་ལྷ་ལུས་ལེན་པར་ཤོག །

〔གཞས་གཏོང་མཁན། ཡེ་ཤེས་ཕུན་ཚོགས། ༡༩༧༧.༧.༥ཉིན་ལ་བསྒྲུས། 〕

ཨ་སྤྲུལ་ལ་བསོད་ནམས་ཡོངས་འཛིན། །

ཡོངས་འཛིན་ང་ལ་མགོ་རས་མེད་གདའ་མ་གསུང་། །

མགོ་རས་རྒྱ་རས་དཀར་པོ་ཡོད་སེ།།

གཙང་གཞི་སྒྲོད་ལ་བཞག་ཡོད།།

ཨ་སྐྱུལ་ལ་བསོད་ནམས་ཡོངས་འཛིན།།

ཡོངས་འཛིན་ན་ང་ལ་རྣ་གཡུ་མེད་གདའ་མ་གསུང་།།

རྣ་གཡུ་རྒྱ་གཡུ་དཀར་པོ་ཡོད་སེ།།

གཙང་གཞི་སྒྲོད་ལ་བཞག་ཡོད།།

ཨ་སྐྱུལ་བསོད་ནམས་ཡོངས་འཛིན།།

ཡོངས་འཛིན་ན་ང་ལ་གཙུ་མེད་གདའ་མ་གསུང་།།

གཙུ་ལུང་དཀར་བཙུ་གཉིས་ཡོད་སེ།།

གཙང་གཞི་སྒྲོད་ལ་བཞག་ཡོད།།

ཨ་སྐྱུལ་བསོད་ནམས་ཡོངས་འཛིན།།

ཡོངས་འཛིན་ན་ང་ལ་སྒྲོད་གོས་མེད་གདའ་མ་གསུང་།།

སྒྲོད་གོས་ཡ་ཤ་ནག་པ་ཡོད་སེ།།

གཙང་གཞི་སྒྲོད་ལ་བཞག་ཡོད།།

ཨ་སྐྱུལ་བསོད་ནམས་ཡོངས་འཛིན།།

ཡོངས་འཛིན་ང་ལ་སྐད་གོས་མེད་གདའ་མ་གསུང་།།
སྐད་གོས་འབུ་རས་གསུམ་བརྩེགས་ཡོད་སེ།།
གཙང་གཞི་སྣོད་ལ་བཞག་ཡོད།།

ཨ་སྐྱུལ་བསོད་ནམས་ཡོངས་འཛིན།།
ཡོངས་འཛིན་ང་ལ་དངུལ་གྱི་ཆ་མ་མེད་པ་མ་གསུང་།།
དངུལ་གྱི་ཆ་མ་ཆུ་སྲིན་ཁ་སྦྱོར་ཡོད་སེ།།
གཙང་གཞི་སྣོད་ལ་བཞག་ཡོད།།

ཨ་སྐྱུལ་བསོད་ནམས་ཡོངས་འཛིན།།
ཡོངས་འཛིན་ང་ལ་ལྷམ་ཆུང་མེད་གདའ་མ་གསུང་།།
ལྷམ་ཆུང་འཇའ་རིས་གསུམ་བརྩེགས་ཡོད་སེ།།
གཙང་གཞི་སྣོད་ལ་བཞག་ཡོད།།
༼གཞས་གཏོང་མཁན། ཡེ་ཤེས་སྒྲོན་ཚོགས། ༡༩༩༩.༩.༢ཉིན་ལ་བསྡུས། ༽

ང་ཚོ་བླ་མ་ཆུང་ཆུང་།།
དབུ་ལ་གསེར་ཞྭ་རྟུག་སེ།།
དབུ་ལ་གསེར་ཞྭ་རྟུག་སེ།།
ཨ་རོགས་གཅེས་མོ་མ་ཟེར།།

ཨ་རོགས་འགྲིག་པོ་མ་ཟེར།།

ང་ཚོ་དཔོན་ལུ་ཆུང་ཆུང་།།

དབུ་ལ་ཕ་ཞྭ་ཐུག་སེ།།

དབུ་ལ་ཕ་ཞྭ་ཐུག་སེ།།

ཨ་རོགས་གཅེས་མོ་མ་ཟེར།།

ཨ་རོགས་འགྲིག་པོ་མ་ཟེར།།

ང་ཚོ་ཕ་མ་ཆུང་ཆུང་།།

དབུ་ལ་མགོ་རས་ཐུག་སེ།།

དབུ་ལ་མགོ་རས་ཐུག་སེ།།

ཨ་རོགས་གཅེས་མོ་མ་ཟེར།།

ཨ་རོགས་འགྲིག་པོ་མ་ཟེར།།

ང་ཚོ་སྐག་ཤར་ཆུང་ཆུང་།།

དབུ་ལ་རྒྱ་ཞྭ་ཐུག་སེ།།

དབུ་ལ་རྒྱ་ཞྭ་ཐུག་སེ།།

ཨ་རོགས་གཅེས་མོ་མ་ཟེར།།

ཨ་རོགས་འགྲིག་པོ་མ་ཟེར།།

ང་ཚོ་བུ་མོ་ཆུང་ཆུང་། །

དབུ་ལ་སྤྲ་ཕྲུག་རྒུག་སེ། །

དབུ་ལ་སྤྲ་ཕྲུག་རྒུག་སེ། །

ཨ་རོགས་གཅེས་མོ་མ་ཟེར། །

ཨ་རོགས་འགྲིག་པོ་མ་ཟེར། །

༼གཞས་གཏོང་མཁན། མོན་པ་རིགས་ཀྱི་དབྱངས་ཅན། ༡༩༨༨.༨.༢ཉིན་ལ་བསྡུས། ༽

བྱ་ཕྱ་མ་ཕྱི་མ་བར་མ་གསུམ། །

བྱ་ཕྱ་མ་འགྲོ་མི་གསེར་བྱ་རེད། །

བྱ་འབབ་ས་ལྷ་སའི་མཐིལ་ལ་འབབ། །

ལྷ་ཇོ་བོར་གསེར་སོ་ཕུལ་མི་རེད། །

བྱ་ཕྱ་མ་ཕྱི་མ་བར་མ་གསུམ། །

བྱ་བར་མ་འགྲོ་མི་གཡུ་བྱ་རེད། །

བྱ་འབབ་ས་ལྷ་སའི་མཐིལ་ལ་འབབ། །

ལྷ་ཇོ་བོར་མཇལ་དར་ཕུལ་མི་རེད། །

བྱ་ཕྱ་མ་ཕྱི་མ་བར་མ་གསུམ། །

བྱ་ཕྱི་མ་འགྲོ་མི་དུང་བྱ་རེད།

བྱ་འབབ་ས་ལྷ་སའི་མཐིལ་ལ་འབབ།

ལྷ་ཇོ་བོར་མཇལ་དར་ཕྱུལ་མི་རེད།

༼གཞས་གཏོང་མཁན། མོན་པ་རིགས་ཀྱི་མི་མི་སྒྲུབ་པ། ༡༩༨༢.༩.༡༠ཉིན་ལ་བསྡུས།༽

སྐྱིས་ཡག་ལེ་ཉི་མ་མ་ཤར་རང་ཡུལ་ལ་ཤར།

ང་ན་ཆུང་མགོ་རས་ལ་དགའ་བྱུང་།

དར་དཀར་པོའི་ཚར་ལོ་སྐྱུང་སེ་སྐྱུང་།

སྐྱིས་ཡག་ལེ་ཉི་མ་མ་ཤར་རང་ཡུལ་ལ་ཤར།

ང་ན་ཆུང་འཇམ་ཕྲུག་ལ་དགའ་བྱུང་།

དར་དཀར་པོའི་ཚར་ལོ་སྐྱུང་སེ་སྐྱུང་།

སྐྱིས་ཡག་ལེ་ཉི་མ་མ་ཤར་རང་ཡུལ་ལ་ཤར།

ང་ན་ཆུང་ལྷམ་ཆུང་ལ་དགའ་བྱུང་།

དར་དཀར་པོའི་ཚར་ལོ་སྐྱུང་སེ་སྐྱུང་།

༼གཞས་གཏོང་མཁན། ལྷོ་པ་རིགས་ཀྱི་ཨེ་བུ། ༡༩༥༨.༩.༢ཉིན་ལ་བསྡུས།༽

ས་ཨེ་ན་མ་དགའ་ག་ན་དགའ།

ས་ཨེ་ན་ཝོར་བུའི་ས་ཆ་རེད། །

མི་རབས་བཟང་པོ་འཁྲུངས་ས་རེད། །

ཞིང་ཁམས་གཞི་མ་དར་ས་རེད། །

ས་ཨེ་ན་མ་དགའ་ག་ན་དགའ། །

ས་ཨེ་ན་ཝོར་བུའི་ས་ཆ་རེད། །

དྲིན་ཕ་མ་རང་འཁྲུངས་ས་རེད། །

བཟའ་བཏུང་འཁོར་ལོ་བསྐོར་ས་རེད། །

ས་ཨེ་ན་མ་དགའ་ག་ན་དགའ། །

ས་ཨེ་ན་ཝོར་བུའི་ས་ཆ་རེད། །

གོང་དམན་བཟང་བུ་མོ་འཁྲུངས་ས་རེད། །

ས་དེ་མེ་ཏོག་རྒྱལ་ཁབ་དར་ས་རེད། །

(གཞས་གཏོང་མཁན། སློབ་ཕ་རིགས་ཀྱི་ཧྲ་དབྱངས། ༡༩༨༨.༨.༢ཉིན་ལ་བསྒྲུས།)

མ་གཅིག་པང་ལ་བུ་གསུམ་འཁྲུངས། །

བུ་ཆེ་བ་ཆུང་བ་བར་མ་གསུམ། །

བུ་ཆེ་བ་རྒྱ་གར་ཡུལ་ལ་ཐད། །

རྒྱ་གར་ཆོས་ཀྱི་བསྟན་པ་བཙུགས། །

བྱ་བར་མ་རྒྱ་ནག་ཡུལ་ལ་ཐད། །
རྒྱ་ནག་རྩིས་ཀྱི་བསྟན་པ་བཙུགས། །
བྱ་ཆུང་བ་རང་གི་ཡུལ་དུ་ལུས། །
ཁྲིན་པ་མ་གསོ་གསོ་རང་ཡུལ་ལུས། །

〔གནས་གཏོང་མཁན། ཡེ་ཤེས་སྒྲུན་ཚོགས། ༡༩༨༨.༨.༢ཉིན་ལ་བསྒྲུས། 〕

རྩེ་པོ་ཏཱ་ལ་ལ་སྒོ་གསུམ་ཡོད། །
སྒོ་དང་པོ་གཉིས་པ་གསུམ་པ་གསུམ། །
སྒོ་དང་པོ་བླ་མའི་ཆོས་སྒོ་ཡིན། །
ཆོས་སྒོ་དབྱེ་ན་སྤོས་ཀྱིས་ཕྱེ། །
རྒྱ་སྤོས་བོད་སྤོས་དྭགས་སྤོས་གསུམ། །
སྤོས་དེ་གསུམ་འཛོམས་ན་ཆོས་སྒོ་ཡིན། །

རྩེ་པོ་ཏཱ་ལ་ལ་སྒོ་གསུམ་ཡོད། །
སྒོ་དང་པོ་གཉིས་པ་གསུམ་པ་གསུམ། །
སྒོ་གཉིས་པ་རྒྱལ་པོའི་བཀའ་སྒོ་ཡིན། །
བཀའ་སྒོ་དབྱེ་ན་དར་གྱིས་ཕྱེ། །
རྒྱ་དར་བོད་དར་ཕྱོགས་དར་གསུམ། །

དར་འདི་གསུམ་འཛོམས་ན་བཀའ་སྒོ་ཡིན། །

ཙེ་པོ་ཏྲ་ལ་ལ་སྒོ་གསུམ་ཡོད། །
སྒོ་དང་པོ་གཉིས་པ་གསུམ་པ་གསུམ། །
སྒོ་གསུམ་པ་དམན་བཟང་སླུ་སྒོ་ཡིན། །
སླུ་སྒོ་དབྱེ་ན་ཚང་གིས་ཕྱེ། །
རྒྱ་ཚང་བོད་ཚང་མོན་ཚང་གསུམ། །
ཚང་འདི་གསུམ་འཛོམས་ན་སླུ་སྒོ་ཡིན། །

གངས་མགོ་མཐོན་པའི་མཚོ་ལ་མཚོ་ཆུང་ཞིག་ཆགས་ཡོད། །
མཚན་ལྡན་བླ་མའི་མཚོ་ལ་མཚོ་མཇལ་གཅིག་ཨེ་འགྲོ། །
ཆོས་གོས་ཤམ་ཐབས་མཚོ་ལ་དར་ཐག་ཅིག་འཐེན་རོག །

གངས་མགོ་མཐོན་པའི་མཚོ་ལ་མཚོ་ཆུང་ཞིག་ཆགས་ཡོད། །
དཔོན་ཆེན་གྲགས་པ་མཚོ་ལ་མཚོ་མཇལ་གཅིག་ཨེ་འགྲོ། །
ཁམས་གསུམ་དབང་འདུས་མཚོ་ལ་དར་ཐག་ཅིག་འཐེན་རོག །

གངས་མགོ་མཐོན་པའི་མཚོ་ལ་མཚོ་ཆུང་ཞིག་ཆགས་ཡོད། །
ཕ་ཁྲུ་རྣམས་པ་མཚོ་ལ་མཚོ་མཇལ་ཞིག་ཨེ་འགྲོ། །

འགྲོ་ན་བྱམས་སྐྱོང་མཚོ་ལ་དར་ཐག་ཅིག་འཛིན་རོགས།

གངས་མགོ་མཐོན་པའི་མཚོ་ལ་མཚོ་ཆུང་ཞིག་ཆགས་ཡོད།
དར་དཀར་ཤག་པོ་མཚོ་ལ་མཚོ་མཇལ་ཞིག་ཨེ་འགྲོ།
དར་དཀར་དཔའ་རྩལ་མཚོ་ལ་དར་ཐག་ཅིག་འཛིན་རོགས།

གངས་མགོ་མཐོན་པའི་མཚོ་ལ་མཚོ་ཆུང་ཞིག་ཆགས་ཡོད།
དམན་བཟང་བུ་མོ་མཚོ་ལ་མཚོ་མཇལ་ཞིག་ཨེ་འགྲོ།
གཞས་དང་ཞབས་བྲོའི་མཚོ་ལ་དར་ཐག་ཅིག་འཛིན་རོགས།

〔གཞས་གཏོང་མཁན། ཡེ་ཤེས་སྲུན་ཚོགས། ༡༩༨༨.༨.༢ཉིན་ལ་བསྐྲུས།〕

ང་ན་ཆུང་ག་འགྲོ་དབྱངས་ཤིག་ལེན།
དགའ་ཡོང་སྐྱིད་ཡོང་མི་ཡོང་གསུམ།
མ་རྒྱ་གྲོང་རོགས་གླུ་གོ་བར་རོགས།
ཚེ་ཕྱི་མ་ལྷ་ལུས་ལེན་པར་རོགས།

དགུང་ ཁྲི་གདུགས་ཉི་མས་ཡར་རོག་གསུང་།།
ཁྱོད་འདྲ་ལེའི་འོད་ཟེར་ང་ལ་མེད།།
བ་བླ་མ་ཉིད་ཀྱིས་ཡར་རོག་གསུང་།།

ཕྱོད་འདྲ་ལེའི་བྱིན་རླབས་ང་ལ་མེད། །

གོང་དཔོན་སློབ་ཉིད་ཀྱིས་ཡར་ཤོག་གསུང་། །
ཕྱོད་འདྲ་ལེའི་དབང་ཆ་ང་ལ་མེད། །
སྟག་ཤར་པོ་ཉིད་ཀྱིས་ཡར་ཤོག་གསུང་། །
ཕྱོད་འདྲ་ལེའི་དཔའ་རྩལ་ང་ལ་མེད། །
དམན་བུ་མོ་ཉིད་ཀྱིས་ཡར་ཤོག་གསུང་། །
ཕྱོད་འདྲ་ལེའི་སྐྱེས་ལོ་ང་ལ་མེད། །
ཕྱོད་ཚོས་ང་ལ་ཡར་ཤོག་གསུང་། །
ང་ཡར་ལ་མི་ཡོང་སྐྱུ་ཚེ་རིང་། །

(གཞས་གཏོང་མཁན། མོན་པ་རིགས་ཀྱི་ཡེ་ཤེས་སྒྲུན་ཚོགས། ༡༩༨༨.༨.༢ཉིན་ལ་བསྡུས། )

བུ་མོ་ཡག་པོ་བྱང་ཆུབ་གླིང་གི་བུ་མོ། །
མགོ་རས་ཡག་པོ་བྱང་ཆུབ་གླིང་གི་མགོ་རས། །
ངོ་ཡག་སྣ་ཡག་སོ་ཡག་གསུམ་གྱི་བུ་མོ། །
མི་ཚེ་གཅིག་གི་རྒྱན་ཆས་མི་དགོས་བུ་མོ། །

བུ་མོ་ཡག་པོ་བྱང་ཆུབ་གླིང་གི་བུ་མོ། །
གཞུ་ཡག་པོ་བྱང་ཆུབ་གླིང་གི་གཞུ། །

ངོ་ཡག་སྐྲ་ཡག་སོ་ཡག་གསུམ་གྱི་བུ་མོ། །

མི་ཚེ་གཅིག་གི་རྒྱན་ཆ་ཐོབ་པའི་བུ་མོ། །

བུ་མོ་ཡག་པོ་བྱང་ཆུབ་གླིང་གི་བུ་མོ། །

སྦུ་པ་ཡག་པོ་བྱང་ཆུབ་གླིང་གི་སྦུ་པ། །

ངོ་ཡག་སྐྲ་ཡག་སོ་ཡག་གསུམ་གྱི་བུ་མོ། །

རྒྱན་ཆ་འཛོམས་པའི་བྱང་ཆུབ་གླིང་གི་བུ་མོ། །

བུ་མོ་ཡག་པོ་བྱང་ཆུབ་གླིང་གི་བུ་མོ། །

ལྷམ་ཆུང་ཡག་པོ་བྱང་ཆུབ་གླིང་གི་ལྷམ་ཆུང་། །

ངོ་ཡག་སྐྲ་ཡག་སོ་ཡག་གསུམ་གྱི་བུ་མོ། །

རྒྱན་ཆ་འཛོམས་པའི་བྱང་ཆུབ་གླིང་གི་བུ་མོ། །

༼གཞས་གཏོང་མཁན། ལྷོ་པ་རིགས་ཀྱི་ཡག་མོ། ལོ་༧༢ མེ་ཏོག་རྫོང་གི་ཡིན། གྲོང་གི་ཞིང་པ། ཡི་གེ་མི་ཤེས། གཞས་མཁན། ༡༩༨༨.༨.༢ཉིན་ལ་བསྒྲུས།༽

ང་མ་ཕྱིན་ཡུལ་རྒྱ་གར་ཕྱིན། །

མ་མཐོང་དགུ་མཐོང་རྨ་བྱ་མཐོང་། །

གཞོག་པ་ཡོད་ཀྱང་མདོངས་སྒྲོ་མེད། །

བྱ་མདོངས་སྒྲོ་མེད་ན་རྨ་བྱ་མིན། །

གཞོག་རྩལ་ཆེ་བ་ཐང་དཀར་རེད།།
མདོངས་སྒྲོ་ཡག་ཤོས་རྨ་བྱ་རེད།།
གསུང་སྐད་སྙན་མོ་ཁུ་བྱུག་རེད།།
དེ་མིན་བྱ་ལ་བྱ་མིང་མེད།།

༼གཞས་གཏོང་མཁན། ལྷོ་པ་རིགས་ཀྱི་རྡ་དབྱངས། ༡༩༨༨.༨.༢ཉིན་ལ་བསྡུས།༽

སྤྲུལ་པ་སྐུ་གཟུགས་ཆུང་ཡང་།།
འོག་ཕྱོགས་ཀླུ་ཡི་སྲས་པོ།།
དེ་ལ་གནོད་པ་མ་བྱེད།།
ཀླུ་ནད་མཛེ་ནད་ཕོག་ཡོང་།།

༼གཞས་གཏོང་མཁན། ལྷོ་པ་རིགས་ཀྱི་ཨེ་བྲུ། ༡༩༥༧.༨.༡༠ཉིན་ལ་བསྡུས།༽

དུས་ད་ལོ་འཛོམས་ལྷ་འཛོམས་པ་རེད།།
ལྷ་དང་ལྷ་མོ་འཛོམས་ལེ་རེད།།
སང་ལོ་འཛོམས་པའི་སྨོན་ལམ་ཞུ།།
དུས་ད་ལོ་འཛོམས་པའི་བཀྲ་ཤིས་ཤོག།

༼གཞས་གཏོང་མཁན། མོན་པ་རིགས་ཀྱི་ཡེ་ཤེས་ཕུན་ཚོགས། ༡༩༨༨.༨.༡༠ཉིན་ལ་བསྡུས།༽

རི་ཆུང་ཆུང་གསེར་གྱི་བུམ་པ་རེད།།

གསེར་བུམ་པ་ཁ་ལ་ཉི་མ་ཤར། །
ཕ་བླ་མ་མ་རེད་བླ་མ་རེད། །
ཕ་བླ་མ་སྐུ་ཁམས་སང་ས་རྒྱས་བཞུགས། །

རི་ཆུང་ཆུང་དངུལ་གྱི་བུམ་པ་རེད། །
དུང་བུམ་པའི་ཁ་ལས་ཟླ་བ་ཤར། །
སྣག་ཤར་པོ་མ་རེད་ཤར་པོ་རེད། །
སྣག་ཤར་པོ་སྐུ་ཁམས་སངས་རྒྱས་བཞུགས། །

རི་ཆུང་ཆུང་གསེར་གྱི་བུམ་པ་རེད། །
གསེར་བུམ་པའི་ཁ་ལ་ཉི་མ་ཤར། །
དམན་བཟང་མ་རེད་དམན་བཟང་རེད། །
དམན་བུ་མོ་སྐུ་ཁམས་སངས་རྒྱས་བཞུགས། །

རི་ཆུང་ཆུང་དངུལ་གྱི་བུམ་པ་རེད། །
དངུལ་བུམ་པའི་ཁ་ལ་ཟླ་བ་ཤར། །
དུས་ད་ལོ་འཛོམས་པ་ལྷ་འཛོམས་རེད། །
སང་ཕྱི་ལོར་འཛོམས་པའི་སྨོན་ལམ་ཞུ། །

༼གཞས་གཏོང་མཁན། མོན་པ་རིགས་ཀྱི་ཡེ་ཤེས་ཕུན་ཚོགས། ༡༩༨༨.༨.༡༠ཉིན་ལ་བསྒྲུས། ༽

ཤར་བཀྲ་ཤིས་ལ་ཡི་ལ་མགོ་ནས། །
དར་དཀར་པོ་ཁ་གང་ལྷུང་གིས་བསྐྱོད། །
དར་དཀར་པོ་མ་རེད་ཐང་དཀར་རེད། །
བྱ་ཡག་ལས་ལེ་ཟླ་མའི་གསོ་བྱ་རེད། །

ཤར་བཀྲ་ཤིས་ལ་ཡི་ལ་སྙེད་ནས། །
དར་དམར་པོ་ཁ་གང་ལྷུང་གིས་བསྐྱོད། །
དར་དམར་པོ་མ་རེད་རྨ་བྱ་རེད། །
བྱ་ཡག་ལེ་དཔོན་ལྟུའི་གསོ་བྱ་རེད། །

ཤར་བཀྲ་ཤིས་ལ་ཡི་ལ་མཇུག་ནས། །
དར་སྔོན་པོ་ཁ་གང་ལྷུང་གིས་བསྐྱོད། །
དར་སྔོན་པོ་མ་རེད་ཁུ་བྱུག་རེད། །
བྱ་ཡག་ལེ་ཕ་མའི་གསོ་བྱ་རེད། །

ང་ཚོའི་ཟླ་མ་ཆུང་ཆུང་རེད། །
མགོ་ལ་གསེར་ཞྭ་རྟུག་སེ་རྟུག །

ང་ཚོའི་དཔོན་ལུ་ཚུང་ཚུང་རེད།།
མགོ་ལ་ཤྭ་ཞྭ་རྟུག་སེ་རྟུག།

ང་ཚོའི་ཕ་མ་ཚུང་ཚུང་རེད།།
མགོ་ལ་མགོ་རས་རྟུག་སེ་རྟུག།

ང་ཚོའི་སྐྱག་ཤར་ཚུང་ཚུང་རེད།།
མགོ་ལ་རྒྱ་ཞྭ་རྟུག་སེ་རྟུག།

ང་ཚོའི་བུ་མོ་ཚུང་ཚུང་རེད།།
མགོ་ལ་སྦྲ་སྤྲུག་རྟུག་སེ་རྟུག།

（གཞས་གཏོང་མཁན། མོན་པ་རིགས་ཀྱི་ཡེ་ཤེས་ཐུན་ཚོགས། ༡༩༨༨.༨.༡༠ཉིན་ལ་བསྒྲུས།）

ཤར་ཤར་ནས་ཉི་མ་ཤར་ལེ་དེ།།
ཉི་མ་རང་གི་ཡུལ་ལས་ཤར།།
ང་ན་ཚུང་མགོ་རས་འདྲ་བ་ཤར།།
དར་དཀར་པོའི་ཚར་ལོ་རྒྱུང་སེ་རྒྱུང་།།

ཤར་ཤར་ནས་ཉི་མ་ཤར་ལེ་དེ།།

ཉི་མ་རང་གི་ཡུལ་ལས་ཤར།།

ང་ན་ཆུང་དར་གོས་འདྲ་བ་ཤར།།

དར་དཀར་པོའི་ཚར་ལོ་ཐུང་སེ་ཐུང་།།

ཤར་ཤར་ནས་ཉི་མ་ཤར་ལེ་དེ།།

ཉི་མ་རང་གི་ཡུལ་ལས་ཤར།།

ང་ན་ཆུང་སྙིད་རས་འདྲ་བ་ཤར།།

དར་དཀར་པོའི་ཚར་ལོ་ཐུང་སེ་ཐུང་།།

༼གཞས་གཏོང་མཁན། མོན་པ་རིགས་ཀྱི་ཨ་བུ་ཅག་ཡེ། མོ། ལོ༧༦ མེ་ཏོག་རྫོང་མེ་ཏོག་ཤང་གི་མེ་ཏོག་གྲོང་དུ་སྐྱེས། ཞིང་པ། ཡི་གེ་མི་ཤེས། གཞས་མཁན་ཞིག་ཡིན། ༡༩༨༨.༨.༡༥ཉིན་ལ་བསྡུས།༽

བྱ་ཁྱུ་བྱུག་ང་ལ་ཕ་ཡུལ་མེད།།

ང་ཕ་ཡུལ་མེད་པས་མི་ཡུལ་འཁྱམས།།

རྟ་སྔ་ཐོག་འགྲོ་དུས་སྨུག་སྨུ་ལེན།།

སྨུག་རྐང་ཐང་འགྲོ་དུས་རང་སེམས་གསོ།།

དྲིན་པ་ལུས་མ་ལུས་རོགས་ལུས་གསུམ།།

ཆུང་མའི་ཕང་ལ་དར་བཞིན་བྱམས། །
ཆུང་ཕ་ཡི་ཕང་ལ་ཁྲི་བཞིན་མཐོ། །
ང་ཕང་གསོས་པ་ནྡྷའི་མེ་ཏོག་ཡིན། །

ང་ཕང་གསོས་གོང་མོ་གོ་བ་ང་། །
བྱ་ང་ལ་གཤོག་ཆག་མ་ཐོག་ན། །
དུས་དེང་སང་དགའ་གོང་སྐྱིད་གོང་ཡིན། །
རང་ཡུལ་ཕྱོགས་གོང་ལ་གཤོག་འགྱུར་བྱེད། །

བྱ་ཁྲ་བྱུག་ང་ལ་ཕ་ཡུལ་མེད། །
བྱ་ཕ་ཡུལ་ཤུག་པའི་རྩེ་ལ་ལུས། །
ངས་ཕ་ཡུལ་བོར་ནས་མི་ཡུལ་འཁྱམས། །
དུས་ད་རུང་གསུང་སྐད་ཉམས་ནས་མེད། །

བྱ་རྨ་བྱ་ང་ལ་ཕ་ཡུལ་མེད། །
ང་ཕ་ཡུལ་རྒྱ་གར་སྟོད་ལ་ལུས། །
སྟོད་རྒྱ་གར་བོར་ནས་མི་ཡུལ་འཁྱམས། །
དུས་ད་རུང་མདོངས་སྒྲོ་ཉམས་ནས་མེད། །

བྱ་ཐང་དཀར་ང་ལ་ཕ་ཡུལ་མེད། །

ང་ཕ་ཡུལ་བྲག་དཀར་རྩེ་ལ་ལུས། །

མཐོ་བྲག་དཀར་པོར་ནས་མི་ཡུལ་འཁྱམས། །

དུས་ད་རུང་གཤོག་སྒྲོ་ཉམས་ནས་མེད། །

༼གཞས་གཏོང་མཁན། ལྷ་པ་རིགས་ཀྱི་ཉི་བྱ། ༡༩༥༨.༤.༡༥ཉིན་ལ་བསྡུས། ༽

བཀྲ་ཤིས་པའི་རི་ལ་རྒྱན་གསུམ་འཛོམས། །

རི་རྩེ་གངས་དང་ཁ་བས་བརྒྱན། །

རི་སྨེད་ཤིང་དང་ཤུག་པས་བརྒྱན། །

རི་མཐའ་སྔོན་མོ་མཚོ་ཡིས་བརྒྱན། །

རྒྱན་གསུམ་རི་ཡི་རྒྱན་ལ་བཞག །

བཀྲ་ཤིས་པའི་ཆུ་ལ་རྒྱན་གསུམ་འཛོམས། །

ཆུ་འགོ་དར་ཁ་བཤམས་འདྲ་རེད། །

ཆུ་དཀྱིལ་ཨ་ལོང་བཀུག་འདྲ་རེད། །

ཆུ་མཐའ་རྒྱ་མཚོ་འཁྱིལ་འདྲ་རེད། །

རྒྱན་གསུམ་ཆུ་ཡི་རྒྱན་ལ་བཞག །

བཀྲ་ཤིས་པའི་མཁར་ལ་རྒྱན་གསུམ་འཛོམས། །

BAIMA QINGGE

མཁར་མགོ་གསེར་དང་གསེར་ཕྲས་བརྒྱན། །
མཁར་སྙིད་བཀའ་འགྱུར་བསྟན་འགྱུར་འཛོམས། །
མཁར་མཇུག་ཆོས་སྐད་དི་རི་རི། །
རྒྱན་གསུམ་མཁར་གྱི་རྒྱན་ལ་བཞག །
ང་མ་གཞི་གྲོགས་ལ་དགའ་ལེ་རེད། །
གྲོགས་བློ་སྣ་མང་ལ་དགའ་ལེ་མིན། །
ང་མ་གཞི་མོ་ལ་དགའ་ལེ་རེད། །
མོ་གཡོ་ཆེན་པོ་ལ་དགའ་ལེ་མིན། །

( གཞས་གཏོང་མཁན། ལྷོ་པ་རིགས་ཀྱི་ཨེ་བྲུ། ༡༩༥༨.༤.༡ཉིན་ལ་བསྡུས། )

དགོན་ལྷ་ཁང་ཕྱི་ཡག་ནང་ཡག་རེད། །
ཕྱི་ཡག་ལེ་དཀར་དཀར་གུར་དཀར་རེད། །
ནང་ཡག་ལས་གསེར་སྐུ་དངུལ་སྐུ་རེད། །
བར་ཡོན་ཆབ་ཁྲ་མོའི་རྟེན་འབྲེལ་འགྲིག །

སྟགས་པོ་དེ་ཕྱི་ཡག་ནང་ཡག་རེད། །
ཕྱི་ཡག་ལེ་རྒྱ་ཤོག་དཀར་པོ་རེད། །
ནང་ཡག་ལེ་གསེར་ཡིག་དངུལ་ཡིག་རེད། །
བར་སྨྱུ་གུ་ཁྲ་མོའི་རྟེན་འབྲེལ་འགྲིག །

༼གཞས་གཏོང་མཁན། མོན་པ་རིགས་ཀྱི་ཡེ་ཤེས་ཕུན་ཚོགས། ༡༩༩༩.༩.༡༥ཉིན་ལ་
བསྡུས།༽

ཤར་གསུམ་ཤར་ནས་ཕེབས་པ་དེ།།
ཤར་ཁྲི་གདུགས་ཉི་མ་ཤར་ལེ་རེད།།
ཉི་མ་ནུབ་ལེ་མ་ཕེབས་རོགས།།
དགུང་མི་ཧོག་དཀྱིལ་ལ་བཞུགས་རོགས་གནང་།།

ཤར་གསུམ་ཤར་ནས་ཕེབས་པ་དེ།།
ཤར་དཀར་གསལ་ཟླ་བ་ཤར་ལེ་རེད།།
དཀར་གསལ་ནུབ་ལ་མ་ཕེབས་རོགས།།
དགུང་མི་ཧོག་དཀྱིལ་ལ་བཞུགས་རོགས་གནང་།།

ཤར་གསུམ་ཤར་ནས་ཕེབས་པ་དེ།།
ཤར་སྐར་མ་སྨིན་དྲུག་ཤར་ལེ་རེད།།
སྐར་མ་སྨིན་དྲུག་མ་ཕེབས་རོགས།།
དགུང་མི་ཧོག་དཀྱིལ་ལ་བཞུགས་རོགས་གནང་།།

༼གཞས་གཏོང་མཁན། མོན་པ་རིགས་ཀྱི་དབྱངས་འཛོམས། ༡༩༩༩.༩.༡༥ཉིན་ལ་
བསྡུས།༽

འགྲོ་མ་སྐྱོང་གསེར་གྱི་རི་ལ་འགྲོ། །
སྐྱེད་མ་སྐྱོང་གསེར་གྱི་བུམ་པ་སྐྱེད། །
འཁྱུར་མི་ཐོད་ཟླ་མའི་སྨུག་ཟློག་རེད། །
བཞག་མི་ལོ་གསེར་གྱི་བུམ་པ་རེད། །

འགྲོ་མ་སྐྱོང་གཡུ་ཡི་རི་ལ་འགྲོ། །
སྐྱེད་མ་སྐྱོང་གཡུ་ཡི་བུམ་པ་སྐྱེད། །
འཁྱུར་མི་ཐོད་དཔོན་ལུའི་སྨུག་ཟློག་རེད། །
བཞག་མི་ལོ་གཡུ་ཡི་བུམ་པ་རེད། །

འགྲོ་མ་སྐྱོང་དངུལ་གྱི་རི་ལ་འགྲོ། །
སྐྱེད་མ་སྐྱོང་དངུལ་གྱི་བུམ་པ་སྐྱེད། །
འཁྱུར་མི་ཐོད་ཕ་མའི་སྨུག་ཟློག་རེད། །
བཞག་མི་ལོ་དངུལ་གྱི་བུམ་པ་རེད། །

འགྲོ་མ་སྐྱོང་དུང་གི་རི་ལ་འགྲོ། །
སྐྱེད་མ་སྐྱོང་དུང་གི་བུམ་པ་སྐྱེད། །
འཁྱུར་མི་ཐོད་དགའ་རོགས་སྨུག་ཟློག་རེད། །

བཞག་མི་ལོ་དུང་གི་བུམ་པ་རེད། །

(གཞས་གཏོང་མཁན། མོན་པ་རིགས་ཀྱི་དབྱངས་ཅན། ༡༩༨༨.༩.༡༥ཉིན་ལ་བསྡུས། )

ཤར་ཕྱོགས་ཉི་ལའི་རྩེ་ནས་ཉི་ཤར་སེ། །
ནུབ་ཕྱོགས་ཁ་བ་ཡུན་རིང་བྱུ་རུ་རུ། །
ཁ་བ་བཞུ་སོང་བསམ་ནས་ལྷ་སོང་ན། །
ཁ་བ་བཞུ་ཡང་མ་བཞུ་གངས་རྙིང་ཆགས། །

རླུང་ཧ་རླུང་ལ་ཡལ་ནས་རླུང་བུད་སེ། །
རྒྱ་གར་ཙན་བཟང་སྨྱུ་གུ་བསིལ་ལི་ལི། །
སྨྱུ་གུ་ཆག་སོང་བསམ་ནས་བལྟ་སོང་ན། །
སྨྱུ་གུ་ཆག་ཡང་མ་ཆག་ཐང་ཤིང་རྒྱས། །

(གཞས་གཏོང་མཁན། ལྷོ་པ་རིགས་ཀྱི་ཉི་བུ། ༡༩༥༦.༩.༡༧ཉིན་ལ་བསྡུས། )

ངུས་ད་ལོ་འཛོམས་པ་ལྷ་འཛོམས་རེད། །
ལྷ་དང་ལྷ་མོ་འཛོམས་ལེ་རེད། །
སང་ཕྱི་ལོ་འཛོམས་པའི་སྨོན་ལམ་ཤོག །
ཞལ་ཡང་ཡང་མཇལ་བའི་བཀྲ་ཤིས་ཤོག །

(གཞས་གཏོང་མཁན། མོན་པ་རིགས་ཀྱི་ཡེ་ཤེས་སྒྲུབ་ཚོགས། ༡༩༨༨.༩.༥ཉིན་ལ་བསྡུས། )

ཉི་མ་ཤར་གྱི་བྱུམ་པ་གསེར་བྱུམ་པ། །
བྱུམ་པ་བཞེངས་མཁན་ས་ལོ་ལག་མགར་ཅན། །
བྱུམ་པ་རྒྱང་ནས་མཇལ་ན་རྒྱང་འོད་ཅན། །
དངོས་གྲུབ་ད་ལྷ་གནང་ལོ་གསེར་བྱུམ་པ། །

ཉི་མ་ལྷོ་ཡི་བྱུམ་པ་གཡུ་བྱུམ་པ། །
བྱུམ་པ་བཞེངས་མཁན་སྤུ་ལོ་ལག་མགར་ཅན། །
བྱུམ་པ་རྒྱང་ནས་མཇལ་ན་རྒྱང་འོད་ཅན། །
བྱུམ་པ་མདུན་དུ་བཞུགས་ན་བྱིན་རླབས་ཆེ། །
དངོས་གྲུབ་ད་ལྷ་གནང་ལོ་གཡུ་བྱུམ་པ། །

ཉི་མ་ནུབ་ཀྱི་བྱུམ་པ་དངུལ་བྱུམ་པ། །
བྱུམ་པ་བཞེངས་མཁན་སྤུ་ལོ་ལག་མགར་ཅན། །
བྱུམ་པ་རྒྱང་ནས་མཇལ་ན་རྒྱང་འོད་ཅན། །
བྱུམ་པ་དྲུང་དུ་བཞག་ན་བྱིན་རླབས་ཆེ། །
དངོས་གྲུབ་ད་ལྷ་གནང་ལོ་དངུལ་བྱུམ་པ། །

ཉི་མ་བྱང་གི་ཐུམ་པ་དུང་ཐུམ་པ། །

ཐུམ་པ་བཞེངས་མཁན་སུ་ལོ་ལག་མགར་ཅན། །

ཐུམ་པ་རྒྱང་ནས་མཇལ་ན་རྒྱང་འོད་ཅན། །

ཐུམ་པ་དྲུང་དུ་བཞག་ན་བྱིན་རླབས་ཆེ། །

དངོས་གྲུབ་ད་ལྟ་གནང་ལོ་དུང་ཐུམ་པ། །

༼གཞས་གཏོང་མཁན། ལྷོ་པ་རིགས་ཀྱི་ཨེ་བྲུ། ༡༩༥༨.༤.༡ཉིན་ལ་བསྐུས།༽

ཨོ་ན་ལེགས་ཤོག་ལེགས་ཤོག་གསེར་རང་ལེགས། །

གསེར་ལས་རྒྱ་རག་མ་བསམ་གསེར་རང་ལེགས། །

ཨོ་ན་ལེགས་ཤོག་ལེགས་ཤོག་གཡུ་རང་ལེགས། །

གཡུ་ལས་ཇེ་སྣ་བསམ་པ་གཡུ་རང་ལེགས། །

ཨོ་ན་ལེགས་ཤོག་ལེགས་ཤོག་དངུལ་རང་ལེགས། །

དངུལ་ལས་ཞ་ཉེ་མ་བསམ་དངུལ་རང་ལེགས། །

ཨོ་ན་ལེགས་ཤོག་ལེགས་ཤོག་དུང་རང་ལེགས། །

དུང་ལས་དཀར་ཡག་མ་བསམ་དུང་རང་ལེགས། །

༼གཞས་གཏོང་མཁན། ལྷོ་པ་རིགས་ཀྱི་ཉི་བྲུ། ༡༩༥༨.༤.༡༢ཉིན་ལ་བསྐུས།༽

ཆུ་མོ་རྒྱུག་ཆུ་ཨ་ལོ་ཆུ་མིག་ལོ། །
ཆུ་མོ་རྒྱུག་ཆུ་ཡིན་ན་མ་ཆད་ལོ། །
ཆུ་མོ་ཆུ་མིག་ཡིན་ན་མ་སྐམ་ལོ། །

མི་ནི་བཀུག་མི་ཨ་ལོ་འཛོམས་མི་ལོ། །
མི་ནི་བཀུག་མི་ཡིན་ན་མ་ཕེབས་རོགས། །
མི་ཏྲ་འཛོམས་པ་ཡིན་ན་མ་བྲལ་རོགས། །

༼གཞས་གཏོང་མཁན། ལྷ་པ་རིགས་ཀྱི་ཡག་ཤ། ༡༩༨༨.༨.༡༢ཉིན་ལ་བསྡུས།༽

གནས་ཆེན་ཙ་རི་འཁོར་རི་གསུམ། །
ཙ་རི་ལ་རི་གསུམ་རྩེ་ནས་ཡར་བལྟས་ན། །
ལྷ་ཆེ་བ་རྣམ་གསུམ་ཁྲི་ལ་བཞུགས། །
ལྷ་བར་མ་རྣམ་གསུམ་གདན་ལ་བཞུགས། །
ལྷ་ཆུང་བ་རྣམ་གསུམ་མཐའ་བསྐོར་བཞུགས། །
ལྷ་རྣམས་བཞུགས་ལུགས་ཡག་ཤོག་གཏན་དུ་བཞུགས། །

དགུང་ཕྱོགས་ལྷ་ཡི་ཡུལ་ནས་ལྷ་བཀུགས་སེ། །
ལྷ་དེ་བཀུགས་ཡང་བཀུགས་ཤོག་ཕྱིན་ཡང་ཕྱིན། །

སྤོས་དང་མར་མེ་ཕུལ་བ་ཉུང་ཡང་ཉུང་།།
སྤོས་ད་ཉུང་བ་ཉེ་སེ་མོ་གསུང་ལོ།།
སྤོས་དང་མར་མེ་བསག་སེ་ད་ཕུད་ཏེ།།

འོག་ཕྱོགས་ཀླུ་ཡི་ཡུལ་ནས་ཀླུ་བཀུག་ཤོག །
ཀླུ་ནི་བཀུག་ཡང་བཀུག་ཤོག་ཕྱིན་ཡང་ཕྱིན།།
ཞོ་དང་འོ་མའི་བསག་ཕུལ་བ་ཉུང་ཡང་ཉུང་།།
ཨོ་ན་ཉུང་བ་ཉེས་སེ་མོ་གསུང་ལོ།།
ཞོ་དང་འོ་མ་བསག་སེ་ད་ཕུད་ཏེ།།

བར་ཕྱོགས་མི་ཡི་ཡུལ་ནས་མི་བཀུག་ཤོག།
མི་ད་བཀུགས་ཡང་བཀུགས་ཤོག་ཕྱིན་ཡང་ཕྱིན།།
བསུ་ཚང་སེར་མོ་བསག་ཕུལ་བ་ཉུང་ཡང་ཉུང་།།
ཨོ་ན་ཉུང་བ་ཉེས་སེ་མོ་གསུང་ལོ།།
བསུ་ཚང་སེར་མོ་བསག་སེ་ད་ཕུད་ཏེ།།

〔གཞས་གཏོང་མཁན། མོན་པ་རིགས་ཀྱི་ཡེ་ཤེས་ཕུན་ཚོགས། ༡༩༨༨.༨.༡༢ཉིན་ལ་བསྡུས།〕

དེ་རིང་ཉི་མ་ཚེས་ཉི་མ།།

ཚོས་ལས་འཆིབ་སེ་ཕྱིན་ན་ལོ། །

དེ་རིང་ཉི་མ་རྟའི་ཉི་མ། །

རྟ་ལས་འཆིབ་སེ་ཕྱིན་ན་ལོ། །

དེ་རིང་ཉི་མ་བྱའི་ཉི་མ། །

བྱ་ལས་འཆིབ་སེ་ཕྱིན་ན་ལོ། །

ཕུ་ལ་དབང་པོ་ཡོར་ཡོར་ཤས་མཐོང་ཏེ། །

དབང་པོ་ལོག་ནས་སྙིམ་པོ་ཤས་མ་མཐོང་། །

མདའ་ལ་རྒྱ་མོ་ཤོར་ཤོར་ཞས་མཐོང་ཏེ། །

རྒྱ་མོ་འགོ་ནས་ཚད་པ་ཞས་མ་མཐོང་། །

ཡུལ་ལ་སྲུང་པོ་ཡོར་ཡོར་མིས་མཐོང་ཏེ། །

སྲུང་པོ་ཤི་ལ་རན་པ་མིས་མ་མཐོང་། །

〔གཞས་གཏོང་མཁན། མོན་པ་རིགས་ཀྱི་ཡེ་ཤེས་ཕུན་ཚོགས། ༡༩༨༨.༨.༡༧ཉིན་ལ་བསྡུས།〕

ཕུ་གསུམ་ཕུ་ལ་སྐྱེས་པའི་ཤ་མོང་། །

དགུན་གསུམ་ཁ་བའི་ནང་དུ་སྐྱོ་ཤུང་ཤུང་། །

ཤ་མོ་རྟ་ལས་ལྡན་ཀྱང་སེམས་མ་ལྡན། །

མཚོ་གསུམ་མཚོ་ལ་སྐྱེས་པའི་ཉ་མོ་ང་། །
དགུན་གསུམ་འཁྱགས་པའི་ནང་དུ་སྐྱོ་ཤུང་ཤུང་། །
ཉ་མོ་མཚོ་ལས་ལྷན་ཀྱང་སེམས་མ་ལྷན། །

ཡུལ་གསུམ་ཡུལ་ལ་སྐྱེས་པའི་སྤྲང་པོ་ང་། །
རྒྱུན་དུ་དཔོན་ཆེན་འོག་ཏུ་སྐྱོ་ཤུང་ཤུང་། །
སྤྲང་པོའི་ཡུལ་ལས་ལྷན་ཀྱང་སེམས་མ་ལྷན། །

(གཞས་གཏོང་མཁན། ལྷོ་པ་རིགས་ཀྱི་མོང་ཞིས། ༡༩༥༨.༦.༡༢ཉིན་ལ་བསྒྱུས། )

བྱ་དེ་མཐིལ་ལ་མ་འདུག་ལྷ་སར་འགྲོ། །
ཇོ་བོ་ཡིད་བཞིན་ནོར་བུ་མཇལ་དུ་འགྲོ། །
བྱ་དེ་མཐིལ་ལ་མ་འདུག་ལྷ་སར་འགྲོ། །
བྱ་ལ་པེན་ཆེན་འགྲོ་ས་ནམ་མཁའ་རེད། །
བྱ་ལ་ཁྲུང་ཁྲུང་འགྲོ་ས་ནམ་མཁའ་རེད། །
བོད་ཡུལ་གླིང་ཁམས་སྐོར་ནས་འགྲོ་མི་རེད། །

ཚོང་དཔོན་ཡག་ཡག་ཚོང་དཔོན་ཡག །
ང་ཚོ་ཚོང་དཔོན་སྐྱེས་པ་ཡག
ཚོང་དཔོན་ནོར་བུ་བཟང་པོ་ཡག

BAIMA QINGGE

དབུ་སྐྲ་ཡག་ཡག་དབུ་སྐྲ་ཡག །

དབུ་སྐྲ་བྱ་ཁྱུང་གཤོག་པ་འདྲ། །

ཚོང་དཔོན་ནོར་བུ་བཟང་པོ་ཡག །

མཐེབ་གོར་ཡག་ཡག་མཐེབ་གོར་ཡག །

མཐེབ་གོར་བ་སོ་མཐེབ་གོར་ཡག །

ང་ཚོའི་ཚོང་དཔོན་མཐེབ་གོར་ཡག །

སྐྱིད་གྲི་ཡག་ཡག་སྐྱིད་གྲི་ཡག །

སྐྱིད་གྲི་སྡེ་དགེ་སེར་ཤོག་ཡག །

ང་ཚོའི་ཚོང་དཔོན་སྐྱིད་གྲི་ཡག །

གཙུ་ཡག་ཡག་གཙུ་ཡག །

གཙུ་ལྕུང་ཀ་བཅུ་གཉིས་ཡག །

ང་ཚོའི་ཚོང་དཔོན་གཙུ་ཡག །

（གཞས་གཏོང་མཁན། མོན་པ་རིགས་ཀྱི་པདྨ་ལྷ་མོ། ༡༩༨༨.༨.༢༧ཉིན་ལ་བསྡུས། ）

སྒྱུ་པ་ཡག་ཡག་སྒྱུ་པ་ཡག །

ཕྱུ་པ་ཡ་ཡག་ནག་པོ་ཡག །

ང་ཚོའི་ཚོང་དཔོན་ཕྱུ་པ་ཡག །

ལྷམ་ཀྲུང་ཡག་ཡག་ལྷམ་ཀྲུང་ཡག །

ལྷམ་ཀྲུང་རྫོག་པ་དགུ་བརྩེགས་ཡག །

ང་ཚོའི་ཚོང་དཔོན་ལྷམ་ཀྲུང་ཡག །

༼གནས་གཏོང་མཁན། མོན་པ་རིགས་ཀྱི་ཕང་གེ ༡༩༨༨.༨.༢༠ཉིན་ལ་བསྡུས། ༽

གནས་བཟང་པོའི་རི་དེ་གསེར་རི་རེད། །

གོང་བླ་མ་བཞུགས་ས་གསེར་ཁྲི་རེད། །

དེ་ཆོས་དང་བྱིན་རླབས་ཞུ་ས་རེད། །

གནས་བཟང་པོ་རི་དེ་གཡུ་རི་རེད། །

རྗེ་རྒྱལ་པོ་བཞུགས་ས་གཡུ་ཁྲི་རེད། །

དེ་བཀའ་ཤོག་བཀའ་འཛིན་ཞུ་ས་རེད། །

གནས་བཟང་པོ་རི་དེ་དུང་རི་རེད། །

དྲིན་ཕ་མ་བཞུགས་ས་དུང་ཁྲི་རེད། །

མཉམ་དགའ་ལེ་ཞབས་བྲོ་འཁྲབ་ས་རེད། །

ཚང་ཟིལ་མ་མཉམ་འཐུང་སྐྱིད་ས་རེད། །

༼གཞས་གཏོང་མཁན། མོན་པ་རིགས་ཀྱི་དབྱངས་ཅན། ༡༩༨༨.༨.༣༠ཉིན་ལ་བསྡུས། ༽

ཨ་མ་དབྱངས་ཅན་ཡང་ལས་བུ་གསུམ་འཁྲུངས། །
བུ་ཆེ་བ་ཆུང་བ་བར་མ་གསུམ། །
བུ་ཆེ་བ་དགའ་ལེ་རྒྱ་ནག་འགྲོ། །
དར་གོས་ཆེན་འཁྱེར་འཁྱེར་རང་ཡུལ་ལོག །
བུ་བར་མ་དགའ་ལེ་རྒྱ་གར་འགྲོ། །
ཇ་སྣག་ཁག་འཁྱེར་འཁྱེར་རང་ཡུལ་ལོག །
བུ་ཆུང་བ་དགའ་ལེ་རང་ཡུལ་ལོག །
དྲིན་ཕ་མ་གསོ་གསོ་རང་ཡུལ་བཞག །

༼གཞས་གཏོང་མཁན། ལྷོ་པ་རིགས་ཀྱི་མོང་ཞིས། ༡༩༥༦.༨.༡༨ཉིན་ལ་བསྡུས། ༽

ཆུའི་ཕར་ཀ་མི་བརྒྱ་འཛོམས་ཡོད་དེ། །
དྲིན་ཆེན་ལེ་ཕ་མ་མི་འདུག་ཟེར། །
དྲིན་ཆེན་པོ་ཕ་མ་ཡོད་ན་ཟེར། །
སྐད་གསུང་སྐད་འཕེན་ལུགས་ཁག་ཁག་རེད། །

ཆུའི་ཕར་ཀ་ཧ་བརྒྱ་འཛོམས་ཡོད་དེ། །
གསོ་ལོ་ལེ་ཧེའུ་ཆུང་མི་འདུག་ཟེར། །

གསོ་ལོ་ལེ་རྗེའུ་ཚུང་ཡོད་ན་ཟེར། །

འགྲོས་གོམ་པ་འགྲོ་ལུགས་ཁག་ཁག་རེད། །

ཚུའི་ཕར་ཀ་ལུག་བརྒྱ་འཛོམས་ཡོད་དེ། །

གཅིས་ལོ་ལེ་ལུག་ཚུང་མི་འདུག་ཟེར། །

གཅིས་ལོ་ལེ་ལུག་ཚུང་ཡོད་ན་ཟེར། །

ལུག་གསུང་སྐད་འབའ་ལུགས་ཁག་ཁག་རེད། །

༼གཞས་གཏོང་མཁན། ལྷོ་པ་རིགས་ཀྱི་ཉི་བུ། ༡༩༥༨.༤.༡༧ཉིན་ལ་བསྡུས།༽

མཐོ་བ་གནམ་ལ་སྐས་ཀ་བརྩུགས་ཤོག་གསུང་། །

མཐོ་བ་གནམ་ལ་སྐས་ཀ་ག་ནས་བརྩུགས། །

སྤྲིན་པ་དཀར་པོ་གཅིག་ལ་སྤྲུལ་པས་ཆོག །

མཐོན་པོ་རི་ལ་འཛོམ་པས་འཛལ་ཤོག་གསུང་། །

མཐོན་པོ་རི་ལ་འཛོམ་པས་ག་ནས་འཛལ། །

ཐང་དཀར་དགོད་པོ་གཅིག་ལ་སྤྲུལ་པས་ཆོག །

ཡང་ཆུ་གཙང་པོ་ཆུ་རྒྱལ་རྐྱབ་ཤོག་གསུང་། །

ཡང་ཆུ་གཙང་པོ་ཆུ་རྒྱལ་ག་ནས་རྒྱག །

ཉ་པ་རྣམས་པོ་གཅིག་ལ་སྤྲུལ་པས་ཆོག །

༼གཞས་གཏོང་མཁན། ལྷ་པ་རིགས་ཀྱི་ཉི་བུ། ༡༩༥༨.༧.༡ཉིན་ལ་བསྡུས། ༽

དང་པོ་ཨ་མའི་ལུས་ལ་གསེར་སྐུ་ཕྱག་ན་རྡོ་རྗེ། །

གཉིས་པ་ཨ་མའི་པང་དུ་ཞོ་དང་འོ་མས་གསོས་བྱུང་། །

ད་ནི་རང་མགོ་ཐོན་དུས་ཨ་མའི་དྲིན་ལན་འཇལ་དགོས། །

ཨ་མའི་བཀའ་དྲིན་མི་བརྗེད་འོ་མ་རྒྱུ་ལ་འགྱུར་སོང་། །

༼གཞས་གཏོང་མཁན། མོན་པ་རིགས་ཀྱི་ཕང་གེ ༡༩༦༦.༦.༣༡ཉིན་ལ་བསྡུས། ༽

ཡུལ་ལས་བརྒྱུད་ཤོང་ཤོང་ཨའོ་སྟོང་ཤོང་། །

སྤྲང་པོ་ཡུལ་ལ་མ་ཤོང་སྐོར་རོ་རོ། །

རྒྱ་ལས་བརྒྱ་ཤོང་སྟོང་ཤོང་རེད། །

ཁ་ཤྭ་དམར་པོ་མ་ཤོང་སྐོར་རོ་རོ། །

༼གཞས་གཏོང་མཁན། ཚེ་རིང་ཆོས་འཛོམས། མོ། ལོ༣༥ མོན་པ་རིགས། སྐྱེས་ས་མེ་ཏོག་རྫོང་བདེ་ཞིང་ཤང་བདེ་ཞིང་གྲོང་ཚོ། ཞིང་པ། ཡི་གེ་མི་ཤེས། གཞས་མཁན། ༡༩༦༦.༦.༣༠ཉིན་ལ་བསྡུས། ༽

གནས་ཆེན་པོ་ཧྲའི་རྩེ་ལ། །

གསེར་གྱི་མཁར་ཛ་རྟང་བྱུང་། །

རྟུང་མི་སུ་ཡིན་མ་ཤེས། །

རང་ཚོ་བླ་མས་རྟུང་བྱུང་། །

གནས་ཆེན་པོ་ཏྭའི་རྩེ་ལ། །

གསེར་གྱི་རྒྱ་གླིང་བུས་བྱུང་། །

འབུད་མི་སུ་ཡིན་མི་ཤེས། །

རང་ཚོ་བླ་མས་བུས་བྱུང་། །

༼གཞས་གཏོང་མཁན། ཀུན་བཟང་། ཕོ་ལོ་༡༨ མོན་པ་རིགས། སྐྱེས་ས་མེ་ཏོག་རྫོང་བདེ་ཞིང་ཤཀའང་བདེ་ཞིང་གྲོང་ཚོ། ཞིང་པ། ཡི་གེ་མི་ཤེས། གཞས་མཁན། ༡༩༨༨.༨.༣༠ཉིན་ལ་བསྡུས། ༽

གནམ་ལ་སྐར་ཀ་བཙུགས་ནས། །

སྤྲིན་དྲུག་འཛིན་རྒྱུ་ཡོད་ན། །

རྒྱ་ལ་ཤེལ་སྒོ་བཙུགས་ནས། །

ཉ་མོ་ང་རང་འཛིན་ཚོག །

༼གཞས་གཏོང་མཁན། མོན་པ་རིགས་ཀྱི་ཚེ་རིང་ཆོས་འཛོམས། ༡༩༨༨.༨.༡༩ཉིན་བསྡུས། ༽

ཤ་བྲོས་ནས་ཤ་རིན་མི་དགོས་པ། །

སྤྲང་ཁུ་འཕར་ར་ཡིན་དོགས་མེད། །

ཆང་འཐུང་ཆང་རིན་མི་དགོས་ལེ། །

ཆང་མ་ཨ་མ་ཡིན་དོགས་མེད། །

〔གཞས་གཏོང་མཁན། མོན་པ་རིགས་ཀྱི་ཨ་ཕི་ཅ་ཡི། ༡༩༦༦.༧.༣༡ཉིན་ལ་བསྡུས།〕

ལམ་གོམ་གསུམ་མ་སྤོས་ན། །

དལ་མགྱོགས་གཉིས་ཀྱི་ཤན་མི་འབྱེད། །

གཏམ་ཚིག་གསུམ་མ་བཤད་ན། །

བདེན་རྫུན་གཉིས་ཀྱི་ཤན་མི་འབྱེད། །

གནམ་ལ་འབྲུག་ཆེན་མ་ལྡིར་ན། །

དབྱར་དགུན་གཉིས་ཀྱི་ཤན་མི་འབྱེད། །

〔གཞས་གཏོང་མཁན། ལྷོ་པ་རིགས་ཀྱི་ཨེ་བྲུ། ༡༩༥༨.༩.༩ཉིན་བསྡུས།〕

གྲལ་མགོ་མི་དེ་ཁ་ཚ། །

ཁ་མ་ཚ་རང་ཚ་ཡིན། །

ཉིན་ལྟར་རེ་བཞིན་ཉིན་ཆེ། །

གྲལ་མཇུག་མི་དེ་ཟ་ཆེ། །

ཟ་མ་ཆེ་རང་ཆེ་ཡིན། །

ཉིན་ལྟར་རེ་བཞིན་དཀའ་སྡུག་ཆེ། །

〔གཞས་གཏོང་མཁན། ལྷོ་པ་རིགས་ཀྱི་ཧུ་བྲུ། ༡༩༥༨.༩.༩ཉིན་ལ་བསྡུས།〕

ཞིང་ཁམས་ཟེར་བ་ག་ན་ཡོད། །

དཀྱིལ་བ་ཟེར་བ་ག་ན་ཡོད། །

འདི་ཡན་ཆོད་ནམ་མཁའ་སྟོང་པ་རེད། །

འདི་མན་ཆོད་ས་ཇོང་རྗེ་ཇོང་རེད། །

〔གཞས་གཏོང་མཁན། ལྷོ་པ་རིགས་ཀྱི་རྡོ་རྗེ་རབ་བརྟན། ༡༩༥༥.༥.༡ཉིན་ལ་བསྒྲུས། 〕

མ་ཤི་འཕོ་བ་སྒྱུར་ལེ་དེ། །

དགོས་པ་ཡིན་ཏེ་སྤྱ་ལེ་རེད། །

རོ་ལ་དབང་སྐུར་བྱེད་ལེ་དེ། །

དགོས་པ་ཡིན་ཏེ་འཁྱི་ལེ་རེད། །

〔གཞས་གཏོང་མཁན། མོན་པ་རིགས་ཀྱི་མི་མི་གྲུབ་པ། ༡༩༨༣.༨.༡༣ཉིན་ལ་བསྒྲུས། 〕

ན་ནིང་ལོ་ལ་སྒྲ་དཀར་གཅིག་ལས་མེད། །

ད་ལོའི་ལོ་ལ་སྒྲ་དཀར་གསུམ་ཙམ་བྱུང་། །

ན་ནིང་ལོ་ལ་གཉེར་མ་གཅིག་ལས་མེད། །

ད་ལོའི་ལོ་ལ་གཉེར་མ་གསུམ་ཙམ་བྱུང་། །

འཚོ་བ་དཀའ་ཆེ་སེམས་སྡུག་བྱུས་པ་ན། །

འཆི་བའི་ཡུལ་ནས་བང་ཆེན་ཉེ་ལེ་རེད། །

༼གཞས་གཏོང་མཁན། མོན་པ་རིགས་ཀྱི་ཨ་པས་པས་དབྱངས། ༡༩༦༦.༦.༣༤ཉིན་ལ་བསྒུས།༽

གངས་ཀྱི་སེང་ཆེན་དཀར་པོ་དེ། །
གངས་ལ་བསྐོར་བཞིན་གངས་ལ་སྡོད། །
མཚོ་ཡི་ཉ་སྲལ་ལྡིང་མོ་དེ། །
མཚོ་ལ་བསྐོར་བཞིན་མཚོ་ལ་སྡོད། །

༼གཞས་གཏོང་མཁན། ལྷོ་པ་རིགས་ཀྱི་མོང་ཞེས། ༡༩༥༨.༧.༡ཉིན་བསྒུས།༽

མཚོ་ཉ་མོ་འཁོར་འཁོར་འབུ་ལ་འཁོར། །
དགྲ་ལྷགས་ཀྱུ་ཡོད་པ་ཤེས་ལེ་མེད། །
བྱ་བྱིའུ་འཕུར་འཕུར་བྲག་ལ་འཕུར། །
དགྲ་འུག་པ་ཡོད་པ་ཤེས་ལེ་མེད། །

༼གཞས་གཏོང་མཁན། ལྷོ་པ་རིགས་ཀྱི་རྒྱ་མཚོ། ༡༩༦༦.༦.༡༠ཉིན་ལ་བསྒུས།༽

ཕ་རྒྱུད་དུང་གི་ཕྲེང་བ་འདྲ། །
བུ་རྒྱུད་རལྐཿཕྲེང་བ་འདྲ། །
ཕ་ཚོག་པ་བྱེ་མ་ཀ་ར་འདྲ། །
བུ་ཚོག་པ་བཙན་དུག་ཁུ་བ་འདྲ། །

〔གཞས་གཏོང་མཁན། ལྷོ་པ་རིགས་ཀྱི་ཨེ་བུ། ༡༩༥༨.༤.༤ཉིན་ལ་བསྒྲུས།〕

ཕྱི་ཡག་ལེ་སྨུག་མའི་མེ་ཏོག་ལ། །
ནང་མངར་མོ་དུག་གི་ཁུ་བ་ཡིན། །
ཕྱི་ཡག་ལེ་དར་དང་གོས་ཆེན་ལ། །
ནང་ཐིབ་ལས་ཐིད་སྐྱུད་སྦྲ་གུར་འདྲ། །

〔གཞས་གཏོང་མཁན། ལྷ་པ་རིགས་ཀྱི་ཧུ་བུ། ༡༩༥༨.༤.༤ཉིན་ལ་བསྒྲུས།〕

ར་ཡོག་རྡུང་རེས་མ་བྱེད་ན། །
མགོ་ཐོད་པ་གས་དོན་ཡེ་ནས་མེད། །
གླང་ནག་ཐོད་གཏུག་མ་བྱེད་ན། །
མགོ་རྭ་ཅོ་ཆག་དོན་ཅི་ལ་ཡོད། །

ཕྱི་མི་མ་རེད་ནང་མི་རེད། །
བྱ་མོ་གཅིག་གི་སྒོང་ཡིན། །
བླ་མ་གཅིག་གི་གྲྭ་པ་རེད། །
དཔོན་པོ་གཅིག་གི་རྟོར་འདྲ་ཡིན། །

〔གཞས་གཏོང་མཁན། མོན་པ་རིགས་ཀྱི་ཕང་གེ། ༡༩༤༤.༤.༡༩ཉིན་ལ་བསྒྲུས།〕

ཁ་ཨེ་ཡོད་མི་ཡོད་ཕྱེ་ན་ཤེས། །
ཐུགས་ཨེ་ཡོད་མི་ཡོད་གཏུག་ན་ཤེས། །
ཟ་ཨེ་ལོ་མི་ལོ་བསྣམ་ན་ཤེས། །
གྱོན་ཨེ་ལོ་མི་ལོ་ཚད་ན་ཤེས། །
〔གཞས་གཏོང་མཁན། ལྷ་པ་རིགས་ཀྱི་རྒྱ་མཚོ། ༡༩༨༨.༨.༡༠བསྡུས། 〕

ཤིང་སྐམ་པོ་རི་མགོའི་རྩེ་ལ་ཡོད། །
ཕོ་དགོད་པོ་མེད་ན་ལེན་ས་མེད། །
རྒྱུ་གཙང་མ་རྒྱ་མཚོའི་མཐིལ་ལ་ཡོད། །
ཐབས་ཤེས་རབ་མེད་ན་ལེན་ས་མེད། །
〔གཞས་གཏོང་མཁན། ལྷ་པ་རིགས་ཀྱི་ཡག་མོ། ༡༩༨༨.༨.༡༠ཉིན་བསྡུས། 〕

ང་རྒྱ་ནག་ཡོང་བའི་བཀའ་དྲིན་ཆེ། །
མར་གྲོ་འབྲུ་རྩམ་གྱིས་གཡས་སྐོར་རྒྱག །
ཙྭ་ཐུགས་རྗེ་ཆེན་པོས་མ་བསྐྱབས་ན། །
ཆུ་དེ་བཞིན་གཤེགས་པས་མཆོད་པ་འབུལ། །

ཆང་འབྲུ་ནས་ཡོང་བ་བཀའ་དྲིན་ཆེ། །
མེ་ཆུ་གཉིས་ཀྱིས་མཚམས་སུ་སྐོར་བ་རྒྱག །

ཕ་ཕྱུགས་རྗེ་ཆེན་པོས་མ་བསྐྱབས་ན།།

ཆུ་བྱང་ཆབ་སེམས་པའི་མཆོད་པ་འབུལ།།

༼གཞས་གཏོང་མཁན། མོན་པ་རིགས་ཀྱི་ཕང་གེ༡༩༨༨.༨.༢༡ཉིན་ལ་བསྒྲུས།༽

མེ་དང་ཆུ་ལ་ངོ་ཚ་མེད།།

མེ་ནི་དུག་གི་ཕུང་པོ་ཡིན།།

གཙང་མ་གཙང་རྒྱང་མེ་ཡིས་བཟོ།།

ཆུ་ནི་གྲོད་ཀྱི་རང་བཞིན་ཡིན།།

ཆུ་ཡིས་མི་ཐུབ་གང་ཡང་མེད།།

ཉི་ཟླ་འོད་ཀྱིས་མི་ཁྱབ་གང་ཡང་མེད།།

སྐྱེས་དྲོད་རླུང་ལ་མི་བརྟེན་གང་ཡང་མེད།།

ཟབ་མོ་དོན་ལ་མི་སེམས་གང་ཡང་མེད།།

རྒྱལ་པོའི་བཀའ་ལ་མི་ཉན་གང་ཡང་མེད།།

སྨྲས་པ་ཚིག་ལ་མི་ཉན་གང་ཡང་མེད།།

འཚོ་བ་ཟས་ལ་མི་བརྟེན་གང་ཡང་མེད།།

ཞི་བ་སྲོག་ལ་མི་འཛེམས་གང་ཡང་མེད།།

རྒྱ་མཚོ་ཆུ་ལ་མི་འབྱུང་གང་ཡང་མེད།།

༼གཞས་གཏོང་མཁན། མོན་པ་རིགས་ཀྱི་མི་མི་འགྱུར་མེད། ༡༩༨༨.༥.༢༡ཉིན་ལ་བསྒྲུས།༽

གླིང་གི་གེ་སར་རྒྱལ་པོ་དེ།།
གངས་ལ་ཉི་མ་ཤར་བ་འདྲ།།
གླིང་གི་སེང་ལྕམ་འབྲུག་མོ་དེ།།
མཚོ་ལ་འཇའ་གུར་ཕུབ་པ་འདྲ།།

༼གཞས་གཏོང་མཁན། མོན་པ་རིགས་ཀྱི་ཕང་གེ ༡༩༨༨.༧.༢༡ཉིན་བསྒྲུས།༽

ས་ནག་པོ་ཕྱེད་གཤགས་གཏོང་མི་དེ།།
ཨ་མ་སྨུག་ཆུང་འགྲོས་མ་ང་གཉིས་ཡིན།།
དེའི་ནང་ནས་དཔའ་བོ་སུ་ཡིན་ཟེར།།
དེའི་ནང་ནས་དཔའ་བོ་ང་རང་ཡིན།།

མཚོ་ཆེན་པོ་ཕྱེད་གཤགས་གཏོང་མི་དེ།།
ཨ་མ་མཚོ་སྨན་རྒྱལ་མོ་ང་གཉིས་ཡིན།།
དེའི་ནང་ནས་དཔའ་བོ་སུ་ཡིན་ཟེར།།
དེའི་ནང་ནས་དཔའ་བོ་ང་རང་ཡིན།།

༼གཞས་གཏོང་མཁན། ལྷོ་པ་རིགས་ཀྱི་ཡག་ཀ ༡༩༨༨ ༨.༡༠ཉིན་ལ་བསྒྲུས།༽

རི་གསེར་རི་གཡུ་རི་དུང་རི་གསུམ།།

རི་གསེར་རིའི་མགོ་ལ་གསེར་བྱ་འབབ། །

ང་གསེར་བྱ་མི་སྡོད་འགྲོ་མི་རེད། །

གསེར་རི་སྐྱ་ཁམས་བདེ་མོ་བཞུགས། །

ང་གསེར་བྱ་གསེར་གྱི་གླིང་ལ་ཡོག །

རི་གསེར་རི་གཡུ་རི་དུང་རི་གསུམ། །

རི་གཡུ་རིའི་མགོ་ལ་གཡུ་བྱ་འབབ། །

ང་གཡུ་བྱ་མི་སྡོད་འགྲོ་མི་རེད། །

གཡུ་བྱ་སྐྱ་ཁམས་བདེ་མོ་བཞུགས། །

ང་གཡུ་བྱ་གཡུ་ཡི་གླིང་ལ་ཡོག །

རི་གསེར་རི་གཡུ་རི་དུང་རི་གསུམ། །

རི་དུང་རིའི་མགོ་ལ་དུང་བྱ་འབབ། །

ང་དུང་བྱ་མི་སྡོད་འགྲོ་མི་རེད། །

ཁྱེད་དུང་རི་སྐྱ་ཁམས་བདེ་མོ་བཞུགས། །

ང་དུང་བྱ་དུང་གི་གླིང་ལ་འགྲོ། །

༼གཞས་གཏོང་མཁན། ལྷོ་པ་རིགས་ཀྱི་ཡག་མོ། ༡༩༨༨.༨.༡༠ཉིན་བསྡུས། ༽

གནམ་ལ་བྱ་སྐད་གོ་མི་དེ། །

བྱ་ཁྱིའུ་སྐལ་བཟང་ང་གཉིས་ཡིན།།

རྒྱ་ལམ་ཐོག་ལ་མི་གོ་ལེ།།

བྱ་ཁྱིའུ་སྐལ་བཟང་གར་ལྷིང་རེད།།

གྲུ་པ་སྐལ་བཟང་གར་ལྷིང་རེད།།

（གཞས་གཏོང་མཁན། ལྷོ་པ་རིགས་ཀྱི་ཡག་ཤ ༡༩༨༨.༨.༡༠ཉིན་ལ་བསྡུས།）

བྲག་ལ་སྒོ་ཆུང་རྐོ་མི་དེ།།

བྱ་ཐང་དཀར་དགོད་པོ་ང་གཉིས་ཡིན།།

བྲག་རིའི་ཐོག་ལ་མི་ཞེད་ལེ།།

བྱ་ཐང་དཀར་དགོད་པོ་གར་ལྷིང་རེད།།

ཆུ་ལ་གཞུང་གྲུ་གཏོང་མི་དེ།།

གྲུ་པ་སྐལ་བཟང་ང་གཉིས་ཡིན།།

གྲུ་དང་ཟམ་པ་མི་དགོས་ལ།།

གྲུ་པ་སྐལ་བཟང་གར་བསྐྱོད་རེད།།

རྒྱ་ཚབ་མདོ་བུ་མོ་ས་གཞོང་མ།།

སྐྱེས་ཡག་ལེ་ཁམ་བུའི་མེ་ཏོག་འདྲ།།

རྒྱ་ཚབ་མདོ་ཆ་མ་ས་གཞོང་མ།།

མ་བཅིངས་བཅིངས་ཁག་ང་ལ་བཀལ། །
བཅིངས་མི་དགོས་རྟུང་མི་ང་རང་ཡིན། །
ཚོས་པོ་ཧྲི་གླིགས་བམ་གསེར་བྲིས་མ། །
འདོན་མི་དགོས་བྲིས་མི་ང་རང་ཡིན། །

རྒྱ་ཆབ་མདོ་དངུལ་ཆ་མ་ས་གཞོང་མ། །
བཅིངས་མི་མེད་པ་ལུས་ལེ་མེད། །
རྒྱ་དངུལ་ཆ་མ་ང་བྱེད་སོ་བྱེད་རེད། །
༼གཞས་གཏོང་མཁན། མོན་པ་རིགས་ཀྱི་བཀྲ་ཤིས་ལྷ་མོ། ༡༩༨༨.༨.༡༠ཉིན་ལ་བསྐུས། ༽

བྱ་ཐང་དཀར་ཕ་ཡུལ་བྲག་དཀར་རེད། །
མཐོ་བྲག་དཀར་འཛོག་རྒྱུ་བསམ་པ་མེད། །
བྱ་རྨ་བྱ་ཕ་ཡུལ་རྒྱ་གར་རེད། །
སྡོད་རྒྱ་གར་པོར་ལེ་བསམ་པ་མེད། །

ཡར་ཀླུང་གཙང་པོ་བདེ་མོ་མ། །
བདེ་ཞིང་བདེ་ཞིང་འགྲོ་མི་རེད། །
སྐང་མགོ་དར་ལྷོག་བྲེལ་འཆུབ་མ། །
བྲེལ་ཞིང་བྲེལ་ཞིང་ལུས་མི་རེད། །

༼གཞས་གཏོང་མཁན། ལྷོ་པ་རིགས་ཀྱི་ཡག་མོ། ༡༩༨༨.༨.༡༠ཉིན་ལ་བསྒྲུས།༽

ཕ་བཟང་བུ་ཡིས་ཡར་ཐོག་གསུང་།།
མ་ངན་བུ་ཡིས་མི་གཏོང་གདའ།།
ཕ་བཟང་བུ་མོས་ཡར་ཐོག་གསུང་།།
མ་ངན་བུ་མོས་མི་གཏོང་དགའ།།
བྲ་ལྷ་བྲ་གོང་མོས་ཡར་ཐོག་གསུང་།།
བྲ་ཁྭ་ཏ་ནག་པོས་མི་གཏོང་གདའ།།
དགུང་ཁྲི་གདུགས་ཉི་མས་ཡར་ཐོག་གསུང་།།
ཡར་མི་ཡོང་ཁྲི་གདུགས་སྐུ་ཚེ་རེད།།

ཁྱོད་འདྲ་ལེ་འོད་ཟེར་ང་ལ་མེད།།
གནམ་ཁྱེད་ལ་ཡོང་རྒྱུ་ཆར་པ་རེད།།
མི་ང་ལ་ཡོང་རྒྱུ་མི་ཁ་རེད།།
མི་ཁྱེད་ཀྱང་མི་ཁ་ཐོག་འདོད་གདའ།།

༼གཞས་གཏོང་མཁན། ལྷོ་པ་རིགས་ཀྱི་མོན་ཞེས། ༡༩༥༧.༨.༩བསྒྲུས།༽

ཤར་གཅིག་ཤར་གཉིས་ཤར་ནས་བྱུང་།།
ཤར་གྱི་ཁྲི་གདུགས་ཉི་མ་དེ།།

མི་ང་ལ་ཡར་ཤོག་གསུང་ལེ་རེད། །

ང་ཡར་ལ་མི་ཡོང་སྐྱུ་ཚེ་རེད་། །

ཁྱོད་འདྲ་ལེའི་འོད་ཟེར་ང་ལ་མེད། །

ཤར་གཅིག་ཤར་གཉིས་ཤར་ནས་བྱུང་། །

ཤར་གྱི་དཀར་གསལ་ཟླ་བ་རེད། །

མི་ང་ལ་ཡར་ཤོག་གསུང་ལེ་རེད། །

ང་ཡར་ལ་མི་ཡོང་སྐྱུ་ཚེ་རེད་། །

ཁྱོད་འདྲ་ལེའི་འོད་ཆེམ་ང་ལ་མེད། །

ཉི་མ་དང་པོ་མ་ཤར། །

ཉི་མ་དང་པོ་ཤར་ཡོད། །

ཉི་མ་དང་པོ་ཤར་ས། །

མཐོ་ཡི་ཨ་སྔོན་དགུང་ལས། །

མཐོ་ཡི་ཨ་སྔོན་དགུང་ལ། །

འཇའ་འོད་གུར་ཁང་ཕུབ་ཡོད། །

འཇའ་འོད་གུར་ཁང་ནང་ལ། །

རང་ཚོའི་བླ་མ་བཞུགས་ཡོད། །

རང་ཚོའི་བླ་མའི་མདུན་ལས། །

མཛལ་མི་ཁ་བ་འབབ་འབབ། །

མཛལ་དར་བྱ་ཡུག་འཚུབ་འཚུབ། །

ཉི་མ་གཉིས་པ་མ་ཤར། །

ཉི་མ་གཉིས་པ་ཤར་ཡོད། །

ཉི་མ་གཉིས་པ་ཤར་ས། །

གངས་དང་རི་ལ་ཤར་ཡོད། །

མཐོ་ཡི་གངས་དང་རི་ལས། །

འཇའ་འོད་གུར་ཁང་ཕུབ་ཡོད། །

འཇའ་འོད་གུར་ཁང་ནང་ལ། །

རང་ཚོའི་དཔོན་སློབ་བཞུགས་ཡོད། །

རང་ཚོའི་དཔོན་སློབ་མདུན་ལ། །

མཛལ་མི་ཁ་བ་འབབ་འབབ། །

མཛལ་དར་བྱ་ཡུག་འཚུབ་འཚུབ། །

ཉི་མ་གསུམ་པ་མ་ཤར། །

ཉི་མ་གསུམ་པ་ཤར་ཡོད། །

ཉི་མ་གསུམ་པ་ཤར་ས། །

ཕོ་བྲང་རྩེ་ལ་ཤར་ཡོད། །

མཐོ་ཡི་ཕོ་བྲང་རྩེ་ལ། །

འཇའ་འོད་གུར་ཁང་ཕུབ་ཡོད། །

འཇའ་འོད་གུར་ཁང་ནང་ལ། །

རང་ཚོའི་བླ་མ་བཞུགས་ཡོད། །

རང་ཚོའི་བླ་མའི་མདུན་ལ། །

མཇལ་མི་ཁ་བ་འབབ་འབབ། །

མཇལ་དར་བྱ་ཡུག་འཚུབ་འཚུབ། །

བྱ་ཁྱུ་བྱུག་ང་ལ་ཕ་ཡུལ་མེད། །

ང་ཕ་ཡུལ་མེད་པས་མི་ཡུལ་འཁྱམས། །

རྟ་སྔ་ཐོག་འགྲོ་དུས་སྡུག་སྒྱུ་ལེན། །

སྡུག་རྐང་ཐང་འགྲོ་དུས་རང་སེམས་གསོ། །

དྲིན་ཕ་ལུས་མ་ལུས་རོགས་ལུས་གསུམ། །

ཚུང་མ་ལུས་པང་ལས་དར་བཞིན་བྱམས། །

ཚུང་ཕ་ཡི་པང་ལ་ཁྲི་བཞིན་མཐོ། །

སྲས་སྤྱུང་སེ་པདྨའི་མེ་ཏོག་ཡིན། །

ང་སྤྱུང་སེ་གོང་མོའི་སྣོ་ང་འདྲ། །

བྱ་ཁྲུ་བྱུག་ང་ལ་ཕ་ཡུལ་མེད། །
ང་ཕ་ཡུལ་ཤུག་པའི་རྩེ་ལ་ལུས། །
ཤིང་ཤུག་པ་གཡུགས་ནས་མི་ཡུལ་འཁྱམས། །
དུས་ད་རུང་གསུང་སྐད་ཉམས་ལེ་མེད། །

བྱ་རྨ་བྱ་ང་ལ་ཕ་ཡུལ་མེད། །
ང་ཕ་ཡུལ་རྒྱ་གར་སྡོང་ལ་ལུས། །
སྡོང་རྒྱ་གར་གཡུགས་ནས་མི་ཡུལ་འཁྱམས། །
དུས་ད་དུང་མདོངས་སྒྲོ་ཉམས་ལེ་མེད། །

བྱ་ཐང་དཀར་ང་ལ་ཕ་ཡུལ་མེད། །
ང་ཕ་ཡུལ་བྲག་དཀར་རྩེ་ལ་ལུས། །
ངས་ཕ་ཡུལ་གཡུགས་ནས་མི་ཡུལ་འཁྱམས། །
དུས་ད་རུང་གཤོག་སྒྲོ་ཉམས་ལེ་མེད། །

བྱ་ང་ལ་གཤོག་ཆག་མ་ཐོག་ན། །
དུས་དེང་སང་དགའ་གོང་སྐྱིད་གོང་ཡིན། །
དམན་བུ་མོ་དུག་གི་ལོ་མ་ང་། །
ང་འགྲོ་ན་བཟང་དྲུག་གླིང་ལ་འགྲོ། །

ང་སེང་ཆེན་དཀར་མོའི་ལོ་རྒྱུས་ལ།།
མགོ་གཡུ་རལ་བརྒྱན་ཞིང་གངས་ལ་སྡོད།།
དུས་ན་ནིང་ལོ་ནས་ད་ལོ་ལ།།
ང་བརྒྱ་གྲོང་འགྲིམ་བསམ་ཡིད་ལ་མེད།།

ང་གཡུ་འབྲུག་སྔོན་མོའི་ལོ་རྒྱུས་ལ།།
གསུང་གྲགས་ཚུལ་སྤྲིན་དཀར་ནང་ལ་ཡིན།།
དུས་ན་ནིང་ལོ་ནས་ད་ལོ་ལ།།
ང་ས་ཐོག་འབབ་བསམ་ཡིད་ལ་མེད།།

ང་ལྷ་བྱ་གོང་མོའི་ལོ་རྒྱུས་ལ།།
ལུས་དུང་དཀར་འདྲ་བའི་སྤང་ལ་སྡོད།།
དུས་ན་ནིང་ལོ་ནས་ད་ལོ་ལ།།
ང་ཡུལ་ལ་འབབ་བསམ་ཡིད་ལ་མེད།།

སྐད་སྙན་པོ་ལ་ཁའི་ལུག་རྫི་ང་།།
གླུ་མ་ལེན་བསམ་ན་ཉེ་མ་རེད།།
ངག་མི་འགུགས་བསམ་ན་གངས་མགོ་མཐོ།།

༼གཞས་གཏོང་མཁན། མེ་ཏོག་རྫོང་ཧོ་ར་ཤའང་ཡོ་དུང་གྲོང་ཚོ། པདྨ་ལྷ་མོ། མོ། ལོ་༧༨མོན་པ་རིགས། ཡི་གེ་མི་ཤེས། ཞིང་པ་ཡིན། གཞས་ལ་དགའ་ཞེན་ཆེ། ༡༩༨༨ལོའི་ཟླ༨པའི་ཚེས༥ཉིན་མེ་ཏོག་རྫོང་ནས་བསྡུས།༽

གངས་སྟོད་མཐོ་པོའི་བྱུར་ལ།།
ཨ་ཅི་ལ་འགྲོ་ཡང་མ་སྐྱོང་།།
སེང་ལྷམ་གཡུ་རལ་ངོམས་ས།།
ཨ་ཅི་ལ་ལྷོད་མོ་བལྟ་འགྲོ།།

སྤང་སྟོད་མཐོ་པོའི་བྱུར་ལ།།
ཨ་ཅི་ལ་འགྲོ་ཡང་མ་སྐྱོང་།།
སེང་ལྷམ་གཡུ་རལ་ངོམས་ས།།
ཨ་ཅི་ལ་ལྷོད་མོ་བལྟ་འགྲོ།།

སྤང་སྟོད་མཐོ་པོའི་བྱུར་ལ།།
ཨ་ཅི་ལ་འགྲོ་ཡང་མ་སྐྱོང་།།
ཤ་བས་ཏུ་དར་ངོམས་ས།།
ཨ་ཅི་ལ་ལྷོད་མོ་བལྟ་འགྲོ།།

མཚོ་སྔོན་མཐོ་པོའི་ཐུར་ལ། །

ཨ་ཙི་ལ་འགྲོ་ཡང་མ་སྐྱོང་། །

ཉ་ཆུང་གསེར་མིག་ཙོམས་ས། །

ཨ་ཙི་ལ་ལྷོད་མོ་བལྟ་འགྲོ། །

འབྲོག་ར་མཐོ་པོའི་ཐུར་ལ། །

ཨ་ཙི་ལ་འགྲོ་ཡང་མ་སྐྱོང་། །

དམན་གསར་སྨུ་གཞས་ཙོམས་ས། །

ཨ་ཙི་ལ་ལྷོད་མོ་བལྟ་འགྲོ། །

དེ་ལ་འགྲོ་སའི་ཐང་ལ་ཇ་ཆེན་ཞིག་བསྐོལ་ཡོད། །

ཐང་ལ་ཇ་ཆེན་ཞིག་བསྐོལ་ཡོད། །

མཚན་ལྡན་བླ་མའི་ཇ་ལ་ཇ་འདྲེན་ཞིག་ཕེབས་ཤོག །

ཇ་ལ་ཇ་འདྲེན་ཞིག་ཕེབས་ཤོག །

ཆོས་གོས་ཤམ་ཐབས་ཇ་ལ་ཇ་རིན་ཞིག་བཞག་ཤོག །

ཇ་ལ་ཇ་རིན་ཞིག་བཞག་ཤོག །

དེ་ལ་འགྲོ་སའི་ཐང་ལ་ཇ་ཆེན་ཞིག་བསྐོལ་ཡོད། །

ཐང་ལ་ཇ་ཆེན་ཞིག་བསྐོལ་ཡོད། །

དཔོན་ལུ་བཟང་པོའི་ཇ་ལ་ཇ་འདྲེན་ཞིག་ཕེབས་རོགས། །

ཇ་ལ་ཇ་འདྲེན་ཞིག་ཕེབས་རོགས། །

བཀའ་རོགས་བཀའ་འཛིན་ཇ་ལ་ཇ་རིན་ཞིག་བཞག་རོགས། །

ཇ་ལ་ཇ་རིན་ཞིག་བཞག་རོགས། །

རི་ལ་འགྲོ་སའི་ཐང་ལ་ཇ་ཆེན་ཞིག་བསྐོལ་ཡོད། །

ཐང་ལ་ཇ་ཆེན་ཞིག་བསྐོལ་ཡོད། །

དམན་ཤར་བུ་མོའི་ཇ་ལ་ཇ་འདྲེན་ཞིག་ཕེབས་རོགས། །

ཇ་ལ་ཇ་འདྲེན་ཞིག་ཕེབས་རོགས། །

གླུ་གཞས་ཞབས་བྲོ་ཇ་ལ་ཇ་རིན་ཞིག་བཞག་རོགས། །

ཇ་ལ་ཇ་རིན་ཞིག་བཞག་རོགས། །

(གཞས་གཏོང་མཁན། དབྱངས་འཛོམས། མོ། ལོ༡༨ མོན་པ་རིགས། སྐྱེས་ས་མེ་ཏོག་རྫོང་མེ་ཏོག་ཤའང་ཡར་ཏེ་གྲོང་ཚོ། ཡི་གེ་མི་ཤེས། ཞིང་པ། ༡༩༨༨ལོར་བསྡུས། )

བཀྲ་ཤིས་པའི་རི་ལ་རྒྱན་གསུམ་འཛོམས། །

རི་རྩེ་གངས་དང་ཁ་བས་བརྒྱན། །

རི་སྐེད་ཤིང་དང་ཤུག་པས་བརྒྱན། །

རི་མཐའ་སྔོན་མོ་ཆུ་ཡིས་བརྒྱན། །

རྒྱན་གསུམ་རི་ཡི་རྒྱན་ལ་བཞག

བཀྲ་ཤིས་པའི་ཆུ་ལ་རྒྱན་གསུམ་འཛོམས། །
ཆུ་མགོ་དར་ཁ་བཞམས་འདྲ་རེད། །
ཆུ་དཀྱིལ་ཨ་ལོང་བཀུག་འདྲ་རེད། །
ཆུ་མཐའ་མཚོ་མོ་འཁྱིལ་འདྲ་རེད། །
རྒྱན་གསུམ་ཆུ་ཡི་རྒྱན་ལ་བཞག །

བཀྲ་ཤིས་པའི་རི་ལ་རྒྱན་གསུམ་འཛོམས། །
མཁར་མགོ་གསེར་དང་གསེར་ཕྲས་བརྒྱན། །
མཁར་སྙིང་དངུལ་གྱི་པ་ཏྲས་བརྒྱན། །
མཁར་མཐའ་མེ་ཏོག་འབྲས་བུས་བརྒྱན། །

རི་ལ་ཉི་མ་མ་ཤར། །རི་ལ་ཉི་མ་ཤར་ཡོད། །
རི་ལ་ཉི་མ་ཤར་ས། །གངས་སྟོད་མཐོན་པོར་ཤར་ཡོད། །
གངས་ཀྱི་སེང་གེ་དཀར་མོ། །ཉི་མའི་དྲོད་ལ་བརྟེན་ཡོད། །
ནུབ་ལ་མ་ཕེབས་བཞུགས་དང་། །རི་ལས་ཤར་བའི་ཉི་མ། །

རི་ལ་ཉི་མ་མ་ཤར། །རི་ལ་ཉི་མ་ཤར་ཡོད། །
རི་ལ་ཉི་མ་ཤར་ས། །སྤང་སྟོད་མཐོན་པོར་ཤར་ཡོད། །

སྤང་གི་ཤུ་བ་སྣུག་ཆུང་། །ཉི་མའི་འོད་ལ་བརྟེན་ཡོད། །
རི་ལས་ཤར་བའི་ཉི་མ། །ནུབ་ལ་མ་ཐེབས་བཞུགས་དང་། །

རི་ལ་ཉི་མ་མ་ཤར། །རི་ལ་ཉི་མ་ཤར་ཡོད། །
རི་ལ་ཉི་མ་ཤར་ས། །འབྲོག་རའི་ཟུར་ལ་ཤར་ཡོད། །
འབྲོག་པ་གསེར་གྱི་མེ་ཏོག །ཉི་མའི་འོད་ལ་བརྟེན་ཡོད། །
རི་ལས་ཤར་བའི་ཉི་མ། །ནུབ་ལ་མ་ཐེབས་བཞུགས་དང་། །

བཀྲ་ཤིས་ལྷུང་བའི་ས་ལ། །
གསེར་གྱི་མཆོད་རྟེན་བཞེངས་ཡོད། །
མཆོད་རྟེན་རིང་ཡང་མ་རིང་། །
ཁྲི་གང་ཙམ་ཞིག་བཞེངས་ཡོད། །
མཆོད་རྟེན་ཐུང་ཡང་མ་ཐུང་། །
ཁྲི་གང་ཙམ་ཞིག་བཞེངས་ཡོད། །
བསྐོར་བ་ལན་གསུམ་བསྐོར་ན། །
ལུས་ཀྱི་སྒྲིབ་པ་དག་འགྲོ། །
ཕྱག་ལ་ལན་གསུམ་འཚལ་ན། །
ངག་གི་སྒྲིབ་པ་དག་ཡོང་། །
མཆོད་པ་ལན་གསུམ་ཕུལ་ན། །

ཡིད་ཀྱི་སྒྲིབ་པ་དག་ཡོང་།།

༼གནས་གཏོང་མཁན། དབྱངས་ཅན། མོ། ལོ༧༥ སྐྱེས་ས་མེ་ཏོག་རྫོང་པང་ཞིང་པང་ཡིང་གྲོང་ཚོ། ཡི་གེ་མི་ཤེས། ཞིང་པ་ཡིན། གནས་མཁན། ༡༩༨༩.༨.༥ཉིན་ལ་བསྡུས། ༽

གངས་སྔོན་མཐོན་པོའི་རི་བོའི་རི་རྩེ་ཡག་བཀྲག།

སེང་ཆེན་དཀར་མོ་རི་བོའི་ནང་ལ་འཛོམས་བྱུང་།།

སྤང་སྔོན་མཐོན་པོའི་རི་བོའི་རི་རྩེ་ཡག་བཀྲག།

ཤྭ་བ་སྨུག་ཆུང་རི་བོའི་ནང་ལ་འཛོམས་བྱུང་།།

བྲག་སྔོན་མཐོན་པོ་རི་བོའི་རྩེ་ལ་ཡག་བཀྲག།

ཐང་དཀར་དགོད་པོ་རི་བོའི་ནང་ལ་འཛོམས་བྱུང་།།

བྲོ་ར་སྔོར་མོ་རི་བོའི་རི་རྩེ་ཡག་བཀྲག།

བྲོ་པ་སྤུན་གསུམ་རི་བོའི་ནང་ལ་འཛོམས་བྱུང་།།

རི་ཨ་རི་མ་རི་ཡ་རི་གསུམ།

རི་ཨ་རིའི་མགོ་ལ་ཁ་བ་བཞག།

དེ་ཁ་བ་མ་རེད་ཕྱེ་མར་རེད།།

ཐོ་རང་ཚོ་འཛོམས་པའི་ཕྱེ་མར་རེད།།

རི་ཨ་རི་མ་རི་ཡ་རི་གསུམ། །
རི་ཨ་རིའི་མགོ་ལ་སྨུག་པ་འཁྲིགས། །
དེ་སྨུག་པ་མ་རེད་ལྷ་བསང་རེད། །
ཕོ་རང་ཚོ་འཛོམས་པའི་ལྷ་བསང་རེད། །

རི་ཨ་རི་མ་རི་ཡ་རི་གསུམ། །
རི་ཨ་རིའི་མགོ་ལ་གཡུ་མཚོ་འཁྱིལ། །
དེ་གཡུ་མཚོ་མ་རེད་ཇ་ཆང་རེད། །
ཕ་རང་ཚོ་འཛོམས་པའི་ཇ་ཆང་རེད། །

ཉི་མ་སྔོ་ལངས་གངས་ལ་ཤར། །
གངས་དེ་ཚོ་གསེར་སྐྱུ་དངུལ་སྐྱུ་རེད། །
ཉི་མ་དགུང་ཁ་སྤང་ལ་ཤར། །
སྤང་དེ་ཚོ་མེ་ཏོག་ཕུལ་འདྲ་རེད། །
ཉི་མ་ནུབ་ཁ་མཚོ་ལ་ཤར། །
མཚོ་དེ་ཚོ་ཡོན་ཆབ་ཕུལ་འདྲ་རེད། །

དགོན་ལྷ་ཁང་ཕྱི་ཡག་ནང་ཡག་རེད། །
ཕྱི་ཡག་ལི་ག་དཀར་གུར་དཀར་རེད། །

ནང་ཡག་ལི་གསེར་སྐྱ་དངུལ་སྐྱ་རེད། །

བར་ཡོན་ཆབ་ཁྲ་མོའི་རྟེན་འབྲེལ་འགྲིག །

དེམ་ཟངས་དཀར་ཕྱི་ཡག་ནང་ཡག་རེད། །

ཕྱི་ཡག་ལི་ཟངས་དཀར་ལོང་བཞི་རེད། །

ནང་ཡག་ལི་འབྲི་ཡི་འོ་མས་གང་། །

བར་ཞོ་དཀར་ཁྲ་མོའི་རྟེན་འབྲེལ་འགྲིག །

སྨྱུགས་པོ་དེ་ཕྱི་ཡག་ནང་ཡག་རེད། །

ཕྱི་ཡག་ལི་རྒྱ་ཤོག་དཀར་པོ་རེད། །

ནང་ཡག་ལི་གསེར་ཡིག་དངུལ་ཡིག་རེད། །

བར་སྨྱུ་གུ་ཁྲ་མོའི་རྟེན་འབྲེལ་འགྲིག །

ཤར་ལ་གསུམ་མདོ་ཤར་ནས་ཕེབས་པ་འདི། །

ཤར་ལ་ཁྲི་གདུགས་ཉི་མ་ཤར་ལི་རེད། །

ཤར་ཁྲི་གདུགས་ནུབ་ལ་མ་ཕེབས་རོགས། །

དགུང་མི་རྟོག་དཀྱིལ་ལ་བཞུགས་རོགས་གནང་། །

ཤར་ལ་གསུམ་མདོ་ཤར་ནས་ཕེབས་པ་འདི། །

ཤར་ལ་དཀར་གསལ་ཟླ་བ་ཤར་ལེ་རེད། །
ཤར་དཀར་གསལ་ཟླ་བ་ནུབ་ལ་མ་ཕེབས་རོགས། །
དགུང་སྐར་མ་སྨིན་དྲུག་དཀྱིལ་ལ་བཞུགས་རོགས་གནང་། །

འཛམ་བུ་གླིང་ལ་དགའ་བའི་ཉི་མ་ཤར། །
མཚན་ལྡན་བླ་མ་རང་གི་ཡུལ་ལ་འབྱུངས། །
ཆོས་བཤད་དབང་སྐུར་མི་ལ་རེ་དགོས་མེད། །

འཛམ་བུ་གླིང་ལ་དགའ་བའི་ཉི་མ་ཤར། །
མགོ་འདྲེན་དཔོན་པོ་རང་གི་ཡུལ་ལ་འབྱུངས། །
བཀའ་ཤོག་བཀའ་འཛིན་མི་ལ་རེ་དགོས་མེད། །

འཛམ་བུ་གླིང་ལ་དགའ་བའི་ཉི་མ་ཤར། །
དམན་བཟང་བུ་མོ་རང་གི་ཡུལ་ལ་འབྱུངས། །
གླུ་དང་ཞབས་བྲོ་མི་ལ་རེ་དགོས་མེད། །

དང་པོ་ཤར་ས་ཡག་བྱུང་། །
ཤར་ཕྱོགས་རྒྱབ་རི་ནས་ཤར་བྱུང་། །
གཉིས་པ་འཛོམས་ས་ཡག་སོང་། །

ནུབ་ཕྱོགས་ཤྲོན་ཡུལ་ལ་འཛོམས་བྱུང་།།

གསུམ་པ་སྐྱེས་ས་ཡག་སོང་།།

བླ་མའི་གཟིམ་ཚང་ནང་ལ་སྐྱེས་བྱུང་།།

ཕ་བཟང་གི་སྲས་པོ་དང་གཅིག །

མ་བཟང་གི་སྲས་མོ་དང་གཉིས།།

སེམས་ཁྲལ་མེད་པའི་བུ་ཚང་ལྷ་བུ་དར་ལ་སྐྱེས་བྱུང་།།

ལྷ་གཡག་གྭ་པ་དང་གཅིག །

ནག་ཚང་འབྲི་མོ་དང་གཉིས།།

སེམས་ཁྲལ་མེད་པའི་བེའུ་ཁྲ་སྐྱིད་བརྒྱབ་ནས་སྐྱིད་བྱུང་།།

འགྲོ་མ་སྒྲོང་གསེར་གྱི་རི་ལ་འགྲོ།།

སྙེད་མ་སྒྲོང་གསེར་གྱི་བུམ་པ་སྙེད།།

འཁྱུར་མི་ཕོད་བླ་མའི་ཕྱག་ཟློག་རེད།།

བཞག་མི་ལོ་གསེར་གྱི་བུམ་པ་རེད།།

འགྲོ་མ་སྒྲོང་གཡུ་ཡི་རི་ལ་འགྲོ།།

སྙེད་མ་སྒྲོང་གཡུ་ཡི་བུམ་པ་སྙེད།།

འཁྱར་མི་ཐོད་དཔོན་ལུའི་ཕྱག་ཐོག་རེད།།

བཞག་མི་ལོ་གཡུ་ཡི་བུམ་པ་རེད།།

འགྲོ་མ་སྤྱང་དཏུལ་གྱི་རི་ལ་འགྲོ།།

རྙེད་མ་སྤྱང་དཏུལ་གྱི་བུམ་པ་རྙེད།།

འཁྱར་མི་ཐོད་པ་མའི་ཕྱག་ཐོག་རེད།།

བཞག་མི་ལོ་དཏུལ་གྱི་བུམ་པ་རེད།།

༼གཞས་གཏོང་མཁན། ཡེ་ཤེས་ཕུན་ཚོགས། ཐོ། ཤོ། ༡༨༩ མོན་པ་རིགས། མེ་ཏོག་རྫོང་གི་གླིང་གྲོང་ཚོར་སྐྱེས། ཡི་གེ་ཤེས་པ། མེ་ཏོག་རྫོང་སྲིད་གྲོས་ཀྱི་ཀྲུའུ་ཞིའི་ལས་འགན་འཁུར་ཡོད། གཞས་པ་ཡིན།༽

སེང་ཆེན་དཀར་མོའི་གཡུ་རལ་རྒྱས་པ་ལ།།

ཁ་ཆར་བུ་ཡུག་གནོད་པ་བྱུང་བ་ན།།

ཡང་བསྐྱར་དཔའ་རྩལ་འཛོམས་པའི་སེང་གེ་ང་།།

གངས་དཀར་ཏི་སེ་མཇལ་བས་སེམས་པ་དགའ།།

ཐང་དཀར་དགོད་པོའི་གཞོག་སྒྲོ་རྒྱས་པ་ལ།།

ཁྲ་དང་འུག་པས་གནོད་པ་བྱུང་ན་ཡང་།།

ཡང་བསྐྱར་ནམ་འཕང་གཅོད་པའི་དགོད་པོ་ང་།།

བྲག་སྟོད་མཐོན་པོར་མཇལ་བས་སེམས་པ་དགའ།།

ཤྭ་བ་ཤྭ་ཕོ་དུང་རྭ་རྒྱས་པ་ལ། །
ཁྱི་མོ་སྤོ་རིས་གནོད་པ་བྱུང་ན་ཡང་། །
ཡང་བསྐྱར་རྭ་རྩེ་དར་བའི་ཤྭ་ཕོ་ང་། །
སྤང་གཞོངས་བདེ་མོ་མཇལ་བས་སེམས་པ་དགའ། །

ཉ་ཚུང་སེར་པོ་གཤོག་སྒྲོ་རྒྱས་པ་ལ། །
ཉ་པས་ལྕགས་ཀྱུས་གནོད་པ་བྱུང་ན་ཡང་། །
ཡང་བསྐྱར་གཤོག་རྩལ་རྒྱས་པའི་ཉ་མོ་ང་། །
མ་ཕམ་གཡུ་མཚོ་མཇལ་བས་སེམས་པ་དགའ། །

འགྲོ་དགོས་འགྲོ་དགོས་བསམ་པ། །
ལམ་བུ་ང་ལས་མི་འདུག །
སྡོད་དགོས་སྡོད་དགོས་བསམ་པ། །
ཕ་ཡུལ་ང་ལས་མི་འདུག །
ཆུ་མོ་ཁྲིད་དགོས་བསམ་པ། །
ཡུང་ཤང་སྣང་གོ་ཐུག་སོང་། །

སྐྱེར་པ་ཤིང་གི་མདའ་གཅིག་བཟོ། །

ལྷང་མ་ཤིང་གི་གཞུ་གཅིག་བཀུག །
རྒྱག་རྒྱུ་གངས་སྟོད་མཐོ་ལ་བརྒྱབ། །
ཐོག་རྒྱུ་ཆུ་དང་ཉ་མོར་ཐོག །
ཐོབ་རྒྱུ་སྒོམ་ཆེན་ཤུག་པས་ཐོབ། །

རི་ལ་དབུ་ཞྭ་མེད་པ་ཡོད་དོགས་མེད། །
གངས་རི་དཀར་པོ་རི་ཡི་དབུ་ཞྭ་རེད། །
རི་ལ་ན་བཟའ་མེད་པ་ཡོད་དོགས་མེད། །
སྤྲིན་པ་དཀར་པོ་རི་ཡི་ན་བཟའ་རེད། །
རི་ལ་སྐེད་རགས་མེད་པ་ཡོད་དོགས་མེད། །
གཙང་ཆབ་སྔོན་མོ་རི་ཡི་སྐེད་རགས་རེད། །
རི་ལ་ཞབས་བཀྱག་མེད་པ་ཡོད་དོགས་མེད། །
མ་ཕམ་གཡུ་མཚོ་རི་ཡི་ཞབས་བཀྱག་རེད། །

（གཞས་གཏོང་མཁན། ཨེ་བྲུ། ལྷོ་པ་རིགས།）

ཤར་བཀྲ་ཤིས་ལ་ཡི་མགོ་ལ། །
དར་དཀར་པོ་འདོམ་པ་བཅུ་གཉིས་ཡོད། །
གོང་བླ་མ་བརྒྱ་ཡི་ཆོས་དར་རེད། །
ཚེ་ཕྱི་ལ་མ་གཏོང་ནང་ལ་ཁྱུགས། །

ཤར་བཀྲ་ཤིས་ལ་ཡི་ལ་སྙེད་ལ། །

དར་དམར་པོ་འདོམ་པ་བཅུ་གཉིས་ཡོད། །

གོང་དཔོན་ལུ་བརྒྱ་ཡི་ཁྲིམས་དར་རེད། །

ཁྲིམས་ཕྱི་ལ་མ་གཏོང་ནང་ལ་ཁྱུགས། །

ཤར་བཀྲ་ཤིས་ལ་ཡི་ལ་རྩ་ལ། །

དར་སེར་པོ་འདོམ་པ་བཅུ་གཉིས་ཡོད། །

དྲིན་ཕ་མ་བརྒྱ་ཡི་གཡང་དར་རེད། །

གཡང་ཕྱི་ལ་མ་གཏོང་ནང་ལ་ཁྱུགས། །

གཞས་གཏོང་མཁན། ། དབྱངས་འཛོམས། །

ཞི་བ་བདེ་ལེགས་བཟང་བཀྲག་སྤུང་གསོངས་བདེ། །

མགྲོན་པོ་མཛེས་མ་མེ་ཏོག་ཡག་ཉིད་དེ། །

ཁ་མདོག་རང་སོ་བཀྲ་ལ་ཤིས་པར་ཤོག །

རི་ལ་རི་ཆེན་ཡག་བཀྲག་དཔེ་ཆེན་གྱི་རི་བོ། །

རྩེ་མོ་ཆགས་ཚུལ་ཡག་བཀྲག་ཚེ་དབང་གི་བུམ་པ། །

སྙེད་པ་ཆགས་ཚུལ་ཡག་བཀྲག་དམ་ཆོས་ཀྱི་པོ་ཏི། །

རི་ལ་རི་ཆེན་ཡག་བཀྲག་དཔེ་ཆེན་གྱི་རི་བོ། །
ཛ་བ་ཆགས་ཚུལ་ཡག་བཀྲག་མ་ཕམ་གྱི་གཡུ་མཚོ། །

རྒྱལ་པོའི་རྟ་རའི་ནང་ལ། །
རྟ་ཕོ་བརྒྱ་དང་ཛ་བརྒྱད། །
ཕར་རི་བྱང་ཐང་བཤགས་ན། །
རྟ་ཕོ་ང་རང་གཅིག་སྤུ། །

རྒྱལ་པོའི་མདའ་དོང་ནང་ལ། །
མདའ་མོ་བརྒྱ་དང་བརྒྱད་ཡོད། །
སྟང་བའི་དགྲ་གཅིག་ཐུག་ན། །
མདའ་མོ་ང་རང་གཅིག་སྤུ། །

རྒྱལ་པོའི་སྒོ་རའི་ནང་ལ། །
མེ་ཏོག་བརྒྱ་དང་བརྒྱད་ཡོད། །
མེ་ཏོག་ལྷ་ལ་ཕུལ་ན། །
མེ་ཏོག་ང་རང་གཅིག་སྤུ། །

༼གཞས་གཏོང་མཁན། བཀྲ་ཤིས་ལྷ་མོ། མོ། ལོ༧༨ མེ་ཏོག་རྫོང་ཡར་ཁུང་གྲོང་ཚོ། ཡི་གེ་མི་ཤེས། གཞས་མཁན། མོན་པ་རིགས།༽

གནས་གོང་པོ་རི་ལ་མ་ཆགས། །
གནས་གོང་པོ་རི་ལ་ཆགས་ཡོད། །
གནས་གོང་པོ་རི་ལ་ཆགས་ས། །
ལྷ་དང་བླ་མའི་ཆོས་ར། །
ཆོས་ར་མ་གཅིག་ཡག་བྱུང་། །
རྟེན་འབྲེལ་མ་གཅིག་འགྲིག་སོང་། །

གནས་གོང་པོ་རི་ལ་མ་ཆགས། །
གནས་གོང་པོ་རི་ལ་ཆགས་ཡོད། །
གནས་གོང་པོ་རི་ལ་ཆགས་ས། །
དཔོན་པོ་དྲིན་ཆེན་ཁྲིམས་ར། །
ཁྲིམས་ར་མ་གཅིག་ཡག་བྱུང་། །
རྟེན་འབྲེལ་མ་གཅིག་འགྲིག་སོང་། །

གནས་གོང་པོ་རི་ལ་མ་ཆགས། །
གནས་གོང་པོ་རི་ལ་ཆགས་ཡོད། །
གནས་གོང་པོ་རི་ལ་ཆགས་ས། །
དམན་བཟང་བུ་མོའི་སྒྲོ་ར། །

གནས་སྒྲོ་ར་མ་གཅིག་ཡག་བྱུང་། །
རྟེན་འབྲེལ་མ་ཞིག་འགྲིག་བྱུང་། །

ཅ་རི་གྲོས་མ་ལ་ཡི་ལ་མགོ་ལ། །
དུང་དཀར་པོ་ལུ་གུ་ཙམ་ཞིག་འདུག །
དུང་དེ་འཕྱུད་ཡས་ཨ་རེ་བཞག་ཡས་རེད། །
དུང་མ་འཕྱུད་ཞལ་ནས་དྲང་གཏམ་གསུང་། །
མི་རབས་ཕྱུག་ལ་མ་ཕྱུལ་ཐབས་ཅི་མེད། །

ཅ་རི་གྲོས་མ་ལ་ཡི་ལ་སྙེད་ལ། །
གཡུ་སྔོན་མོ་ཕོ་རོག་ཙམ་ཞིག་འདུག །
གཡུ་དེ་བཏགས་ཡས་ཨ་རེ་བཞག་ཡས་རེ། །
གཡུ་མ་བཏགས་ཞལ་ནས་དྲང་གཏམ་གསུང་། །
མ་རྐན་ཕྱུག་ལ་མ་ཕྱུལ་ཐབས་ཅི་མེད། །

ཅ་རི་གྲོས་མ་ལ་ཡི་ལ་རྩ་ལ། །
ལྕགས་ནག་པོ་ཕ་བོང་ཙམ་ཞིག་འདུག །
ལྕགས་དེ་རྟུང་ཡས་ཨ་རེད་བཞག་ཡས་རེད། །
ལྕགས་མ་རྟུང་ཞལ་ནས་དྲང་གཏམ་གསུང་། །

དམ་ཅན་ཕྱུག་ལ་མ་ཕུལ་ཐབས་ཅི་མེད། །

ཤར་བྱུང་དཀར་རི་ཡི་རྩེ་མོ་ལ། །
ཛ་ཡི་ཛ་ཤིང་ཉན་པའི་ཤིང་གཅིག་འདུག །
ཛ་དེ་བཟོ་ཡས་ཨ་རེད་བཞག་ཡས་རེད། །
མཚན་ལྡན་པ་མའི་ཕྱུག་ལ་ཕུལ་དགོས། །

ཤར་བྱུང་དཀར་རི་ཡི་སྙེད་པ་ལ། །
མདའ་དང་ཨོ་མར་ཉན་པའི་ཤིང་གཅིག་འདུག །
མདའ་དེ་བཟོ་ཡས་ཨ་རེད་བཞག་ཡས་རེད། །
གེ་སར་རྒྱལ་པོའི་ཕྱུག་ལ་ཕུལ་དགོས། །

ཤར་བྱུང་དཀར་རི་ཡི་རྩ་བ་ལ། །
ཇ་སྡོང་ཇ་ཁྲ་ཉན་པའི་ཤིང་གཅིག་འདུག །
ཇ་སྡོང་བཟོ་ཡས་ཨ་རེད་བཞག་ཡས་རེད། །
སེང་ལྕམ་འབྲུག་མོའི་ཕྱུག་ལ་ཕུལ་དགོས། །

ང་པ་བཟང་བུ་ཡིན་ཡར་ཤོག་གསུང་། །
མ་ངན་བུ་ཡིན་མི་གཏོང་གདའ། །

ང་མ་བཟང་བུ་མོས་ཡར་ཞོག་ལོ། །

ཕ་ངན་བུ་མོས་མི་གཏོང་གདའ། །

ཏྲ་ལྷ་ཏྲ་གོང་མོས་ཡར་ཞོག་གསུང་། །

ཏྲ་ཁྭ་ཏ་ནག་ཡིས་མི་གཏོང་གདའ། །

༼གཞས་གཏོང་མཁན། ཙུ་བྲུ། ལྷོ་པ་རིགས། ཕོ། ལོ་༧༨ མེ་ཏོག་རྫོང་སྨུག་མོ་ཤའང་ཁ་སྦུ་གྲོང་ཚོར་སྐྱེས། གཞས་མཁན། ཡི་གེ་མི་ཤེས། ཞིང་པ་དང་རྫོན་པ། ༽

ཨ་ཞེའི་མགོ་ལ་གྱོན་པའི་ཞྭ་མོ་དེ། །
ཨ་ཞེས་བདག་འདོད་ཆེ་ནས་ཉོས་པ་མིན། །
ཕ་མ་ཕྱུག་པོ་ཅན་གྱིས་ཉོས་པ་ཡིན། །
ཨ་ཞེ་མ་ཤེ་ཨ་ཞེའི་རྒྱན་ཆ་ཡིན། །
ཨ་ཞེ་ཤེ་ན་བླ་མའི་ཕྱག་ལ་ཕུལ། །

ཨ་ཞེའི་ལུས་ལ་གྱོན་པའི་སྤུ་ཕྱུག་དེ། །
ཨ་ཞེས་གདག་འདོད་ཆེ་ནས་ཉོས་པ་མིན། །
ཕ་མ་ཕྱུག་པོ་ཅན་གྱིས་ཉོས་པ་ཡིན། །
ཨ་ཞེ་མ་ཤེ་ཨ་ཞེའི་རྒྱན་ཆ་ཡིན། །
ཨ་ཞེ་ཤེ་ན་བླ་མའི་ཕྱག་ལ་ཕུལ། །

ཨ་ཞིའི་རྐང་ལ་གྱོན་པའི་ལྷམ་ཚུང་དེ། །

ཨ་ཞིས་བདག་འདོད་ཆེ་ནས་ཉོས་པ་མིན། །

ཕ་མ་ཕྱུག་པོ་ཅན་གྱིས་ཉོས་པ་ཡིན། །

ཨ་ཞི་མ་ཤེ་ཨ་ཞིའི་རྒྱན་ཆ་ཡིན། །

ཨ་ཞི་ཤེ་ན་བླ་མའི་ཕྱག་ལ་ཕུལ། །

༼གཞས་གཏོང་མཁན། ཡེ་ཤེས་ཕུན་ཚོགས། མོན་པ་རིགས།༽

ཤར་བཀྲ་ཤིས་ལ་ཡི་ལ་མགོ་ལ། །

དར་དཀར་པོ་ཁ་གང་རླུང་གིས་བསྐྱོད། །

དར་དཀར་པོ་མ་རེད་ཐང་དཀར་རེད། །

བྱ་ཡག་ལེ་མི་རབས་གསོ་བྱ་རེད། །

གསུང་ཡག་ལེ་བུ་མོའི་གསུང་རོགས་རེད། །

གྲི་ཡག་ལེ་དཔའ་བོའི་མཚོན་སྲུང་རེད། །

ཤར་བཀྲ་ཤིས་ལ་ཡི་ལ་སྙེད་ལ། །

དར་དམར་པོ་ཁ་གང་རླུང་གིས་བསྐྱོད། །

དར་དམར་པོ་མ་རེད་རྨ་བྱ་རེད། །

བྱ་ཡག་ལེ་དཔོན་པོའི་གསོ་བྱ་རེད། །

གསུང་ཡག་ལེ་བུ་མོའི་གསུང་རོགས་རེད། །

གྲི་ཡག་ལེ་དཔའ་བོའི་མཚོན་སྒྲུང་རེད། །

ཤར་བཀྲ་ཤིས་ལ་ཡི་ལ་རྩ་ལ། །
དར་སྔོན་པོ་ཁ་གང་རླུང་གིས་བསྐྱོད། །
དར་སྔོན་པོ་མ་རེད་ཁྱུ་ཡུག་རེད། །
བྱ་ཡག་ལེ་ཕ་མའི་གསོ་བྱ་རེད། །
གསུང་ཡག་ལེ་བུ་མོའི་གསུང་རོགས་རེད། །
གྲི་ཡག་ལེ་དཔའ་བོའི་མཚོན་སྒྲུང་རེད། །

ས་སྐྱིད་པོ་འདི་ཡི་སྟེང་ལ། །
དཔག་བསམ་ཤིང་ཞིག་འཁྲུངས་ཡོད། །
དཔག་བསམ་ཤིང་གི་རྩ་བ་ལ་གཟིགས་དང་། །
རྩ་བ་འདི་ཚོ་འོག་ཕྱོགས་ཀླུ་ཡུལ་ལ་ཟུག་ཡོད། །
དཔག་བསམ་ཤིང་གི་སྙིད་པ་ལ་གཟིགས་དང་། །
སྙིད་པ་འདི་ཚོ་བར་ཕྱོགས་བཙན་གྱི་ཡུལ་ལ་ཐུག་ཡོད། །
དཔག་བསམ་ཤིང་གི་རྩེ་མོ་ལ་གཟིགས་དང་། །
རྩེ་མོ་འདི་ཚོ་དགུང་ཕྱོགས་ལྷ་ཡུལ་ལ་སླེབས་ཡོད། །
དཔག་བསམ་ཤིང་གི་ལོ་མ་ལ་གཟིགས་དང་། །
ལོ་མ་འདི་ཚོ་དར་དང་གོས་ཆེན་ལ་གྱུར་ཡོད། །

དཔག་བསམ་ཤིང་གི་འབྲས་བུ་ལ་གཟིགས་དང་། །

འབྲས་བུ་དེ་ཚོ་གཡུ་དང་བྱུ་རུ་ལ་གྱུར་ཡོད། །

༼གནས་གཏོང་མཁན། བྱང་ཚེ། ཕོ། ལོ་༧༨ སློབ་རིགས། མེ་ཏོག་རྫོང་སྟག་མོ་ཞ་བའང་གི་ཞིང་པ་དང་རྫོན་པ། ཡི་གེ་མི་ཤེས། གྲུ་དང་གནས་གཏོང་མཁན།༽

བྱ་ཕོ་རོག་རོག་པོ་ལ་ཡི་བྱ། །
དུས་ཡང་ཡང་ཕ་ཡུལ་མི་དྲན། །
ལ་ཁ་བ་འབབ་དུས་ཕ་ཡུལ་དྲན། །

བྱ་ཁྲུང་ཁྲུང་དཀར་མོ་མཚོ་ཡི་བྱ། །
དུས་ཡང་ཡང་ཕ་ཡུལ་མི་དྲན། །
མཚོ་དར་ཁ་ཆགས་དུས་ཕ་ཡུལ་དྲན། །

བྱ་ཁུ་བྱུག་སྔོན་མོ་མོན་གྱི་བྱ། །
དུས་ཡང་ཡང་ཕ་ཡུལ་མི་དྲན། །
སྔོན་འབྲུ་སྨིན་དུས་ཕ་ཡུལ་དྲན། །

བླ་མ་ཨུ་རྒྱན་པདྨ་དེ་འཁྲུངས་ས་ག་མ། །
འཁྲུངས་སོ་ཟེར་ན་ཨ་ཡ་འཁྲུངས་སོ་ཟེར་ན་ཨ་ཡ། །

ཨུ་རྒྱན་པདྨ་འབྱུངས་ས་དེ་ནུབ་ཕྱོགས་ཨོ་རྒྱན་ཡུལ་ལ། །
འབྱུངས་སོ་ཟེར་ན་ཨ་ཡ་འབྱུངས་སོ་ཟེར་ན་ཨ་ཡ། །
བླ་མ་ཆེ་ཆེ་ཆུང་ཆུང་ཨུ་རྒྱན་པདྨ་འབྱུངས་ས། །
ལྷོད་མོ་ལྷ་ཞོག་ཨ་ཡ་ལྷོད་མོ་ཇོམ་ཞོག་ཨ་ཡ། །

མཁའ་འགྲོ་ཡེ་ཤེས་མཚོ་རྒྱལ་དེ། །
འབྱུངས་ས་ག་མ་ཡུལ་ལས་འབྱུངས་སོ་ཟེར་ན། །
ཡེ་ཤེས་མཚོ་རྒྱལ་འབྱུངས་ས་དེ་བསམ་ཡས་མཆིམས་ཕུའི་གོང་ལ། །
འབྱུངས་སོ་ཟེར་ན་ཨ་ཡ་འབྱུངས་སོ་ཟེར་ན་ཨ་ཡ། །
མཁའ་འགྲོ་ཆེ་ཆེ་ཆུང་ཆུང་དེ་ཡེ་ཤེས་མཚོ་རྒྱལ་འབྱུངས་ས། །
ལྷོད་མོ་ལྷ་ཞོག་ཨ་ཡ་ལྷོད་མོ་ཇོམ་ཞོག་ཨ་ཡ། །

གེ་སར་རྒྱལ་པོ་འབྱུངས་ས་དེ། །
འབྱུངས་ས་ག་མ་ཡུལ་ལས་འབྱུངས་སོ་ཟེར་ན། །
གེ་སར་རྒྱལ་པོ་འབྱུངས་ས་སྨར་ཁམས་གླིང་དཀར་སྟོད་ལ་འབྱུངས། །
འབྱུངས་སོ་ཟེར་ན་ཨ་ཡ་འབྱུངས་སོ་ཟེར་ན་ཨ་ཡ། །
རྒྱལ་པོ་ཆེ་ཆེ་ཆུང་ཆུང་དེ་གེ་སར་རྒྱལ་པོ་འབྱུངས་ས། །
ལྷོད་མོ་ལྷ་ཞོག་ཨ་ཡ་ལྷོད་མོ་ཇོམ་ཞོག་ཨ་ཡ། །

སེང་ལྷམ་འབྲུག་མོ་འཁྲུངས་ས་དེ།།

འཁྲུངས་ས་ག་མ་ཡུལ་ལས་འཁྲུངས་སོ་ཟེར་ན།།

སེང་ལྷམ་འབྲུག་མོ་འཁྲུངས་ས་དེ་ས་ཅིག་གླིང་དཀར་སྨད་ལ་འཁྲུངས།།

འཁྲུངས་སོ་ཟེར་ན་ཨ་ཡ་འཁྲུངས་སོ་ཟེར་ན་ཨ་ཡ།།

བུ་མོ་ཆེ་ཆེ་ཆུང་ཆུང་དེ་སེང་ལྷམ་འབྲུག་མོ་འཁྲུངས་ས།།

ལྷོད་མོ་ལྷ་ཉོག་ཨ་ཡ་ལྷོད་མོ་ཛོམ་ཉོག་ཨ་ཡ།།

གཞས་གཏོང་མཁན།། ཡེ་ཤེས་སྒྲུན་ཚོགས།། མོན་པ་རིགས།།

རྒྱ་གར་གྱི་རྨ་བྱ་རྒྱ་གར་ལ་བཞུགས་དུས།།

ཚེ་དབང་བུམ་པས་ཡར་ཉོག་གསུང་བྱུང་།།

ཚེ་དབང་བུམ་པའི་དྲུང་དུ་སླེབས་དུས།།

རྨ་བྱ་མདོངས་སྒྲོས་བསྐུ་བ་མ་བཏང་།།

རྒྱ་ནག་སྟོང་སྐྱུད་རྒྱ་ནག་བཞུགས་དུས།།

ཚེ་དབང་བུམ་པས་ཡར་ཉོག་གསུང་བྱུང་།།

ཚེ་དབང་བུམ་པའི་དྲུང་དུ་སླེབས་དུས།།

རྒྱ་ནག་སྟོང་སྐྱུད་བསྐུ་བ་མ་བཏང་།།

སྨོན་ལམ་ཚིག་གསུམ་མ་འདེབས།།

སྨོན་ལམ་ཚིག་གསུམ་བཏབ་ཡོད། །
སྨོན་ལམ་ཚིག་གསུམ་འདེབས་ས། །
ཨ་སྔོན་ཕྱོགས་ལ་བཏབ་ཡོད། །
དགུང་གི་ཉི་མ་ཟླ་བ། །
སྨོན་ལམ་བཏབ་པའི་འབྲས་བུ། །

སྨོན་ལམ་ཚིག་གསུམ་མ་འདེབས། །
སྨོན་ལམ་ཚིག་གསུམ་བཏབ་ཡོད། །
སྨོན་ལམ་ཚིག་གསུམ་འདེབས་ས། །
གངས་སྟོད་མཐོན་པོར་བཏབ་ཡོད། །
གངས་ཀྱི་སེང་ཆེན་དཀར་མོ། །
སྨོན་ལམ་བཏབ་པའི་འབྲས་བུ། །

སྨོན་ལམ་ཚིག་གསུམ་མ་འདེབས། །
སྨོན་ལམ་ཚིག་གསུམ་བཏབ་ཡོད། །
སྨོན་ལམ་ཚིག་གསུམ་འདེབས་ས། །
སྤང་སྟོད་ཕྱོགས་ལ་བཏབ་ཡོད། །
སྤང་གི་ཤྭ་བ་སྨུག་ཆུང་། །
སྨོན་ལམ་བཏབ་པའི་འབྲས་བུ། །

སྨོན་ལམ་ཚིག་གསུམ་མ་འདེབས། །

སྨོན་ལམ་ཚིག་གསུམ་བཏབ་ཡོད། །

སྨོན་ལམ་ཚིག་གསུམ་འདེབས་ས། །

མཚོ་སྟོད་ཕྱོགས་ལ་འདེབས་ཡོད། །

མཚོ་ཡི་ཉ་ཆུང་གསེར་མིག །

སྨོན་ལམ་བཏབ་པའི་འབྲས་བུ། །

ང་རི་བོའི་རྩེ་ལ་སླེབས་པ་དེ། །

མིག་གསལ་པོ་མེད་ཀྱང་ལྟ་སྙིང་འདོད། །

ང་རི་བོའི་སྙིད་ལ་སླེབས་པ་དེ། །

ཤིང་ཆེན་པོ་མེད་ཀྱང་གཅོད་སྙིང་འདོད། །

ང་རི་བོའི་རྩ་ལ་སླེབས་པ་དེ། །

ཆུ་ཆེན་མེད་ཀྱང་བརྐྱལ་སྙིང་འདོད། །

ང་བྲོ་རའི་ཟུར་ལ་སླེབས་པ་དེ། །

སླུ་མང་པོ་མེད་ཀྱང་གཏོང་སྙིང་འདོད། །

གཞས་གཏོང་མཁན། ། ལྷ་པ་རིགས་ཀྱི་ཨེ་བུ་ལགས། །

ཚོང་དཔོན་ནོར་བུ་བཟང་པོ་དེ་གར་ཡུལ་ལ་ཕེབས་ཡོད། །

ཚོང་དཔོན་ནོར་བུ་བཟང་པོ་རྒྱ་གར་ལ་ཕེབས་ཡོད། །
ཆོས་བཀའ་འགྱུར་བསྟན་འགྱུར་ཚོང་འདུས་ལ་ཕེབས་ཡོད། །
བོད་ལ་དམ་ཆོས་དར་བའི་རྟེན་འབྲེལ་འགྲིག །

ཚོང་དཔོན་ནོར་བུ་བཟང་པོ་དེ་གར་ཡུལ་ལ་ཕེབས་ཡོད། །
ཚོང་དཔོན་ནོར་བུ་བཟང་པོ་རྒྱ་ནག་ལ་ཕེབས་ཡོད། །
རྒྱ་རྩིས་ཞིས་ཁྲི་བཞི་སྟོང་ཚོང་འདུས་ལ་ཕེབས་ཡོད། །
བོད་ལ་རྩིས་གོ་མ་ནོར་རྟེན་འབྲེལ་འགྲིག །

ཚོང་དཔོན་ནོར་བུ་བཟང་པོ་དེ་གར་ཡུལ་ལ་ཕེབས་ཡོད། །
ཚོང་དཔོན་ནོར་བུ་བཟང་པོ་བལ་ཡུལ་ལ་ཕེབས་ཡོད། །
གཡུ་དང་བྱུ་རུའི་ཕྲེང་བ་ཚོང་འདུས་ལ་ཕེབས་ཡོད། །
བོད་ལ་མགུལ་རྒྱན་སྐེ་རྒྱན་རྟེན་འབྲེལ་འགྲིག །
༼གཞས་གཏོང་མཁན། ། མོན་པ་རིགས་ཀྱི་ཡེ་ཤེས་ཕུན་ཚོགས། ༽

དགོན་པའི་ནང་གི་ལྷ་སྐུ་དེ། །
ལྷ་གསེར་སྐུ་ཨེ་རེད་འཇིམ་སྐུ་རེད། །
སྐུ་གསེར་སྐུ་ཡིན་ན་སྨོན་རྒྱུ་བྱེད། །
སྐུ་འཇིམ་སྐུ་ཡིན་ན་འཇོག་རྒྱུ་བྱེད། །

དགོན་པའི་ནང་གི་དམ་ཆོས་དེ། །
ཆོས་ཁྲིམས་མ་ཨེ་རེད་པར་མ་རེད། །
ཆོས་ཁྲིམས་མ་ཡིན་ན་སློན་རྒྱུ་བྱེད། །
ཆོས་པར་མ་ཡིན་ན་འཛོག་རྒྱུ་བྱེད། །

ལ་གཅིག་བརྒྱབ་པའི་ཕར་ནང་ལ། །
ལ་ལུང་གསུམ་གྱི་སུམ་མདོ་ན། །
མ་གཞི་སྲིད་པའི་བྱ་ཞིག་འདུག །
སྲིད་པའི་བྱ་མོ་དཀར་མོ་དེ། །
མགོ་བོ་ཤར་ལ་གཏད་པ་དེ། །
བླ་མ་བྱིན་རླབས་ཆེ་བའི་རྟགས། །

རྒྱའི་ཕར་ཁ་མི་བརྒྱ་འཛོམས་གདའ་ཟེར། །
ང་དགའ་ལེའི་རོགས་ལུ་མེད་གདའ་ཟེར། །
ང་དགའ་ལེ་རོགས་ལུ་ཡོད་ཟེར་ན། །
ཁ་སྒོ་མ་ཕྱེ་ལུགས་ཁག་ཁག་རེད། །

རྒྱ་ཕར་རིའི་རྒྱ་དང་རྒྱུར་རིའི་རྒྱ། །

ཆུ་མཐོང་རེས་མེད་ཀྱང་ཐུག་རེས་ཡོད། །

འཛོམས་ས་མཚོ་མོའི་ནང་ལ་འཛོམས། །

༼གཞས་གཏོང་མཁན། སློ་པ་རིགས་ཀྱི་ཏ་དབྱངས། ༡༩༨༨.༨.༢ཉིན་བསྒྲུབས། ༽

གནམ་སྔོན་མོ་ཕྱེད་གཤགས་གཏོང་མི་དེ། །

དཀྱུང་ཁྲི་གདུགས་ཉི་མ་ང་གཉིས་ཡིན། །

དེའི་ནང་ནས་དཔའ་བོ་སུ་ཡིན་ཟེར། །

དེའི་ནང་ནས་དཔའ་བོ་ང་རང་ཡིན། །

གསེར་སེར་པོ་གོང་ཐང་ཆེ་ན་ཡང་། །

དངུལ་དཀར་པོ་གཡུག་རྒྱུང་བཏང་རྒྱུ་མེད། །

ང་རྒྱུ་དངུལ་ཡིད་བཞིན་ནོར་བུ་དེ། །

ཚོང་གཏམ་ཡ་མེད་པ་མི་ཡོང་གཤིས། །

ཕ་བཟང་བུ་མོ་རིགས་བཟང་མ། །

མ་བཟང་བུ་མོ་རྒྱན་བཟང་མ། །

གསེར་སོར་གདུབ་མེ་ཏོག་ཕྲ་དྲུག་མ། །

དེ་ཁྱོད་ཀྱི་རྒྱན་ནམ་ང་ཡི་རྒྱན། །

དུས་དེ་རིང་མཚམས་ནས་ལན་གཅིག་འདེབས། །

སླུ་ཁྱོད་ཀྱིས་ལེན་ནམ་ང་ཡིས་ལེན། །

སླུ་མཐོ་ལེ་ལེན་ན་མཐོ་ལེ་ལེན། །

གནམ་སྔོན་མོ་ང་གཉིས་སླུ་གཞས་ལེན། །

སླུ་དམའ་ལེ་ལེན་ན་དམའ་ལེ་ལེན། །

ས་མེ་ཏོག་ང་གཉིས་སླུ་གཞས་ལེན། །

སླུ་ཕར་རེས་ལེན་དང་ཚུར་རེས་ལེན། །

མིག་ཁྲ་ཆུང་འོག་ནས་སླུ་གཞས་ལེན། །

རྟ་འདོ་ལོ་མོ་ལུ་གསེར་བྱ་མ། །

སྒ་གསེར་སྒ་སང་རྒྱབ་གནངས་རྒྱབ་རེད

འབྲུ་ཟ་སེར་ཇ་མ་ཁུ་ལུས་བཀང་། །

ཟོ་ཞོ་བ་སང་ཞོ་གནངས་ཞོ་རེད། །

༼གཞས་གཏོང་མཁན། མོན་པ་རིགས་ཀྱི་ཡེ་ཤེས་སྒྲོན་ཚོགས།༽

སྤང་གི་ལྷ་བྱ་གོང་མོ། །

ཕ་ཡུལ་མེད་ལེ་མ་བསམ། །

རི་མགོ་མཐོ་དང་མཐོ་ཚད། །

ལྷ་བྱ་གོང་མོའི་ཕ་ཡུལ་རེད། །

གཞསགཏོང་མཁན། །པད་མ་དབྱངས་ཅན། །མོ། །ལོ༧༥ མོན་པ་རིགས། །

༼སྐྱེས་ས་མེ་ཏོག་སྟོང་བདེ་ཞིང་ཆུས་བདེ་ཞིང་ཤའང་གི་བདེ་ཞིང་གྲོང་ཚོ། ཞིང་པ། ཡི་གེ་མི་



BAIMA QINGGE

ཤེས། གནས་མཁན། ༡༩༨༨.༨.༣༠ཉིན་ལ་བསྡུས། )

རི་དེ་འབར་རི་འབར་རི། །
ཤིང་དེ་ཉ་རིང་ཉེ་རིང་། །
རང་སེམས་དགའ་བའི་ཕ་ཡུལ། །
བལྟ་མོ་བལྟ་བཞིན་ལོག་འགྲོ། །

ཨོ་ཨོ་ཨ་ལ་ཏ་ལ་ཡོ་ཨའོ་ལ་ལ་ཡ། །
དཀྱུང་ཕྱོགས་བརྒྱ་འཛོམས་སྟོང་འཛོམས་ནི། །
ཁྲི་གདུགས་ཉི་མ་ད་འཛོམས་པ་ཨའོ་གསེར་ལས་དགོན། །
ཨོ་ཨོ་ན་འཛོམས་པ་ལེགས་ཨོག་ཨའོ་ལེགས་རང་ལེགས། །
གནས་གཏོང་མཁན། །བསམ་གཏན་སྒྲོལ་མ། །མོ། །ལོ༩༠ཙམ་ན་པ་རེགས། །

(སྐྱེས་ས་མེ་ཏོག་རྫོང་བདེ་ཞིང་ཤང་བདེ་ཞིང་གྲོང་ཚོ། ཡི་གེ་མི་ཤེས། ཞིང་པ། གནས་མཁན། ༡༩༨༨.༨.༣༠ཉིན་ལ་བསྡུས། )

ལྷ་དང་བླ་མའི་གཡང་ཆགས། །
དུས་ད་ལོ་འཛོམས་པ། །
ལྷ་དང་ལྷ་མོ་འཛོམས་ཡོད། །
སང་ལོ་ཕྱི་ནང་འཛོམས་པའི། །

སྨོན་ལམ་ཡང་ཡང་བཏབ་ཡོད། །

༼གཞས་གཏོང་མཁན། མོན་པ་རིགས་ཀྱི་ཡེ་ཤེས་ཕུན་ཚོགས། ༡༩༨༨.༨.༢༧ཉིན་ལ་བསྡུས། ༽

ཆུ་མོ་མ་འགྲོ་གཅིག་ལ། །
ཡིག་ཆུང་སྐུར་ནས་བཞག་ཡོད། །
ཉ་མོ་ཡར་ཡོང་གཅིག་ལ། །
ཡིག་ལན་བསྐུར་རོགས་གནང་དང་། །

༼གཞས་གཏོང་མཁན། བཙོ་ལྷ་ལྷ་མོ། མོ། ལོ༡༥ མོན་པ་རིགས། སྐྱེས་ས་མེ་ཏོག་རྫོང་བདེ་ཞིང་ཤའང་བདེ་ཞིང་གྲོང་ཚོ། ཞིང་པ་ཡི་གེ་མི་ཤེས། གཞས་མཁན། ༡༩༨༨.༨.༢༠ཉིན་ལ་བསྡུས། ༽

སྐར་མ་བརྒྱ་ཕྲར་དཀྱིལ་ནས། །
པ་སངས་སེམས་པ་སྐྱོ་ལ། །
མི་ཚེ་སྐར་གྲལ་སྒྲིག་དུས། །
པ་སངས་ལ་མོ་བརྒྱབ་སོང་། །

༼གཞས་གཏོང་མཁན། ལྷོ་པ་རིགས་ཀྱི་ཡག་མོ། ༡༩༨༨.༨.༩ཉིན་ལ་བསྡུས། ༽

ཧ་ཝོ་ཧ་གསར་དཀྱིལ་ལ། །

བཅུ་དྲུག་ཏྲིལ་བུ་བཏགས་ཡོད། །
རྟ་ཕོ་ངོ་ཚ་མེད་པས། །
མི་དམངས་དཀྱིལ་ལ་གཡུག་བྱུང་། །

༼གཞས་གཏོང་མཁན། མོན་པ་རིགས་ཀྱི་བསམ་བསྟན་སྒྲོལ་མ། ༡༩༨༨.༨.༡༩ཉིན་ལ་བསྒུས། ༽

བྱམས་པ་གཡུག་ན་གཡུག་ཆོག །
བྱམས་པ་གཅིག་གཡུག་གཉིས་སྒྲུག །
ཕ་མ་གཡུག་ན་སྡུག་པ། །
ཕ་མ་གཅིག་ལས་མི་འདུག །

སེམས་པ་དགའ་བའི་མི་དང་། །
མཉམ་དུ་འགྲོ་རྒྱུ་བྱུང་ན། །
ལྷམ་ལ་རྗོག་པ་མེད་ཀྱང་། །
འཁྲུག་རིལ་ཐེབས་བཞིན་ཕྱིན་ཆོག །

༼གཞས་གཏོང་མཁན། ལྷོ་པ་རིགས་ཀྱི་ཏ་དབྱངས། ༡༩༨༨.༨.༣༠ཉིན་ལ་བསྒུས། ༽

ལྷུང་མ་ལྷུང་གསར་གོང་ལ། །
བྱ་འཇོལ་མོ་འཇོལ་གསར་འབབ་ཤོག །

ལྷང་མའི་ཕྱུགས་ལ་མེད་ན། །
འཛོལ་མས་འབབ་ས་སྲོ་ཆོག །

སེམས་པ་བརྒྱ་སྐོར་རྒྱུག་ནས། །
ལུས་སེམས་གཅིག་འཆང་གཉིས་འཆང་། །
རྩ་གདན་གྲུ་བཞིའི་གང་ལ། །
མཉམ་སྒྲིག་བྱུང་ན་དགའ་གྲགས། །

སྤང་སྟོད་ལྷ་བྱ་གོང་མོ། །
བཞུགས་ན་བཞུགས་ན་དགའ་བྱུང་། །
མ་བཞུགས་ཞ་ཉེ་ལྷན་པས། །
བརྒྱབ་དགོས་བྱུང་ན་ཕྱིས་སོང་། །

༼གཞས་གཏོང་མཁན། ལྷ་པ་རིགས་ཀྱི་ཡག་མོ། ༡༩༨༨.༨.༢༢ཉིན་ལ་བསྡུས། ༽

དཀར་ཡོལ་ཆག་ན་ཆག་ཆོག །
རྡོ་རྗེ་ཕ་ལམ་མ་རེད། །
ཚུང་འདྲིས་བཞག་ན་བཞག་ཆོག །
དྲིན་ཆེན་ཕ་མ་མ་རེད། །

སོར་གདུབ་ཁ་གཅིག་ནང་ལ། །
མཛུབ་གཉིས་ཐར་གྱི་ཡོད་ན། །
བློ་ལ་འབབ་པའི་བྱམས་པ། །
ག་ནས་འཚོལ་འཚོལ་ཡིན་ཤག །

ཀོ་བ་འཕྲེད་ལ་བཏང་བ། །
ཆུ་མོས་གཞུང་ལ་འཁྱེར་སོང་། །
གང་ལྟར་ཁྱེར་ནི་འཁྱེར་པ། །
ལས་འཕྲོའི་ཕྱོགས་ལ་འཁྱེར་དང་། །

ཆུ་མོ་རྩ་འགོ་ཡ་ནས། །
མ་འགྱུར་གཏན་དུ་ཞུགས་དང་། །
ཞིང་ཆུང་ཡུར་བུ་རིང་ཡང་། །
མཇལ་ཐུབ་ཡོད་པ་ཞུས་ཆོག །

༼གཞས་གཏོང་མཁན། ལྷ་པ་རིགས་ཀྱི་ཡག་མོ། ༡༩༨༨.༨.༢༢ཉིན་བསྒྲུས།༽

ཞྭ་མོ་གསེར་ཞྭའི་འོག་ནས། །
སྤྱན་གཟིགས་བྲེལ་གྱི་ཤིག་ཤིག །
གཟིགས་ན་ང་ལ་གཟིགས་ཀྱིས། །

གཏན་དུ་གཟིགས་ན་བསམ་བྱུང་། །

གནས་མོ་སྨིན་དྲུག་མཚོ་མོ། །

ཕྱུགས་ལ་བརྟན་པོ་གནང་དང་། །

ང་དང་བྱང་སྐར་སྨིན་བདུན། །

བྱང་རྒྱུད་འཁྲིམས་ནས་ཡོང་ཚོག །

ཨ་ཡག་ཟམ་པའི་སྣང་ལ། །

མཛོ་གཡག་འཚང་ཁ་ཤིག་ཤིག །

ང་གཉིས་འཚང་ཁ་མ་བྱེད། །

སྐྱིད་པོ་རང་ཡུལ་ལོག་འགྲོ། །

པང་ཁེབས་ལྷུང་ཁྲའི་འོག་ལ། །

ཟ་བརྩེ་ཁེ་ལ་ལངས་སོང་། །

ལན་ཚགས་ཨོ་ལོ་མ་འཁོར། །

ལུས་པོ་བཀའ་དྲིན་ཆེ་སོང་། །

བྱམས་པ་ཁ་འཛམ་ཁོག་རུ་ལ། །

ཉེ་ཤུ་དགུ་ལ་ཤི་སོང་། །

མིག་ལ་ཁབ་ཚག་རྒྱག་ཀྱང་། །
མིག་ཆུ་ཤོར་ཡས་མི་འདུག །

ཁམ་སྟོང་མཐོ་རུ་ཀྲགས་ནས། །
ལག་པས་བསྐྱེག་ས་མི་འདུག །
ཁམ་བུར་ཐུགས་སེམས་ཡོད་ན། །
སྐྱ་པང་ནང་ལ་འབབ་གྲོག །
༼གཞས་གཏོང་མཁན། ལྷོ་པ་རིགས་ཀྱི་ཡག་ཕ། ༡༩༨༨.༨.༢༥ཉིན་ལ་བསྡུས། ༽

དགའ་ནི་རང་ཡུལ་ལ་དགའ་བྱུང་། །
སྐྱིད་ནི་མི་ཡུལ་ལ་སྐྱིད་བྱུང་། །
དགའ་མོ་རང་ཡུལ་ལ་འདེམས་དུས། །
མི་ཡུལ་དགོངས་པ་མ་ཚོམ། །

དྲོ་ནི་ཉི་མ་ལ་དྲོ་བྱུང་། །
བསིལ་ནི་ཟླ་བ་ལ་བསིལ་བྱུང་། །
དྲོ་པོ་ཉི་མ་དྲོ་དུས། །
ཟླ་བ་ལ་དགོངས་པ་མ་ཚོམ། །
༼གཞས་གཏོང་མཁན། ལྷོ་པ་རིགས་ཀྱི་ཡག་ཕ། ༡༩༨༨.༧.༢༡ཉིན་ལ་བསྡུས། ༽

གནམ་སྐར་མ་བརྒྱ་ཤར་སྟོང་ཤར་ལ། །
ཟོ་ཉིས་ལེ་སྐར་མ་སུ་ཡང་མེད། །
གནམ་སྐར་མ་གྲངས་ཀྱི་མི་ཚོད་ལེ། །
ཟོ་ཉིས་ལེ་སྐར་མ་སྨིན་དྲུག་ཡིན། །

༼གཞས་གཏོང་མཁན། མོན་པ་རིགས་ཀྱི་དབྱངས་ཅན། ༡༩༨༨.༧.༢༡ཉིན་ལ་བསྡུས།༽

གོས་ལོ་བཟུང་ན་གོང་བ་བཟུང་། །
ཁྲི་རིང་བཟུང་ན་ཡུ་བ་བཟུང་། །
ཉ་མོ་བཟུང་ན་ལྕགས་ཀྱུ་བཟུང་། །
བུ་མོ་བཟུང་ན་གཏམ་བཟང་གིས་བཟུང་། །

༼གཞས་གཏོང་མཁན། མོན་པ་རིགས་ཀྱི་དབྱངས་འཛོམས། ༡༩༨༨.༧.༢༡ཉིན་ལ་བསྡུས།༽

ཉི་མ་གླིང་ཁའི་སྟོད་ནས་ཤར། །
གླིང་བཞི་ཁྲོད་ལུགས་ཡག་པར་ཤོག །
ཟླ་བ་དུང་རི་མགོ་ནས་ཤར། །
སྨུན་པ་སེལ་ལུགས་ཡག་པར་ཤོག །
སྐར་མ་སྨིན་དྲུག་དགུང་ལ་ཤར། །
འཛོམ་ལུགས་གཅིག་ལུགས་ཡག་པར་ཤོག །

ཉི་མ་དང་གཅིག །

ཟླ་བ་དང་གཉིས། །

སྐར་མ་དང་གསུམ། །

དང་པོ་ཤར་ས་མ་གཅིག་ཁག་ཁག་སོ་སོ་རེད། །

སྔོན་ལམ་ཡང་ཡང་བཏབ་པས། །

དཀྱུང་མོའི་ཨ་སྔོན་ནང་ལ་འཛོམས་བྱུང་། །

གངས་རྒྱུ་དང་གཅིག །

སྤང་རྒྱུ་དང་གཉིས། །

རྫ་རྒྱུ་དང་གསུམ། །

དང་པོ་འབབ་ས་མ་གཅིག་ཁག་ཁག་སོ་སོ་རེད། །

སྔོན་ལམ་ཡང་ཡང་བཏབ་པས། །

རྒྱ་མོ་རྒྱ་འཁོར་ནང་ལ་འཛོམས་བྱུང་། །

བསུ་ལུ་དང་གཅིག །

སྤང་ལུ་དང་གཉིས། །

ཤུག་པ་དང་གསུམ། །

དང་པོ་འཁྲུངས་ས་མ་གཅིག་ཁག་ཁག་སོ་སོ་རེད། །

སྔོན་ལམ་ཡང་ཡང་བཏབ་པས། །

ཟླ་མའི་བསང་བུམ་ནང་ལ་འཛོམས་བྱུང་། །

རྒྱ་མོ་དང་གཅིག །

བོད་མོ་དང་གཉིས། །

མོན་མོ་དང་གསུམ། །

དང་པོ་སྐྱེས་ས་མ་གཅིག་ཁག་ཁག་སོ་སོ་རེད། །

སྨོན་ལམ་ཡང་ཡང་བཏབ་པས། །

གྲོ་ར་སྒོར་མོ་ནང་ལ་འཛོམས་བྱུང་། །

༼གཞས་གཏོང་མཁན། ལྷ་པ་རིགས་ཀྱི་ཨེ་བྱ། ༡༩༥༨.༥.༢༧ཉིན་ལ་བསྡུས། ༽

ཉི་མ་ཤར་གྱི་གླིང་ནི་གང་གི་གླིང་། །

ཉི་མ་ཤར་གྱི་གླིང་ནི་ཁ་བའི་གླིང་། །

ཁ་བའི་གླིང་ལ་འགྲོ་དུས་ཞེད་དགོས་མེད། །

གཞོན་པ་ང་ལ་ལྷམ་ཆུང་ཆ་དྲུག་ཡོད། །

ཉི་མ་ལྷོ་ཡི་གླིང་ནི་གང་གི་གླིང་། །

ཉི་མ་ལྷོ་ཡི་གླིང་ནི་ཆུ་ཡི་གླིང་། །

ཆུ་ཡི་གླིང་ལ་འགྲོ་དུས་ཞེད་དགོས་མེད། །

གཞོན་པ་ང་ལ་ཀོ་བ་ཆ་དྲུག་ཡོད། །

ཉི་མ་ནུབ་ཀྱི་གླིང་ནི་གང་གི་གླིང་། །
ཉི་མ་ནུབ་ཀྱི་གླིང་ནི་ཤིང་གི་གླིང་། །
ཤིང་གི་གླིང་ལ་འགྲོ་དུས་ཞེད་དགོས་མེད། །
གཞོན་པ་ང་ལ་སྟ་རེ་ཆ་དྲུག་ཡོད། །

ཉི་མ་བྱང་གི་གླིང་ནི་གང་གི་གླིང་། །
ཉི་མ་བྱང་གི་གླིང་ནི་རྩྭ་ཡི་གླིང་། །
རྩྭ་ཡི་གླིང་ལ་འགྲོ་དུས་ཞེད་དགོས་མེད། །
གཞོན་པ་ང་ལ་ཟོར་བ་ཆ་དྲུག་ཡོད། །

ཉི་མ་དབུས་ཀྱི་གླིང་ནི་གང་གི་གླིང་། །
ཉི་མ་དབུས་ཀྱི་གླིང་ནི་གླུ་གཞས་གླིང་། །
གླུ་གཞས་གླིང་ལ་འགྲོ་དུས་ཞེད་དགོས་མེད། །
གཞོན་པ་ང་ལ་གླུ་གཞས་མགོ་གང་ཡོད། །

〔གཞས་གཏོང་མཁན། ལྷོ་པ་རིགས་ཀྱི་ཡག་མོ། ༡༩༨༨.༨.༢༡ཉིན་ལ་བསྡུས། 〕

ལ་མགོའི་དར་ལྕོག་བཙུགས་ལེ་དེ། །
ཤར་རླུང་གཡོ་ན་ཤར་ལ་བཅར། །

ཉུབ་ རླུང་གཡོ་ན་ཉུབ་ལ་བཅར། །
དར་ལྕོག་བརྟན་བརྟན་སྡོད་ལས་མེད། །
༼གཞས་གཏོང་མཁན། མོན་པ་རིགས་ཀྱི་བཀྲ་ཤིས་ལྷ་མོ། ༡༩༨༨.༨.༨ཉིན་ལ་བསྒྲུས། ༽

དགོས་པའི་ཁབ་དང་སྐུག་འབུག་མ་ཤེས་པ། །
མ་དགོས་གྲི་དང་མེ་མདའ་རྟུང་རྒྱུ་ཟེར། །
དགོས་པའི་སྐྱུད་མདུད་གྲོལ་ལུགས་མ་ཤེས་པ། །

སྐྱུ་ཞབས་བརྒྱ་ཡི་འཛོམས་ས། །
ཁྲིམ་ནི་ཁང་ཁྲིམ་གྲུ་བཞི། །
དྲིན་ཆེན་ཕ་མ་འཛོམས་ས། །

བཞེས་ཆང་ཨ་རག་བདུད་རྩི། །
མཆོད་ཆང་རེ་རེ་མཆོད་དང་། །
མཆོད་ཆང་རེ་རེ་མཆོད་དུས། །
ནོར་བུ་རེ་རེ་འཁྲུངས་ཡོད། །
༼གཞས་གཏོང་མཁན། ལྷོ་པ་རིགས་ཀྱི་ཡག་ཤ ༡༩༨༨.༨.༣༡ཉིན་བསྒྲུས། ༽

ལུང་པ་རྒྱ་ནག་ལུང་པ་རེད། །

ཚོས་ར་ཉི་མ་རང་ཤར་རེད། །
ཉི་མ་རྩེ་ཤར་རང་ཤར་རེད། །

ལུང་པ་རྒྱ་ནག་ལུང་པ་རེད། །
ཁྲིམས་ར་ཉི་མ་རང་ཤར་རེད། །
ཉི་མ་རྩེ་ཤར་རང་ཤར་རེད། །

ལུང་པ་རྒྱ་ནག་ལུང་པ་རེད། །
གཏམ་ར་ཉི་མ་རང་ཤར་རེད། །
ཉི་མ་རྩེ་ཤར་རང་ཤར་རེད། །

ལུང་པ་རྒྱ་ནག་ལུང་པ་རེད། །
མདའ་ར་ཉི་མ་རང་ཤར་རེད། །
ཉི་མ་རྩེ་ཤར་རང་ཤར་རེད། །

ལུང་པ་རྒྱ་ནག་ལུང་པ་རེད། །
བྲོ་ར་ཉི་མ་རང་ཤར་རེད། །
ཉི་མ་རྩེ་ཤར་རང་ཤར་རེད། །

〔གཞས་གཏོང་མཁན། མོན་པ་རིགས་ཀྱི་དབྱངས་འཛོམས། ༡༩༨༨.༨.༡༠ཉིན་ལ་བསྡུས། 〕

བྲོ་ཡག་པོ་དགའ་ས་གོང་ནས་ལེན། །

གོང་དཔོན་པོ་དགའ་བའི་བྲོ་ཞིག་འཁྲབ། །

གླུ་ཡག་པོ་སྐྱིད་ས་གོང་ནས་ལེན། །

གོང་དཔོན་པོ་སྐྱིད་པའི་གླུ་ཞིག་ལེན། །

བྲོ་ཡག་པོ་དགའ་ས་གོང་ནས་ལེན། །

དྲིན་པ་མ་དགའ་ལེའི་བྲོ་ཞིག་འཁྲབ། །

མགོ་རས་ཡག་པོ་ཤར་ཕྱོགས་གླིང་གི་མགོ་རས། །

བུ་མོ་བསོད་ནམས་དབྱངས་ཅན་ལགས། །

སེམས་ལ་བསམ་པས་སྐྱོ་ཡང་ལ་མ་བྱུང་། །

རྣ་གཡུ་ཡག་པོ་ཤར་ཕྱོགས་གླིང་གི་རྣ་གཡུ། །

བུ་མོ་བསོད་ནམས་དབྱངས་ཅན་ལགས། །

སེམས་ལ་བསམ་པས་སྐྱོ་ཡང་ལ་མ་བྱུང་། །

གའུ་ཡག་པོ་ཤར་ཕྱོགས་གླིང་གི་གའུ། །

བུ་མོ་བསོད་ནམས་དབྱངས་ཅན་ལགས། །

སེམས་ལ་བསམ་པས་སྐྱོ་ཡང་ལ་མ་བྱུང་། །

ཕྱུ་པ་ཡག་པོ་ཤར་ཕྱོགས་གླིང་གི་ཕྱུ་པ།།
བུ་མོ་བསོད་ནམས་དབྱངས་ཅན་ལགས།།
སེམས་ལ་བསམ་པས་སྐྱོ་ཡང་ལ་མ་བྱུང་།།

སྐེད་རགས་ཡག་པོ་ཤར་ཕྱོགས་གླིང་གི་སྐེད་རགས།།
བུ་མོ་བསོད་ནམས་དབྱངས་ཅན་ལགས།།
སེམས་ལ་བསམ་པས་སྐྱོ་ཡང་ལ་མ་བྱུང་།།
ལྷམ་ཆུང་ཡག་པོ་ཤར་ཕྱོགས་གླིང་གི་ལྷམ་ཆུང་།།
བུ་མོ་བསོད་ནམས་དབྱངས་ཅན་ལགས།།
སེམས་ལ་བསམ་པས་སྐྱོ་ཡང་ལ་མ་བྱུང་།།

〔གཞས་གཏོང་མཁན། ལྷ་པ་རིགས་ཀྱི་ཡག་མོ། ༡༩༨༨.༨.༡༡ཉིན་ལ་བསྡུས།〕

རི་ལ་ཉི་མ་མ་ཤར་རི་ཉི་ལ་མ་ཤར་ཡོད།།
རི་ལ་ཉི་མ་ཤར་ས་གངས་སྟོད་མཐོ་པོ་ཤར་ཡོད།།
གངས་ཀྱི་སེང་ཆེན་དཀར་པོ།།
ཉི་མའི་དྲོད་ལ་བརྟེན་ཡོད།།

རི་ལ་ཉི་མ་མ་ཤར་རི་ལ་ཉི་མ་ཤར་ཡོད།།

རི་ལ་ཉི་མ་ཤར་ས་སྤང་སྟོད་མཐོ་པོར་ཤར་ཡོད། །
སྤང་གི་ཤུ་བ་སྨུག་ཆུང་། །
ཉི་མའི་དྲོད་ལ་བརྟེན་ཡོད། །

རི་ལ་ཉི་མ་མ་ཤར་རི་ལ་ཉི་མ་ཤར་ཡོད། །
རི་ལ་ཉི་མ་ཤར་ས་གངས་སྟོད་མཐོ་པོར་ཤར་ཡོད། །
མཚོ་ཡི་ཉ་ཆུང་གསེར་མིག །
ཉི་མའི་དྲོད་ལ་བརྟེན་ཡོད། །

རི་ལ་ཉི་མ་མ་ཤར་རི་ལ་ཉི་མ་ཤར་ཡོད། །
རི་ལ་ཉི་མ་ཤར་ས་གྲོ་རའི་སྟོད་ལ་ཤར་ཡོད། །
གྲོ་ར་གྲོ་པ་སྤུན་གསུམ། །
ཉི་མའི་དྲོད་ལ་བརྟེན་ཡོད། །

〔གཞས་གཏོང་མཁན། ལྷོ་པ་རིགས་ཀྱི་ཨ་བུ། ༡༩༥༨.༥.༡༡ཉིན་ལ་བསྡུས། 〕

རྟེན་འབྲེལ་ཡག་པོ་ཞུ། །
རྟེན་འབྲེལ་ཡག་པོ་ཞུ། །
གོང་ལ་བླ་མ་བཞུགས་ས་རེད། །
རྟེན་འབྲེལ་ཡག་པོ་ཞུ། །

རྟེན་འབྲེལ་ཡག་པོ་ཞུ། །

རྟེན་འབྲེལ་ཡག་པོ་ཞུ། །
རྟེན་འབྲེལ་ཡག་པོ་ཞུ། །
གོང་ལ་དཔོན་པོ་བཞུགས་ས་རེད། །
རྟེན་འབྲེལ་ཡག་པོ་ཞུ། །
རྟེན་འབྲེལ་ཡག་པོ་ཞུ། །

རྟེན་འབྲེལ་ཡག་པོ་ཞུ། །
རྟེན་འབྲེལ་ཡག་པོ་ཞུ། །
གོང་ལ་དྲིན་ཆེན་ཕ་མ་བཞུགས་ས་རེད། །
རྟེན་འབྲེལ་ཡག་པོ་ཞུ། །
རྟེན་འབྲེལ་ཡག་པོ་ཞུ། །

རྟེན་འབྲེལ་ཡག་པོ་ཞུ། །
རྟེན་འབྲེལ་ཡག་པོ་ཞུ། །
གོང་ལ་དཔའ་ཉམས་སྟག་ཤར་བཞུགས་ས་རེད། །
རྟེན་འབྲེལ་ཡག་པོ་ཞུ། །
རྟེན་འབྲེལ་ཡག་པོ་ཞུ། །

རྟེན་འབྲེལ་ཡག་པོ་ཞུ། །
རྟེན་འབྲེལ་ཡག་པོ་ཞུ། །
གོང་ལ་མཛེས་པོ་བུ་མོ་བཞུགས་ས་རེད། །
རྟེན་འབྲེལ་ཡག་པོ་ཞུ། །
རྟེན་འབྲེལ་ཡག་པོ་ཞུ། །

〔གཞས་གཏོང་མཁན། མོན་པ་རིགས་ཀྱི་ཨ་པས་པད་དབྱངས། ༡༩༨༨.༨.༡༡ཉིན་ལ་བསྡུས།〕

གསུང་སྐད་རི་ལ་ཡར་འགྲོ། །
གསུང་སྐད་རི་ལ་ཡར་འགྲོ། །
གསུང་སྐད་རི་ལ་བླ་མ་བཟང་པོ་བཞུགས་ཡོད། །

གསུང་སྐད་རི་ལ་ཡར་འགྲོ། །
གསུང་སྐད་རི་ལ་ཡར་འགྲོ། །
གསུང་སྐད་རི་ལ་དཔོན་ཆེན་བཟང་པོ་བཞུགས་ཡོད། །

གསུང་སྐད་རི་ལ་ཡར་འགྲོ། །
གསུང་སྐད་རི་ལ་ཡར་འགྲོ། །
གསུང་སྐད་རི་ལ་དྲིན་ཆེན་ཕ་མ་བཞུགས་ཡོད། །

གསུང་སྙན་རི་ལ་ཡར་འགྱོ། །

གསུང་སྙན་རི་ལ་ཡར་འགྱོ། །

གསུང་སྙན་རི་ལ་དཔའ་བོ་སྟག་ཤར་བཞུགས་ཡོད། །

གསུང་སྙན་རི་ལ་ཡར་འགྱོ། །

གསུང་སྙན་རི་ལ་ཡར་འགྱོ། །

གསུང་སྙན་རི་ལ་མཛེས་པོ་བུ་མོ་བཞུགས་ཡོད། །

（གཞས་གཏོང་མཁན། མོན་པ་རིགས་ཀྱི་ཕང་གེ ༡༩༥༥.༥.༡༡ཉིན་ལ་བསྡུས། ）

རྒྱ་ཡི་དྭ་གླིང་མཚོ་ཁག །

བུ་མོ་ཚེ་རིང་མཚོ་མོ་ལ། །

སྐྱེས་ས་གང་ཡིན་མ་ཤེས། །

འཛོམས་ས་ལྷ་ཁང་ཁྲ་མོ་ལ། །

རྒྱ་ཡི་དྭ་གླིང་མཚོ་ཁག །

བུ་མོ་ཚེ་རིང་མཚོ་མོ་ལ། །

སྐྱེས་ས་གང་ཡིན་མ་ཤེས། །

འཛོམས་ས་རྫོང་ཆུང་ཁྲ་མོ་ལ། །

རྒྱ་ཡི་དྭ་གླིང་མཚོ་ཁག། 
བུ་མོ་ཚེ་རིང་མཚོ་མོ་ལ།། 
སྐྱེས་ས་གང་ཡིན་མ་ཤེས།། 
འཛོམས་ས་སྔོ་ར་ཁྲ་མོ་ལ།། 

རྒྱ་ཡི་དྭ་གླིང་མཚོ་ཁག། 
བུ་མོ་ཚེ་རིང་མཚོ་མོ་ལ།། 
སྐྱེས་ས་གང་ཡིན་མ་ཤེས།། 
འཛོམས་ས་མདའ་ར་ཁྲ་མོ་ལ།། 

རྒྱ་ཡི་དྭ་གླིང་མཚོ་ཁག། 
བུ་མོ་ཚེ་རིང་མཚོ་མོ་ལ།། 
སྐྱེས་ས་གང་ཡིན་མ་ཤེས།། 
འཛོམས་ས་བྲོ་ར་ཁྲ་མོ་ལ།། 

༼གནས་གཏོང་མཁན། མོན་པ་རིགས་ཀྱི་ཡེ་ཤེས་ཕུན་ཚོགས། ༡༩༨༨.༨.༢ཉིན་ལ་བསྡུས། ༽

ངའི་པ་ཡུལ་དར་རྩེ་མདོ་ནས་ཡིན།། 
བྲོ་སྒྲ་སྙན་དར་སྐྱུད་འཐེན་འདྲ་ཡོད།། 
ངའི་པ་ཡུལ་སྐྱུག་ལོ་མདོ་ནས་ཡིན།། 

བྲོ་སྒྲ་སྙན་སྒྱུག་ལོ་བསིལ་བསིལ་རེད། །

ངའི་ཕ་ཡུལ་ཨ་ལ་མདོ་ནས་ཡིན། །

བྲོ་སྒྲ་སྙན་ཨ་ལ་ཅིག་ཅིག་རེད། །

༼གཞས་གཏོང་མཁན། མོན་པ་རིགས་ཀྱི་བཀྲ་ཤིས་མེ་ཏོག ༡༩༨༨.༨.༡༡ཉིན་ལ་བསྡུས། ༽

གོང་རི་རྒྱལ་ལྷུན་པོ་གོང་ལ་བཞུགས། །

མཐའ་སྐོར་དང་ཡོན་ཆབ་མཐའ་ནས་བསྐོར། །

དབྱངས་ཚིག་གིས་བཏང་ན་ངས་ཀྱང་བཏང་། །

སྐད་འགྲིག་པོ་བྱུང་ན་མཉམ་དབྱངས་བྱས། །

༼གཞས་གཏོང་མཁན། མོན་པ་རིགས་ཀྱི་ཨ་ཡི། ༡༩༨༨.༨.༡༡ཉིན་བསྡུས། ༽

གངས་སྟོད་མཐོ་པོ་དེ་ཨ་མ་བྲོ་མའི་ས་ཆ་རེད། །

སེང་ཆེན་དཀར་པོ་དེ་ཨ་མ་སྐྱོལ་མའི་བུ་རྒྱུད་རེད། །

ན་ནིང་ལོ་ལ་མ་འཛོམས། །

གངས་སྟོད་ས་ཐག་རིང་སོང་། །

ད་ལོའི་ལོ་ལ་འཛོམས་སོང་། །

འཛོམས་སླ་དགའ་གཞས་བཏང་ཡོད། །

སྤང་སྟོད་མཐོ་པོ་དེ་ཨ་མ་བྲོ་མའི་ས་ཆ་རེད། །

ཤུ་བ་སྨུག་ཆུང་དེ་ཨ་མ་སྒྲོལ་མའི་བུ་རྒྱུད་རེད།།

ན་ཉིང་ལོ་ལ་མ་འཛོམས།།

སྤང་སྐྱོད་ས་ཐག་རིང་སོང་།།

ད་ལོའི་ལོ་ལ་འཛོམས་སོང་།།

འཛོམས་སྐྱ་དགའ་གཞས་བཏང་ཡོད།།

མཚོ་སྐྱོད་མཐོ་པོ་དེ་ཨ་མ་བྲོ་མའི་ས་ཆ་རེད།།

ཤ་ཆུང་སེར་པོ་དེ་ཨ་མ་སྒྲོལ་མའི་བུ་རྒྱུད་རེད།།

ན་ཉིང་ལོ་ལ་མ་འཛོམས།།

མཚོ་སྐྱོད་ས་ཐག་རིང་སོང་།།

ད་ལོའི་ལོ་ལ་འཛོམས་སོང་།།

འཛོམས་སྐྱ་དགའ་གཞས་བཏང་ཡོད།།

༼གཞས་གཏོང་མཁན། ལྷ་པ་རིགས་ཀྱི་མོན་ཞེས། ༡༩༥༨.༢.༡ཉིན་ལ་བསྡུས།༽

ཨ་རོག་ལ་ང་རོག་རི་མགོ་ལ།།

གངས་སྐྱོད་མཐོ་པོར་གྲུར་གཅིག་ཕྱུབས།།

ཨ་རོག་ལ་ང་རོག་རི་མགོ་ལ།།

སེང་ཆེན་དཀར་མོ་བཞུགས་ས་རེད།།

ཨ་རོག་ལ་ང་རོག་རི་མགོ་ལ། །
བྲག་སྟོད་མཐོ་པོར་གྱུར་གཅིག་ཤུབས། །
ཨ་རོག་ལ་ང་རོག་རི་མགོ་ལ། །
ཐང་དཀར་དགོད་པོ་བཞུགས་ས་རེད། །

ཨ་རོག་ལ་ང་རོག་རི་མགོ་ལ། །
མཚོ་སྟོད་མཐོ་པོར་གྱུར་གཅིག་ཤུབས། །
ཨ་རོག་ལ་ང་རོག་རི་མགོ་ལ། །
ཉ་ཆུང་སེར་པོ་བཞུགས་ས་རེད། །

༼གཞས་གཏོང་མཁན། རྡོ་རྗེ་རབ་བརྟན། ལྷོ་པ་རིགས། ཕོ། ལོ༧༨ མེ་ཏོག་རྫོང་སྨུག་མོ་ཤང་འབྲུག་གྲོང་ཚོར་སྐྱེས། ཞིང་པ། ཡི་གེ་མི་ཤེས། གླུ་པ་དང་གཞས་མཁན། ༡༩༨༨.༡༢.༡༠ཉིན་ལ་བསྡུས།༽

གངས་སྟོད་མཐོ་པོ་གཡང་གི་ས་ཆ་རེད། །
སེང་གེ་དཀར་པོ་གཡང་གི་མདའ་དར་རེད། །
གཡང་དེ་ཕྱི་ལ་མ་གཏོང་ནང་ལ་ཁུག །

སྤང་སྟོད་མཐོ་པོ་གཡང་གི་ས་ཆ་རེད། །
ཤྭ་བ་སྨུག་ཆུང་གཡང་གི་མདའ་དར་རེད། །
གཡང་དེ་ཕྱི་ལ་མ་གཏོང་ནང་ལ་ཁུགས། །

མཚོ་སྔོན་མཛོ་པོ་གཡང་གི་ས་ཆ་རེད། །

ཉ་ཆུང་སེར་པོ་གཡང་གི་མདའ་དར་རེད། །

གཡང་དེ་ཕྱི་ལ་མ་གཏོང་ནང་ལ་ཁྱུགས། །

（གཞས་གཏོང་མཁན། མོན་པ་རིགས་ཀྱི་ཕང་གོ༡༩༨༨.༨.༩ཉིན་ལ་བསྡུས། ）

བཀྲ་ཤིས་ཤོག་གཡང་ཆགས་ཤོག །

ཉི་མ་ཤར་གྱི་ཕྱོགས་ལ་བཀྲ་ལ་ཤིས་པར་ཤོག །

གཡང་ལ་ཆགས་པར་ཤོག །

ཤར་གྱི་རྡོ་རྗེ་སེམས་དཔའ་བཀྲ་ལ་ཤིས་པར་ཤོག །

གཡང་ལ་ཆགས་པར་ཤོག །

བཀྲ་ཤིས་ཤོག་གཡང་ཆགས་ཤོག །

ཉི་མ་ལྷོ་ཡི་ཕྱོགས་ལ་བཀྲ་ལ་ཤིས་པར་ཤོག །

གཡང་ལ་ཆགས་པར་ཤོག །

ལྷོ་ཡི་རིན་ཆེན་འབྱུང་གནས་བཀྲ་ལ་ཤིས་པར་ཤོག །

གཡང་ལ་ཆགས་པར་ཤོག །

བཀྲ་ཤིས་ཤོག་གཡང་ཆགས་ཤོག །

ཉི་མ་ནུབ་ཀྱི་ཕྱོགས་ལ་བཀྲ་ལ་ཤིས་པར་ཤོག །

གཡང་ལ་ཆགས་པར་ཤོག །

ནུབ་ཀྱི་སྣང་བ་མཐའ་ཡས་བཀྲ་ལ་ཤིས་པར་ཤོག །

གཡང་ལ་ཆགས་པར་ཤོག །

བཀྲ་ཤིས་ཤོག་གཡང་ཆགས་ཤོག །

ཉི་མ་བྱང་གི་ཕྱོགས་ལ་བཀྲ་ལ་ཤིས་པར་ཤོག །

གཡང་ལ་ཆགས་པར་ཤོག །

བྱང་གི་དོན་ཡོད་གྲུབ་པ་བཀྲ་ལ་ཤིས་པར་ཤོག །

གཡང་ལ་ཆགས་པར་ཤོག །

བཀྲ་ལ་ཤིས་པར་ཤོག །

གཡང་ལ་ཆགས་པར་ཤོག །

རྫི་རྡོག་འབྲུ་ཡི་གཡང་ཡོད། །

བཀྲ་ལ་ཤིས་པར་ཤོག །

གཡང་ལ་ཆགས་པར་ཤོག །

（གཞས་གཏོང་མཁན། མོན་པ་རིགས་ཀྱི་ཕང་ཀེ།༡༩༨༨.༨.༢༡ཉིན་ལ་བསྡུས། ）

ལོག་འགྲོ་ཤར་གྱི་ཕྱོགས་ལ་ལོག་འགྲོ། །

དགའ་པོ་ཕ་ཡུལ་ལོག་ལ་འགྲོ། །

སྐྱིད་པོ་ཕ་ཡུལ་ལོག་ལ་འགྲོ། །

ལོག་འགྲོ་ཤར་གྱི་གླིང་ལ་ལོག་འགྲོ། །

ཤར་གྱི་རྡོ་རྗེ་སེམས་དཔའ་ཤར་གྱི་གླིང་ལ་ལོག་འགྲོ། །

ཤར་གྱི་གླིང་ལ་ལོག་འགྲོ། །

དགའ་པོ་ཕ་ཡུལ་ལོག་འགྲོ། །

སྐྱིད་པོ་ཕ་ཡུལ་ལོག་འགྲོ། །

ལོག་འགྲོ་ལྷོ་ཡི་ཕྱོགས་ལ་ལོག་འགྲོ། །

དགའ་པོ་ཕ་ཡུལ་ལོག་འགྲོ། །

སྐྱིད་པོ་ཕ་ཡུལ་ལོག་འགྲོ། །

ལྷོ་ཡི་རིན་ཆེན་འབྱུང་གནས་ལྷོ་ཡི་གླིང་ལ་ལོག་འགྲོ། །

ལྷོ་ཡི་གླིང་ལ་ལོག་འགྲོ། །

དགའ་པོ་ཕ་ཡུལ་ལོག་འགྲོ། །

སྐྱིད་པོ་ཕ་ཡུལ་ལོག་འགྲོ། །

སྐྱིད་པོ་རང་ཡུལ་ལ་ལོག་འགྲོ། །

ལོག་འགྲོ་ནུབ་གྱི་ཕྱོགས་ལ་ལོག་འགྲོ། །

དགའ་པོ་ཕ་ཡུལ་ལ་ལོག་འགྲོ། །

སྐྱིད་པོ་ཕ་ཡུལ་ལ་ལོག་འགྲོ། །

ནུབ་ཀྱི་སྣང་བ་མཐའ་ཡས་ནུབ་ཀྱི་གླིང་ལ་ལོག་འགྲོ། །

ནུབ་ཀྱི་གླིང་ལ་ལོག་འགྲོ། །

དགའ་པོ་ཕ་ཡུལ་ལོག་འགྲོ། །

སྐྱིད་པོ་ཕ་ཡུལ་ལོག་འགྲོ། །

བདེ་སྐྱིད་ཕ་ཡུལ་ལ་ལོག་འགྲོ། །

ལོག་འགྲོ་བྱང་གི་ཕྱོགས་ལ་ལོག་འགྲོ། །

དགའ་པོ་ཕ་ཡུལ་ལོག་ལ་འགྲོ། །

སྐྱིད་པོ་ཕ་ཡུལ་ལོག་ལ་འགྲོ། །

ལོག་འགྲོ་ཤར་ཀྱི་གླིང་ལ་ལོག་འགྲོ། །

བྱང་གི་དོན་ཡོད་དོན་གྲུབ་བྱང་གི་གླིང་ལ་ལོག་འགྲོ། །

བྱང་གི་གླིང་ལ་ལོག་འགྲོ། །

དགའ་པོ་ཕ་ཡུལ་ལོག་འགྲོ། །

སྐྱིད་པོ་ཕ་ཡུལ་ལོག་འགྲོ། །

ཞིང་ཁམས་འདྲ་བ་རང་ཡུལ་ལ་ལོག་འགྲོ། །

འགྲོ་མི་མི་ལ་བཀྲ་ཤིས། །

ལྷ་དང་བླ་མར་བཀྲ་ཤིས། །

བཞུགས་མི་མི་ལ་གཡང་ཆགས། །

图书在版编目（CIP）数据

白马情歌：藏文 / 冀文正编著. — 成都：电子科技大学出版社, 2016.11

（珞渝文化丛书）

ISBN 978-7-5647-3774-0

Ⅰ. ①白… Ⅱ. ①冀… Ⅲ. ①珞巴族—民间歌谣—作品集—林芝市—藏语②门巴族—民间歌谣—作品集—林芝市—藏语 Ⅳ. ①I277.29

中国版本图书馆CIP数据核字(2016)第162013号

白马情歌

BAIMA QINGGE

冀文正 编著

| | |
|---|---|
| 出　　版 | 电子科技大学出版社<br>（成都市一环路东一段159号电子信息产业大厦 邮编：610051） |
| 总 策 划 | 郭蜀燕 |
| 特约编辑 | 吉后洛 |
| 责任编辑 | 郭蜀燕　杨仪玮 |
| 责任校对 | 仍　伯 |
| 装帧设计 | 林雪红 |
| 摄　　影 | 冀文正　曾承东 |
| 主　　页 | www.uestcp.com.cn |
| 电子邮箱 | uestcp@uestcp.com.cn |
| 发　　行 | 新华书店经销 |
| 成品尺寸 | 170mm × 240mm |
| 印　　张 | 18.5 |
| 字　　数 | 370千字 |
| 制　　作 | 成都华林美术设计有限公司 |
| 印　　刷 | 四川煤田地质制图印刷厂 |
| 版　　次 | 2016年11月第一版 |
| 印　　次 | 2016年11月第一次印刷 |
| 书　　号 | ISBN 978-7-5647-3774-0 |
| 定　　价 | 46.00元 |

སྤྱི་ཁྱབ་ཇུས་འགོད་པ། གོ་རྡོར་ཡན།
རྩོམ་སྒྲིག་འགན་འཁུར་པ། ལྷུགས་ལོ།

# ལྷོ་པ་དང་མོན་པའི་གླུ་གཞས།

ཅིའི་ཤུང་གྲིང་གིས་རྩོམ་སྒྲིག་བྱས།

---

གློག་རྡུལ་ཚན་རྩལ་སློབ་ཆེན་དཔེ་སྐྲུན་ཁང་།
གློག་རྡུལ་ཚན་རྩལ་སློབ་ཆེན་དཔེ་སྐྲུན་ཁང་གིས་བསྐྲུན་ནས་བཀྲམ།
༢༠༡༨ལོའི་ཟླ་༡༡པར་པར་གཞི་དང་པོ་བསྒྲིགས།
༢༠༡༨ལོའི་ཟླ་༡༡པར་པར་ཐེངས་དང་པོ་དཔར།
དེབ་ཚད། ༡༧༠mm × ༢༤༠mm
དཔར་ཤོག ༡༨.༥
ཡིག་འབྲུ་སྟོང་། ༣༧༠
དཔེ་རྟགས། ISBN 978-7-5647-3774-0
དཔེ་རིན་སྒོར། ༤༦.༠༠

---